ロイドの知り合いを名乗る女が顔を見せるが……？
「知らんが？」
「ひっど……。」
ネル
「殿下に空を飛ばしてやるって言われて
天井に頭をぶつけたネルです」
廃嫡王子の華麗なる逃亡劇2
～手段を選ばない最強クズ魔術師は
自堕落に生きたい～

口の悪い修道女が現れて――
「この町は港町がゆえに商売が盛んなのですが、
それと同時に奴隷売買も盛んなのです。
下劣ですよね。しかも、領主の男も下劣です」
ルチアナ
ロイド

マリア
なぜか変装することに――?
リーシャ

「ヒルダ、知ってるか？
エーデルタルトの王都は
上り坂と下り坂の数が
なんと一緒なんだぞ」
「へー」
ヒルダ
騙されやすい獣人をからかうロイド――
ララ
「そりゃそうでしょ……」
ティーナ

2

haichaku
ouji no
kareinaru
toubougeki

廃嫡王子の華麗なる逃亡劇

～手段を選ばない最強クズ魔術師は自堕落に生きたい～

出雲大吉

ill. ゆのひと

口絵・本文イラスト
ゆのひと

装丁
木村デザイン・ラボ

haichakuouji no
kareinaru toubougeki

プロローグ

「さて、久しぶりのエーデルタルトだな」

俺は飛空艇から降りると、空港を出て、ゲルクの街中を見渡す。一見は普通ののどかな田舎《いなか》町だし、町人もそこら中で和気あいあいと話をしたりしていた。だが、所々に兵士の姿も見られる。

多いな……いくら武の国であるエーデルタルトとはいえ、田舎町にこんな数の兵士は不自然だ。やはり殿下がここでハイジャックしたからか？

俺は街中を見渡しながら探っていくと、酒場を見つけたので入ってみる。すると、営業はしているようだが、客は誰もおらず、カウンターに店主がいるだけだった。

「いらっしゃい。見ない顔だね」

店に入り、カウンターに近づくと、店主が声をかけてくる。

「旅人だよ。さっき着いたんだ。エールを」

「はいよ」

店主がすぐに用意してくれたエールを飲む。

「ハァ……なあ、兵士がやたら多いが、何かあったのか？」

「ん？　らしいな。だが、よくわからん。何かあったんだろうが、勘ぐるなと言われている。旅人だったか？　この国では貴族は絶対だから気を付けな。マジで首が飛ぶぞ」

さすがはエーデルタルト。昔となんら変わらんわ。

「ああ。余計な探りは入れねーよ。おかわりをくれ」

「はいよ」

俺はもう一杯のエールを飲みながらこれからどうするかを考えていた。すると、店の扉が開き、他の客が入ってくる。

チッ！　もうかよ……ホント、徹底した国だわ。

客の姿は見ていないが、背中越しに聞こえる足音からそいつが同業の人間であることに気が付いた。そして、その足音が消えたと思ったら俺の隣に女が座る。

「ワインを」

「はいよ」

女がワインを頼んだのでチラッと見てみると、可愛《かわい》らしい顔をした黒髪の女が座っていた。

隠密……しかも、貴族だな。

「旅の方ですか？」

女と目が合うと、微笑《ほほえ》みながら聞いてくる。

「まあな」

「へー……ジャック・ヤッホイがわざわざこの国に？」

そこもわかるのか……こいつ、ただの隠密じゃないな。

「あんた、誰だ？」

「シルヴィと申します。伝説のAランク冒険者に会えて光栄です。さて、御同行を願えますか？それとも死にますか？」

シルヴィと名乗った女がそう言うと、店主がビクッとするが、すぐに何事もなかったようにワインをシルヴィの前に置く。

「物騒だねー」

　こいつはどっちだ？　ロイド殿下かイアン殿下か……それとも国王か……それがわからないと下《へ》手《た》なことは言えない。

「空港の警備はバッチリなんですよ」

　嘘つけ。殿下にハイジャックされたじゃねーか。

「俺は間者じゃないぜ」

「そうは見えませんねー。まあ、すぐに素直になりますよ。ふふっ」

　怖っ！　だからエーデルタルトは嫌なんだ。

「なあ、あんたは魔法と剣だったらどっちが好きだ？」

　そう聞くと、シルヴィはビクッとする。

「魔法ですかねー？　剣は嫌いです。特に金髪は死ねばいいと思っています」

　絶世の嬢ちゃんのことか……こいつ、スミュール家に正室争いで負けた家の者だな。となると、ロイド殿下の派閥……

「場所を変えないか？　二人きりで話がしたいな」

「口説いているんですか？　残念ながら私には心に決めた人がいます」

　いやー、殿下って罪な男だなー。

「ここで話すと店主に迷惑がかかるぜ？」

「店主、外しなさい」

「は、はい！」

シルヴィが睨《にら》むと、店主は慌てて奥に引っ込んでいった。

「エーデルタルトに生まれなくて良かったわ」

本当に貴族が絶対だ。

「いずれそんな感想を抱く者は消えますよ。すべてがエーデルタルトになるんですから」

こんなのしかいねー……良く言えば愛国心か？

「ロイド殿下に会ったぜ」

「ほう……詳しく聞かせなさい。嘘をついたら殺す」

シルヴィはそう言ってどこからともなく、ナイフを取り出すと、カウンターに突き立てた。

「こえー、こえー」

「本気で言ってますよ？　我らイーストンは国家の敵に容赦しません」

イーストン公爵家……絶世の嬢ちゃんのスミュール家と並ぶエーデルタルトの重鎮だ……

「殿下は今、テールにいる」

「は？　テール？　なんで殿下が？」

さて、探るか。こいつは楽だな。優秀な隠密なんだろうが、私情が入りまくっているわ。

第一章　アムールの町

俺はエーデルタルト王の長男であるにもかかわらず、王太子を廃嫡されてしまった。そして、色々あって婚約者であるリーシャと学生時代の友人であるマリアと共に国を出た。しかし、飛空艇に乗っていた俺達は空賊に襲われ、敵国であるテールに不時着させられてしまった。しかも、不時着後も色々と事件があり、かなりの苦労をしたが、俺の知恵と魔法、そして、仲間の協力で困難を乗り越え、今度はテールを海路で脱出するためにアムールという港町に向かっているのだった。

「——ってな感じで、俺も冒険記を書こうと思っているんだけど、どう？」

夜に焚火《たきび》に当たりながらリーシャとマリアに聞く。

「私の活躍は？」

「端折《はしょ》りすぎですー。特に国を出ることになった原因を書くべきですー」

大事な仲間からダメ出しが飛んできた。

「うーん、文章って難しいな……」

俺は研究の成果なんかを纏《まと》めたり、仕事で書類を見たりはするが、人に宛てた文章を書いたことがない。そもそも自分の感情を人に伝えるのも得意ではない。

「ロイドの放火や空賊事件は貴族絡みだから詳しいことが書けないのはわかるけど、単純に面白くないわ」

やっぱりかー。ジャックって本当にすごいな。あと、リーシャの放火な。俺はちゃんと計算していた。

「殿下に文章書くのは無理だと思いますー。ロクに授業も聞いてなかったですし、幼い頃からの婚約者であるリーシャ様に文の一つも送ってないんでしょう？」

なんで知ってる？　いや、リーシャが愚痴ったか？

「マジで聞くんだが、いるのか？　ほぼ毎日顔を合わせているというのに？」

少なくとも、俺はいらんぞ。用事や何か言いたいことがあるのならば直接言えばいい。

「いりますよー。ふとした時に読み返すんです。そして、愛を再認識するんですよ！」

マリアが手を合わせながら楽しそうに言っているが、文を読み返すという感情すらわからない。

だが、興味がなさそうなふりをして、何も言わずに焚火を見ているリーシャを見ると、いるっぽい。

だって、こいつはいらないなら、いらないってはっきり言うし。でも、俺もリーシャから文はもらったことないんだけどなー。

「それはすまなかった。俺は文章が得意ではないからそういう発想に至らなかったわ。つまらんちっぽけな文章かもしれんが、今度書いてみよう」

書きたくないけど、書かないといけないのはさすがの俺でもわかる。

「期待しないで待ってます」

リーシャは抑揚のない声でそう言うが、頬が赤い。これは焚火のせいではないだろう。

「なんか寂しくなってきましたー……」

マリアがぼやく。

「お前にも書いてやろうか？」

「何を書くんです？」

「ワイン、美味《うま》かったぞ」

「がっかりですけど、それはそれで大事ですよ。臣下は喜びます。少なくとも、ウチの父は泣いて喜ぶでしょう」

マジか……送れば良かったな。

「ふーん、覚えておこう」

まあ、俺が王になることはないが、感謝を伝える手紙というのは有効そうだ。

「それが良いと思います。それよりも殿下、明日にはアムールの町に着くんですよね？」

マリアが話を変える。

「多分な。前に見た地図の感じだと、明日には着くだろう」

俺達はジャックと別れた後、何日も歩いていた。かなりきつい行程だったが、ヒーラーであるマリアのおかげでそこまでの苦労はない。

「港町でしたよね？」

「そうだな。そこで船を奪い、この国とはおさらばだ」

テール王国は俺らのエーデルタルトとは敵対しているため、さっさと出国する必要がある。

「やっぱり奪うんですか？」

「それしかないだろ」

ジャックが言うには国外への便がないらしいし。

「殿下達がやってることって空賊や海賊と同じですよ……」

安心したまえ。今度からはお前もその賊の仲間入りだ。

「テールだぞ。どうでもいいだろ」

「まあ、そうですけど……」

マリアは貴族のくせにすぐ良い子ぶるな。平民からの聖女呼ばわりを気に入っているし、そういう年頃なんだろう。

「アムールに着いたらどうするの？」

顔色を普通の状態に戻したリーシャが聞いてくる。

「まずは調査だな。ギルドに行って、仕事をしながら探ろう」

「そうね。冒険者が仕事をしないと怪しまれるだろうし、町の仕事なんかをすると良いかも」

金も入って調査ができるのは一石二鳥だ。

「だな」

「私は早く宿で休みたいです。ベッドが良いです」

ここ数日は当然、野宿なため、テントで寝ている。狭いテントの中に三人だ。未婚のマリアは俺と一緒では辛《つら》いだろう。

「初日は贅沢《ぜいたく》をしよう」

「そうね」

「やったー」

金がそんなにあるわけではないが、贅沢な暮らしをしていた俺達はこういうご褒美がないと続かないのだ。

「じゃあ、今日は早めに寝るか」

「そうしましょう」

「もう殿下との同衾《どうきん》にも慣れてきましたよ」

リーシャを挟んでいるから同衾じゃないって言うに……

俺達は焚火を消すと、テントの中に入り、就寝することにした。

翌朝、俺はまだ寝ている二人を起こさないようにテントを出た。そして、昨日の夜に仕掛けた罠《わな》を見に行ってみる。すると、俺が置いておいた紙の上に倒れているうさぎを発見した。

「おー、かかってるわー」

その場でナイフを使い、うさぎの首を切ると、足を持って、血抜きをする。

「何が悲しくて王族がこんなことをしないといけないのかねー……」

とはいえ、リーシャとマリアにやらせるわけにはいかない。

「まあ、いいか……」

罠である紙を拾ってカバンにしまい、テントまで戻る。すると、リーシャとマリアはすでに起きており、並んで焚火に当たっていた。なお、リーシャはまだ眠そうだ。

「あ、殿下、うさぎが獲《と》れたんですね」

マリアが俺が持っているうさぎを見て、嬉《うれ》しそうに言う。

「まあな。俺の罠はすごいわ」

リリスの町で罠を買おうと思っていたのだが、買うのをやめ、自前で作ることにした。ジャックは罠を作るのは絶対に失敗するからやめろと言っていたが、俺には魔法がある。罠なんかはそんなに難しいことを考えなくても単純に、マヒ系の魔法の護符の上にうさぎの餌を置くだけでいいのだ。それでうさぎが簡単に獲れる。なお、昨日はそのうさぎの横に狼《おおかみ》も倒れていた。多分、気絶しているうさぎを食べようとして罠にかかったんだと思う。もちろん、狼はもう食べたくないのでスルーした。

「すごいですねー」

「エーデルタルト一の魔術師だから」

ちょっと得意げになりながらリーシャの隣に座ると、うさぎを適当に解体し、焚火の上の網に載せ、塩胡椒《しおこしょう》をかけた。

「いつも悪いわねー……」

リーシャが眠そうな顔で言ってくる。

「別にいい」

マリアはビビって捌《さば》けないだろうし、リーシャはそもそも起きてこない。だから俺がやるしかない。

俺達が焚火の上のうさぎ肉をじーっと見ていると、徐々に良い匂いがしだした。そうこうしていると、リーシャも目が冴《さ》えてきたらしく、キッチリとしだす。

「ワインが欲しいわね」

「さすがに無理だ」

持ってないし、これから歩くっていうのに朝からワインはない。

「でも、パンは欲しいですー。今度から買っておきましょうよ。その魔法のカバンに入ると思います」

確かにマリアが言うようにパンは欲しいかもしれない。

「まあ、確かにパンがあると……」

リーシャがしゃべるのを途中でやめた。

「どうした？」

「リーシャ様？」

俺とマリアが間にいるリーシャに目を向けると、リーシャが突然、剣を持って立ち上がった。そして、振り向きざまに、剣を振り抜く。すると、後ろにいた人影が宙を飛んだ。

「くっ！　速い！」

自分の一撃を躱《かわ》されたリーシャが悔しそうに人影を見上げた。俺は指をその人影に向けて、

「パライズ」

うさぎを捕らえる罠と同じ魔法をかけた。すると、人影は地面に着地すると同時にそのままコテンと転がる。

俺達は転がって痺《しび》れている人間のもとに向かった。

「珍しいものを見たわね」

「私は初めてです」

「俺も初めてだ」

転がっていたのは俺達よりちょっと下くらいの年齢の少女だった。そして、獣っぽい耳をしており、お尻《しり》付近には尻尾《しっぽ》が見えていた。こいつは獣人族である。

この世界には俺達のような人族とは別に獣人族と呼ばれる種族がいる。獣人族は獣の特性を持つ人種のことで身体能力なんかが結構すごいらしい。らしいというのは俺が詳しく知らないからだ。というよりも、ほとんどのエーデルタルトの人間は知らない。何故《なぜ》なら、エーデルタルトには獣人族が住んでいないからである。俺達はそんな獣人族の少女によくわからないが、襲われた。

「どうする？」

リーシャは剣を鞘《さや》に納めると、俺の魔法で痺れて転がっている少女を見下ろす。

「テールに獣人族っているのか？」

「いるらしいわよ。といっても奴隷ね」

奴隷かー……まあ、こいつの格好を見る限り、そんな気がしないでもない。少女は安っぽい布の粗末な衣を着ており、ボロボロなのだ。パニャの大森林に不時着した時の俺達といい勝負。

「奴隷がなんでこんなところにいるんだ？　おつかいの途中か？」

「さあ？　殺してもいいのかしら？」

うーん、わからん。奴隷って、法律上は人権のない物扱いだし、殺したら所有者が文句を言うかもしれない。普段なら攻撃してきた時点で問答無用なのだが、今はトラブルを避けたい時だ。

「どうかねー？」

「じゃあ、放っておく？」

「それはそれでどうなんだろう？　狼とかゴブリンに襲われたら痺れさせた俺のせいって言われないか？」

めんどくさいが、もし、こいつが奴隷商人の商品なら難癖をつけられることも考えられる。

「むしろ、慰謝料でももらいに行く？」

「それはそれでめんどくさいなー……もういっそ、殺して埋めてしまうか。証拠隠滅」

「それね」

よし、そうしよう！

「いや、あの、話を聞いてみては？」

マリアが提案してきた。

「言葉が通じるのか？」

「さあ？　リーシャ様は獣人族を見たことがあるっておっしゃってましたけど、どうなんです？」

マリアがリーシャに聞く。

「私が見たのはどこかの国の商人が荷物持ちにしてた奴隷の男ね。確か商人と話してたし、いけるんじゃない？」

やっぱり奴隷なのか。

「ふーん、じゃあ、起きるのを待つか。肉を食おうぜ。焦げるわ」

「あ、それもそうね」

俺達はとりあえず、獣人族を放っておき、焚火《たきび》の前に戻る。

「並んで座るのはやめた方がいいな」

並んで座っていたから後ろからの奇襲に気付けなかった。

「それもそうね。三人で焚火を囲むように座りましょう」

「ですねー」

俺達は焚火を囲むように座る。もっとも、倒れている獣人族の少女がいるのでそちらには背を向けないようにしている。

「どれくらいで痺れが取れるんです？」

マリアが聞いてくる。

「とっさだったからたいして魔力を込めていない。すぐだよ……」

俺がそう言うと、少女が動き出した。しかし、さすがに早すぎる。

「……すぐでしたねー」

少女はフラフラしているが、もう立ち上がった。

「獣人族って本当にすごいな……」

もうちょっと痺れてるはずなんだが……

少女はフラフラながらも立ち上がると、こちらを見た。というか、見ているのは網の上の肉だ。

少女は物欲しそうにうさぎ肉を見ている。

「もしかして、襲ってきた原因はこれ？」

リーシャが呆《あき》れたようにうさぎ肉を見る。

「じゃないですかね。お腹《なか》が空《す》いていそうな感じです」

「金は……ないわな」

どう見てもない。

「ないでしょうね」

「どっかで見た光景です」

確かにちょっと前の狼肉を食べた俺らっぽくて、親近感が湧く。

「食べるか？」

フラフラの少女に聞いてみる。

「……払えるものがない」

そんなもんは見ればわかる。粗末な衣を着ているだけで何も持っていないし、裸足《はだし》だ。

「貸しでいいぞ」

後でお前のご主人様にでも請求する。

「貸し……払えるかわからない」

「何でもいいよ」

「身体《からだ》くらいしか……」

少女がそう言った瞬間、リーシャが剣の柄《つか》に手を伸ばした。

「人の夫に色目を使うとはいい度胸ね」

「やめろ……おい、そういうことを言う相手は選べ」

リーシャを止めると、少女に忠告する。女連れに言っていい言葉ではない。

「……だって、男が求めるのはいつもそれでしょ」

いや、一緒にすんな。俺は栄えあるエーデルタルトの王子だぞ。なんでこんなみすぼらしい女を抱かないといけないのだ。

「そういう言葉はそういうのを求めている男に言え。お前がリーシャに勝ってる点が一つでもあるか？」

そう言うと、少女はいまだに剣の柄を握っているリーシャをチラッと見る。すると、どんどん表情が暗くなっていった。

「ロイドさん、言いすぎでは？　あと、地味にこっちにもダメージが来てます」

あ、しまった。

「お前にはお前の良いところがある。リーシャにないものをたくさん持っている」

可愛《かわい》らしいところとか、ほっとけないところとか、癒やしの雰囲気とか……

「……だから怖いんだけどね」

リーシャがポツリとつぶやく。

あー、めんどくせ。嫉妬《しっと》の塊とマリアへのフォローしなきゃならんのがきつい。

「お前のせいだ。何もいらんし、どうでもいいからさっさと食え。俺達も食べる」

そう言って、網の上の肉を取る。リーシャとマリアもまた、網の肉を取った。俺達が焼けたうさぎ肉を食べ始めると、少女は羨ましそうに眺めながら少しずつ、こちらに近づいてくる。

「猫みたいだな」

「多分、犬の獣人族だと思うけど、本当にそうね」

犬なのか……言われてみれば、耳とか尻尾が犬っぽい。

「警戒心の強い犬は可愛くないぞ」

「素直に尻尾を振ればいいのにね」

ホント、ホント。

「ナチュラルに差別発言が出るところがすごいです……」

知らんわ。

少女は我慢ができなくなったようで俺達のもとに来ると、うさぎ肉を手で掴《つか》んで口に運んだ。

「ぐすっ……美味《おい》しい」

少女がうさぎ肉を食べながら泣き出した。

「この程度の飯でか？」

「よっぽど貧しい生活をしてきたのね」

「奴隷にまでマウントを取らないでくださいよー……私達だって似たようなものだったじゃないですかー」

だから自分達より下を見つけて嬉《うれ》しくなったんだよ。

「それでお前は何だ？　奴隷っぽいが、ご主人様のおつかいか？」

泣きながらうさぎ肉を食べる少女に聞く。

「私は奴隷じゃない……いや、奴隷、だった……逃げてきた」

なーんだ、じゃあ、殺しても良かったんじゃん。

「よく逃げられたな」

「たまたま足の鎖の鍵《かぎ》がかかってなかったんだ」

そういえば、少女の足首には金属製の輪がついている。

「ふーん……それで逃げてきたのか……なんで逃げたんだ？」

「え？　なんでって……」

少女がびっくりしたような顔をする。

「いや、働けよ」

「そうよ。別に逃げなくてもよくない？　ちゃんと仕事をしなさいよ。こんなところに着の身着のままよりずっとマシでしょ」

ホント、ホント。

「あ、あの、ロイドさん、リーシャさん、多分、御二人が想像している奴隷とこの人は違うような……」

マリアが困ったように言う。

「そうなの？」

リーシャがマリアに聞く。

「はい。御二人の想像する奴隷は商人の荷物持ちだったり、お偉いさん方に奉公する奴隷でしょう？」

「そうね」

俺もそれ。

「そういった奴隷は特別な能力があったりして、厚遇されている奴隷です。御二人はそういった奴隷しか知らないのでしょうが、下には下がいるんです」

「下ねー……」

そうつぶやきながら少女を見る。確かに特別な能力があるようには見えない。ただのその辺にいる女って感じ。まあ、獣人族ってだけでレアだけど。

「獣人族は優遇されないのか？」

少女に聞いてみる。

「されない……むしろ、ひどい目に遭う」

「ひどい目ねー……さっきの身のこなし的にも優遇されそうなもんだけどなー」

戦争でもなんでも使えそうだ。

「あなた達、外国人？　私達を知らない？」

「知らん。俺らの国にはいない」

そういやエーデルタルトにはなんでいないのかね？

「獣人族がいない……エーデルタルト？」

おや？　わかるらしい。

「そうだ」

「だから反応が変なのか……」

変だったらしい。

「どこが変なんだ？」

「この国では私達は差別されている。人でもない獣でもない中途半端な汚らわしい存在」

「そうなの？　お前らって汚らわしいのか……」

確かにみすぼらしいし、汚い。

「違うっ‼」

少女が立ち上がり、怒鳴ってきた。

「……いや、お前が言ったんだろう。情緒不安定か？」

「あ、そうか……いや、そういう風に言われてるってこと」

「ふーん、初めて聞いた。ウチにはいないからなー……そういや、なんでいないのかね？」

リーシャとマリアに聞いてみる。

「さあ？」

「私達、嫌われているんですかね？」

えー、何もしてないのにー。

「違う。この辺りにいる獣人族は基本奴隷だ。だからエーデルタルトにいない」

「いや、ウチの国にも奴隷はいるぞ」

普通にいる。

「獣人族の奴隷の使い方は男は戦争や傭兵《ようへい》、女は性奴隷だ。エーデルタルトは元々軍事力が高く、自分達の武に誇りを持つ国だから戦争奴隷の需要がない。そして、性奴隷はもっと需要がない。以前に何回か貴族に売られたらしいけど、全員殺されかけて、返品されたって聞いている。そこの女のように嫉妬に駆られた配偶者が殺しにかかってくるんだって」

あー……そうなるな。側室や愛人なら正室の許可を得れば持つことができるが、それ以外は許されないのだ。

「妻を裏切れば当然でしょう」

「ですです」

なお、浮気相手が貴族だった場合、相手も夫も殺して自分も死ぬという凄惨《せいさん》な事件となる。そんなバカをする貴族はさすがにもういないがね。

「なるほどねー。だから獣人族自体がいないわけか。ちなみに聞くが、この国では多いのか？」

「そこそこいる。だけど、奴隷の割合的にはそこまでいない」

人族の奴隷の方が多いってことかな？

「逃げてきたと言っていたが、アムールの町からか？」

「そうよ」

ほうほう。

「アムールはここから徒歩でどれくらいかかる？」

「徒歩？　半日もかからないと思う」

おっ！　思ったより近いな。今日は宿屋で眠れそう。

「ふむ。良い情報に感謝する。お礼に干し肉でもやろう」

カバンから干し肉を取り出すと、少女に放り投げる。少女は干し肉を受け取ると、それは食べずに俺をじーっと見ている。

「あなた、変わっている。普通は奴隷、しかも、獣人族にこんなことをしない」

知らんわ。俺から見たら奴隷も平民も獣人族も同じ下賤《げせん》の民だ。ましてや、外国の国民なんかどうでもいいにもほどがある。

「そんなどうでもいいことより、アムールの情報を教えろ。奴隷とはいえ、そこにいたんだろ？」

「確かにいたけど、何を聞きたいの？　基本は檻《おり》の中だったから詳しくはないんだけど……」

檻の中？

「奴隷って檻の中なのか？」

「まだ買われていない奴隷だったんだ」

あー、そういうこと。これから売られる予定だったわけだ。

「アムールは港町だったな？　船はどれだけあった？」

「船ならわかる。私達は船に乗せられてきたから……船はいっぱいあったけど、ほとんどが漁船だったと思う」

海に面しているわけだし、漁業が盛んか……

「他の船は？」

「人を運ぶ船や軍の戦艦があったと思う」

戦艦……厄介だな。シージャックする時に気を付けないといけない。

「魔導船はあったか？」

「魔導船？」

「知らんか？　普通の船は人力や帆を使って風の力で動く。魔導船は魔力を使って動くんだ」

「うーん……わからない。獣人族は人族と比べて、身体能力は高い傾向にあるけど、その分、魔法は使えないんだ」

へー……エーデルタルト向きだな。

「帆に変な模様があるはずだ。見てないか？」

「模様……そういえば、そういう船が数隻あった気がする」

それだ！

「よしよし。良い情報を聞けたぞ。お前、案内しろ」

「……恩に報いたいと思うけど、それだけは嫌だ。もうあの町には戻りたくない」

情けない奴《やつ》だ。自分だけでなく、他の奴隷仲間を助けたいと思わないのかね？

「まあいい。お前はこれからどうするんだ？」

「それは……」

何もないのか？　このまま野垂れ死にかね？　だったら、性奴隷でもいいからご主人様の寵愛《ちようあい》を受ければいいのに。奴隷かもしれんが、気に入られれば厚遇されるだろう。

「まあ、お前の人生だ。好きにすればいい」

人には人の生き方がある。俺がこうすればいいのにと思うことも他人はそうは思わない。リーシャにしても、マリアにしても、この奴隷と同じ立場だったら間違いなく、とっくの昔に自害しているだろう。

「あなた達はアムールに行くの？」

「だな。今から行けば昼過ぎには着けるか……というわけで俺達は行く。情報の礼に良いものをやろう」

カバンから紙を取り出し、少女に渡す。

「何これ？」

「それはお前が身をもって体験したパライズの魔法がかかっている護符だ。夜にそれの上にエサを置いておけば、朝には獲物がかかっているぞ……ああ、間違っても魔法陣には触るなよ。また痺《しび》れる羽目になる」

こんなもんは紙さえあればいくらでも作れる。

「あれか……」

少女は嫌そうな顔をする。

「あれだ。まあ、頑張れ」

「ありがとう……この恩は忘れない」

「どうでもいいな。ああ、そうだ。せっかくだし、お前の名を聞いておこう」

「名前、か……私の名はティーナだ……ティーナ、だ」

ティーナはよくわからないが、泣いていた。


俺達は出発の準備を終えると、ティーナとかいう逃亡奴隷と別れ、アムールの町に向けて出発した。

「大丈夫ですかねー？」

歩いていると、マリアが聞いてくる。

もちろん、さっきのティーナのことだろう。

「さあ？　獣人族というか、奴隷が冒険者になれるのかもわからんし、野垂れ死にかねー？　といってても、どうしようもないしなー」

「上手《うま》く逃げられると良いんですけど」

どうかねー？　逃げるっていってもどこにって感じだし。

「良い人に拾われることを祈るだけだな」

俺らはそんなことしない。そんな余裕もないし、義理もない。まあ、そこそこ可愛《かわい》かったし、良いご主人様と出会ってくれ。

「そんなことより、アムールは奴隷売買があるってことよね？」

今度はリーシャが聞いてくる。

「だろうな。リリスの町で奴隷っぽい人間は見当たらなかったし、獣人族も見てない。アムールは港町だし、色んな商品が集まるんだろう」

飛空艇の登場により、輸送技術が格段に上がったが、いまだに海路による輸送は活発だ。

「マリア、気を付けなさいね。そういうところは治安が悪いだろうし」

「殿下やリーシャ様から離れませんので大丈夫です」

「まあ、基本は三人で動きましょう」

それがいいな。

俺達はアムールの町では注意することに決め、歩き続けた。そして、そのまま歩いていくと、すぐに石造りの高い塀に囲まれた町が見えてきた。

「リリスよりかは小さいわね」

「だなー。とはいえ、そこそこの規模はありそうだし、安宿しかないってことはないだろ」

雑魚寝《ざこね》宿なんか絶対に嫌だし、リーシャとマリアがものすごく嫌な顔をすると思う。

「あの列は何ですかね？」

マリアが町の門の前に並んでいる人達を指差す。

「町に入る前のチェックじゃない？　ウチの王都にもあったでしょ」

「確かにありますけど、リリスにはなかったですよね？」

「領主の方針じゃないかしら？　あの二流とは別の領地なわけだし」

リリスとアムールでは領主が違う。

「とりあえず、並ぶか。冒険者カードもあるし、大丈夫だろう。あ、リーシャはフードな」

「わかってるわよ」

リーシャはそう言って、めんどくさそうにフードを被《かぶ》った。

「美人も考えものですねー」

本来ならこんなに外には出ることがない身分だからなー。

「じゃあ、たいして目立たない俺らは普通に行こうぜ」

「いや、殿下だって怪しい魔法の研究をやめれば……ふっ」

マリアが俺の顔を見た後に肩にかけている汚いカバンを見て、鼻で笑った。

やっぱり呪いのカバンだろ、これ……

俺はジェイミーと同じように見られるのは嫌だなーと思いながらも門の前の列に並ぶ。

「毎回これなんですかね？」

「さあ？　めんどいな」

モンスター退治の依頼とかあって、外に出た時にも毎回これなんだろうか？

面倒だなと思いながら待っていると、次第に列が進み、俺達の番になった。

「ん？　見ない顔だな……」

門番が俺の顔を見て、首を傾《かし》げる。

「旅の冒険者だ。リリスから来た」

「リリス？　なんでまたリリスからアムールに来たんだ？　リリスの方が仕事は多いだろ」

いや、知らん。

「ここには海があるんだろ？　それを見に来た」

「は？　海？　なんでまた？」

「俺達は内陸の出身で海を知らん。リリスに寄った時にアムールのことを聞いたんだ。湖や川より大きいって本当か？」

もちろん、嘘である。エーデルタルトにだって海はある。

「ハァ？　海を知らんってマジかよ……それでわざわざ見に来たってか？」

「お前は見慣れているからそう思うだけで俺達からしたら観光名所だ」

「ふーん、そんなもんかねー？　ということは長居はしないのか？」

「旅の途中だからな。適当に仕事をしたらまた旅を再開する」

嘘は言っていない。船を奪うが、旅はする。

「まあ、わかった。ここは海産物が名産だからそれも楽しむといい。冒険者カードを見せてくれ」

門番にそう言われたので俺達は冒険者カードを見せる。

「……はい、確かに。あと、そこのフードを被った女は顔を見せてくれ」

えー、リーシャの顔を見せるの？

「俺の嫁なんだが、他の男に顔を見せたくないな」

「はい？　どんだけ独占欲が強いんだよ……そんなに大事なら箱にでも入れておけ」

「どうしてもか？」

「どうしてもだ……実はな、今、ちょっとした事件があってこんな検問をしているんだ」

事件？

「普段はしていないのか？」

「ここは交易の町だぜ？　毎日、そんなことをしたら商人連中から大クレームだよ」

まあ、商人は時間を大事にするからな。

「何があったんだ？」

「実はよー、昨日の夜に奴隷の一人が逃げ出したらしいんだわ。しかも、大暴れして何人も負傷者を出した」

あいつじゃん。

「ふーん。だが、町に入る側の検問はいらんだろ」

逃げているのを追うなら出る人間だけを確認すればいい。

「そうでもない。そいつは獣人族なんだが、他の獣人族の仲間が奴隷となっているからな。救出しに戻ってくるかもしれない」

「チッ！　つまり、そいつのせいで俺達が足止めか？」

「そういうことだ。恨むならその奴隷を恨みな。俺だって、非番だったのに駆り出されたんだ。そういうわけで、一応、調べさせてくれ。顔だけでいい。獣人族じゃないとわかればいいんだ」

まあ、耳を見ればわかるもんな。

「リーシャ」

「仕方がないわね」

リーシャがそう言うと、フードを取り、顔を晒《さら》す。すると、門番が息を呑《の》んだのがわかった。

「ひゅー！　これはすげー上玉だな。あんたが見せたくないって言う理由もわかるぜ」

「粉をかけたら殺すからな」

「ははっ！　こえー、こえー。安心しろ。俺は既婚者だよ。そんなことをしたらウチの母ちゃんに殺されるわ。もういいぞ。行け」

門番が笑うと、リーシャがフードを被る。

「ギルドはどこだ？」

「入ってすぐだよ」

「わかった」

俺達は無事に検問を抜け、アムールの町に入った。そして、周囲を見渡す。

「まあ、普通だな」

街並み自体はリリスとそうは変わらない。

「ロイド、調査や仕事は明日にして、今日は休みましょうよ」

リーシャが上機嫌な声で提案する。

「まあ、そうだな……どうした？　えらく機嫌が良いな」

「別にぃー」

なんかうざいな……

「……殿下が他の男には見せたくないって言ったからですよー」

マリアが小声で教えてくれる。

「嬉《うれ》しいもんか？」

「そりゃ嬉しいですよ。それだけ愛しているってことですから。羨《うらや》ましい限りです」

こいつら、ホント、重いな……逆の立場だったら普通に嫌なんだが……

「箱に入れられた生活の何がいいかわからん」

「ロイドさん、だいぶ冒険者生活に毒されてますねー。私達って、普通にそうじゃないですか」

そういや、王族と貴族は箱入りだったわ。とはいえ、俺は魔法で誤魔化して、こっそり街に出まくってたからなー。

「まあいいや。ギルドに行くぞ。移籍の手続きのついでに宿屋の情報でも仕入れよう」

「ギルド、ギルド……あ、そこにあります」

マリアがキョロキョロと街並みを見渡すと、ギルドを発見したらしく、指を差す。マリアが指差した方には確かに剣が交差する看板が立てかけられた建物があった。

「本当に門の近くにあるんだな」

「わかりやすくていいですね」

ここなら外の依頼から帰ってすぐだし、便利そうだ。

「だな。よし、行ってみよう」

俺達はすぐそばにあるギルドに向かう。すると、ギルドからフードを被った冒険者らしき女が出てきた。

俺達はそれを見て左右に分かれ、道を譲る。

「あ、すみません」

女は俺達に気付き、早歩きになったのだが、俺の目の前でピタリと足を止めた。そして、顔を上げ、驚いた表情で俺を見てくる。

「え、殿下……？」

「ん？」

こいつ、殿下って言ったか？

女は目をこすったり、ぱちぱちさせたりしながら何度も俺を見る。すると、リーシャが音もなく、ゆっくりと動き出し、剣の柄《つか》に手を回した。そして、俺を見てくる。いつでも殺せるということだ。

「どこかで会ったか？　すまんが、わからん」

こんなところでなるべく問題を起こしたくないので一応、探ってみる。

「え？　あ、あのー……つかぬことをお聞きしますけど、ロイド殿下ですよね？」

知り合いっぽいな……誤魔化《ごま》しは……いや、騒ぐ気もなさそうだし、少し様子を見るか。いくらなんでもこんな大通りで刃傷沙汰《にんじょうざた》は避けた方が良い。

「そうだな……」

頷《うなず》きながら答えると、リーシャが剣の柄を握ったまま腰を低くした。完全に斬る体勢に入っている。

「いや、なんでこんなところにいるんですか？　ここ、テールですよ？」

女が呆《あき》れた表情になった。

「色々あってな……お前、誰だ？」

「え？　私ですよ？　ネルです」

誰だ？　知らね。

「知らんが？」

「ひっど……ほら、何年か前にお付きのメイドをしていたじゃないですか。殿下に空を飛ばしてやるって言われて天井に頭をぶつけたネルです」

あー……いたな、そんな奴《やつ》……ある日、急に実家に帰るって言って辞めた奴だ。

「フードを取れ」

「はい」

女が頷き、フードを取ると、栗色の髪をした可愛《かわい》らしい顔が見えた。

「うん……」

わかんね。

「まあ、覚えてないでしょうね……殿下、人の顔を覚えないですし。私もよく名前が二文字だからってリタと間違えられました」

リタは知っている。ついこないだまで俺に仕えてくれてたメイドだ。その名が出てきた時点でこいつが本物のネルだとわかった。

「リーシャ、やめよ」

そう言うと、リーシャが剣の柄から手を離す。

「あ、リーシャ様……お、お久しぶりです」

ネルが振り向き、斬る体勢に入っていたリーシャを見て、震えながら挨拶《あいさつ》をした。

「そうね……」

リーシャも覚えてないだろうなー……

「……殿下ー。リーシャ様が怖いでーす。相変わらず、人殺しの目をしてまーす」

ネルが小声で囁《ささや》いてくる。

「ほっとけ。それよりもちょっとこっちに来い。こんなところで話すことではない」

そう言って、ギルドの横の建物と建物の間にある人気《ひとけ》のない路地に入って立ち止まると、まじまじとネルを見た。

うーん、確かにこんな顔だった気がする。確か金貨を渡すと、すぐににやける奴だった。

「久しいな、ネル。急にいなくなったからどうしたのか心配していたが、元気そうで何よりだ」

「嘘くせ……あ、いえ……あのー、そちらは？」

ネルはぼそっとつぶやいたが、すぐにマリアを見る。

「フランドル男爵家のマリアだ」

「おー、フランドル男爵家ですか。仲間です」

ネルはエドワーズ男爵家の人間だ。確か三女か四女だった気がする。

「こんにちはー」

マリアが軽く頭を下げて挨拶をした。

「どうもー。あのー、皆様はなんでこんなところに？」

ネルはマリアに挨拶を返すと、再び、俺を見てくる。

「俺達がここにいるのは飛空艇でウォルターに移動中に空賊に襲われ、不時着したからだな。それでこの町で船を奪い、脱出しようと思ったんだよ」

「なるほど……相変わらず、大胆なことを考えますね」

考えたのはジャックだけどな。

「お前は？　なんでこんなところにいる？」

「あ、私ですか？　私は密偵です。テールは敵国ですから主要な町や港町には情報を集めるために密偵が入っているんです。私はこの町の担当ですね」

密偵？

「お前が？　メイドだろ」

「えーっと、その……兼任的な？」

ネルが目を泳がせだした。

こいつ、不自然に辞めたと思っていたが、密偵が本職だな。メイドをしていたのは陛下か宰相が、こいつに命じて俺が変なことをしてないか見張っていたんだろう。

「まあいい。お前が仕事中なのはわかった。ここまでどうやって来た？　船はないか？」

よこせ。

「ないですね。旅人の冒険者を装って普通に歩いてきましたし」

使えん奴だ。

「この町の情報は？」

「これから集めます。数日前に到着したばかりですしね。奴隷市が開かれるっていうんで人ごみに紛れて潜入したんです」

なるほどね。

「そうか……」

「あのー、船を奪うんですか？　危険ですよ？」

「このままテールにいる方が危険だわ」

ジャックが言うにはすぐにバレるらしい。

「そうですけど……」

「お前、密偵だったな？　その仕事をしろ。今はとにかく、この町の情報が欲しい」

「わ、わかりました。脱出の際はお任せください。このネル・エドワーズ、殿下のためならこの身も惜しみません」

ネルはそう言って跪《ひざまず》く。

「そうか……何かわかれば連絡しろ」

「かしこまりました。では、すぐに調査に入ります」

ネルは立ち上がると、フードを被り、走ってどこかに行ってしまった。

「随分と気安いメイドですね？　王家のメイドですよね？」

マリアがリーシャを見る。

「ロイドのところのメイドは皆、あんなのよ。ロイドは堅苦しいのが嫌いみたい」

「へー」

公務中や学校ではそんな堅苦しい奴らしかいないんだから、自室で過ごす時くらいは楽にしたいだけだ。

「ネルもリタも良いメイドだぞ。金貨を握らせたらすぐに見ないふりをしてくれるし、魔法の実験台……練習にも付き合ってくれる」

実に良い奴らだった。たまに睨《にら》んでくるけど……

「ロイドのメイドも大変ね……まあいいわ。さっさとギルドに行きましょう」

「それもそうだな」

俺達は路地から出ると、ギルドに向かい、扉を開ける。すると、複数のベンチが並んでおり、その先に受付があった。受付には四人の女性が座っており、やっぱり皆、美人だった。なお、昼過ぎということもあって、暇そうだ。

「うーん、ベテランがいない……」

前にジャックから受付はベテランにしろというアドバイスを受けていたが、そういった人物は見当たらない。今、座っているのは皆、妙齢の女性なのだ。

「どうします？」

マリアが聞いてくる。

「誰でもいいだろ」

どれも一緒だろうと思い、受付に近づく。すると、急に右方向からワッという歓声が沸いた。

何だろうと思い、右を見てみると、どうやらこのギルドは隣接する酒場と繋《つな》がっており、酒を飲んでいた団体の冒険者が騒いでいるようだ。

「昼間からうるさいわねー」

「お仕事じゃないんですかね？」

「無視しろ。俺達には関わりのない奴らだ」

これだから荒くれ者は……

俺達は酒場の方を見ないようにし、受付に向かった。

「移籍の手続きをしたい」

一番窓口の背の高い受付嬢に声をかける。受付嬢は近くで見ても美人であり、身だしなみもしっかりしていた。

「はい。では、冒険者カードの提出をお願いします」

俺達は受付嬢に冒険者カードを渡すと、彼女は俺達の冒険者カードの裏面を見た。

「ロイド様、リーシャ様、マリア様ですね。もしかして、リリスから来られたんでしょうか？」

ん？

「そうだが……」

なんで知っている？

「やはりそうですか……リリスのブレッドより聞いております。ギルドに不備があり、リリスではご無礼があったそうで……ギルドを代表して謝罪致します」

不備？　無礼？　そんなことあったか？　めちゃくちゃ助かったんだが……もしかして、領主とグルだったことか？

「そうか。特に気にしていないが、謝罪は受け入れよう」

領主とグルだったことはどうでもいいが、謝罪をしたということはこっちが有利になったということだ。

「はい、大変失礼しました。今後はあのようなことがないように努めたいと思います」

あのようなことって、この女も事情を知っているんだろうか？　マズくないか？

「そうしてくれ」

「はい。それと、ジャック・ヤッホイ様からお手紙を預かっております。どうぞ」

受付嬢がカウンターに手紙を置く。

「手紙ねー……」

封を開け、手紙を読んでみる。リーシャとマリアも横から覗《のぞ》いてきた。

【お前さん達がこれを読んでいる頃には俺はもうこの世にいないと思う……すまん。冗談だ。とはいえ、お前さん達のそばにはいないだろう。そして、お前さん達は無事、アムールに着いたと思う。この手紙はリリスの領主との話を終え、お前さん達を門で待たせている間に書いている。俺はこれからこの手紙をブレッドに託すと同時に協力を依頼する。要はお前らがアムールで失敗しないようにアムールのギルドに頼むことだ。

まず、説明をしていなかったことを書く。

ギルドは国とは何の関係もない組織だ。だからお前らがどういう国のどういう立場なのかは一切関知しない。また、それを国や領主に漏らすこともない。ブレッドの場合は特殊だったのだ。説明すると、長くなるから書かないが、ブレッドもお前さん達を害する意思はなかった。実際、お前らは儲《もう》かったし、良くしてもらっただろう？　とにかく、ギルドはお前達の敵ではない。とりあえず、リリスのギルドの不備でお前達に迷惑をかけたということにするからそれを利用して良い仕事や宿を紹介してもらえ。あと、そこのギルドで注意すべきことを書く。

背の高い女が受付に座っていると思うが、そいつはそこのギルドのギルドマスターだ。名前はルシル。頼るならそいつだが、鼻の下は伸ばすなよ。絶世の嬢ちゃんが斬りかかるかもしれん。じゃあ、門で待っているお前さん達を待たせたら悪いからこの辺にする。頑張れ。

P.S.俺は領主からお前達を殺せと命じられたが、見破れるかな？　答えはこの手紙を読んだ時のお楽しみ。あ、実際に殺す気はないぞ】

ふーん……

「長いわね」

「よくあの短時間でこんなに書けましたね。さすがは作家さんです」

「まあ、とりあえず、見破りは成功したな」

しかし、あいつ、あの時からここまで考えていたのか……

俺はジャックの手紙を読み終えると、手紙をカバンにしまい、目の前の受付嬢を見た。ジャックは背の高い受付嬢がギルドマスターと書いていた。受付には四人の受付嬢がいるが、一番背の高い女は目の前のこいつだ。

「お前、ルシルか？」

目の前に座っている受付嬢を見下ろし、確認する。

「はい。ルシルと申します。ジャックさんの手紙に書いてありましたか？」

まあ、普通に考えればそう思うだろう。

「ジャックからの助言だな。リリスの不備はお前から詫《わ》びをしてもらえ、だそうだ」

俺はそんな気はないが、ジャックがそう言っていた。そういうことにしておこう。

「私ですか？　ふふっ。どのようなお詫びをお求めで？」

ルシルの雰囲気が変わった。先ほどまではかしこまった対応だったのだが、急に妖艶《ようえん》さを醸し出したのだ。確かに美人からそんな風に聞かれれば、男としては感じるものがある。だが、ものすごい殺気を横から感じる。

「やめろ、リーシャ。こんなのに惑わされるほど、女に餓えておらん。ルシルとか言ったな？　くだらない冗談はやめろ。世の中には冗談がまったく通じない者もいるんだ」

「さようですか……しかし、『こんなの』はひどいですね」

「女連れの男をそんな目で見る時点で『こんなの』だ」

リーシャやマリアほどガチガチになれとは思わんが、節操というものがある。

「さようですか。それで？　詫びとは？」

「別にたいしたことではない。丁寧な仕事をしろということだな。まずは移籍の手続きだ」

丁寧だぞ。ちゃんと意味わかってるか？

「それはもちろん致しますが、他には？」

「仕事はどんなのがある？」

門番いわく、リリスより少ないらしいが、どんなのがあるのだろうか？

「色々ございます。モンスターの討伐から素材採取など様々です」

「まずは海が見たいと思っているが、いい感じの仕事はないか？」

「海ですか？」

「あまり見る機会がなくてな」

これは本当。海なんかに用はないし。

「でしたら漁師の手伝いや荷物の運搬などがございます」

「面倒だ。もっと楽なのがいい」

そんなハードな仕事をしていたら調査ができない。

「そう言われましても……」

ルシルが困った顔をする。

「海を見るついでにやるだけだ」

「でしたら港のゴミ拾いでもなさいますか？」

なんで俺がそんなことをしないといけないのだと思ったが、これはいいかもしれん。

「それでいい」

「え？　本当にですか？　報酬は銀貨一枚ですけど」

安いなー。はした金もいいところだ。

「別に報酬は期待していない。今日来たばかりだし、いきなりハードな仕事をする気がないだけだ。海を見るのと町の探索ついでだな」

「さようですか……では、お願いします」

「あ、仕事は明日からにする。リリスから歩いてきて到着したばかりだから疲れた。今日は早めに宿で休むことにする」

「ハ、ハァ？　でしたら明日はギルドに寄らずにそのまま港に行って構いません」

そうするか……朝は冒険者が多いだろうし、隣の感じを見ると、民度はお察しだ。

「なあ、ここは隣が酒場なのか？　うるさいぞ」

まだ隣で騒いでいる連中を見る。

「ですね……元は別だったんですが、儲かるかなと思って、居抜いたんです。実際、儲かっていますが、失敗でした」

うるさいもんなー。

「まだ昼間なのにどんちゃん騒ぎだな」

「ええ、普段はそこまでうるさくないのですが、今は仕方がないのです」

「今は？　祭りでもあるのか？」

「まあ、お祭りですかね？　もうすぐ奴隷市が開かれるんです」

そういやネルもそんなことを言ってたな。

「それと冒険者が騒いでいることが関係しているのか？」

「あそこで騒いでいるのはこの町出身の冒険者ではありません。奴隷を買いに来たよその冒険者です」

なるほどね。冒険者が奴隷を買うわけだ。くだらん。

「あっそ。興味ないな」

「さようで？　色んな奴隷が市に出ますよ？　中にはとんでもない絶世の美女までいます」

「聞いたか？」

半笑いでマリアを見る。

「聞きました。鼻で笑いそうです」

この世にウチの絶世を上回る者がいるものか。

「まったくだ。それで？　そういうのを買うために冒険者が集まっているのか？」

「えーっと、はい。そうですね」

うーん……ということは宿が空いているか微妙だな。

「宿って空いているか？」

「宿ですか？　この時期は厳しいかと……」

「多少、高くても構わん。お前の力でなんとかできんか？」

汚いカバンから金貨を一枚取り出し、カウンターに置く。

「そう言われましても……」

足りないか？　めんどくさいな。

「詫びだよ、詫び」

そう言いながら追加で金貨四枚を取り出し、これも置いた。

「うーん……では、ギルドが借りている部屋を特別にお貸ししましょうか……」

「ギルドが借りている？　そんなのがあるのか？」

「催しがある時は宿屋が空いていない場合があります。そんな時にAランク冒険者が来たら大変でしょう？　下手《へた》をすると、二度とこの町に来てもらえなくなる可能性もあります。そういう時のためにギルドがあらかじめ、一部屋、二部屋は押さえているのです」

Aランクって優遇されているんだなー。

「俺達はAランクではないぞ」

Eランクだ。初心者に毛の生えたクラス。

「ジャックさんの紹介ということで」

なるほどね。ジャックは紛れもない伝説のAランクだもんな。

「じゃあ、それでいい。その宿はいくらだ？」

「お代は結構です。これは経費ですので」

「そうか……」

ラッキーと思いながらカウンターに置いた金貨五枚に手を伸ばす。すると、ルシルは俺が触れる前にサッと金貨を回収した。

「……まあ、チップにしとくか」

意地汚いと思わんでもないが、一度出した金を回収するのも俺の品位が問われるというものだ。

「お部屋は三人部屋ですのでちょうど良いかと思います」

「ぼろくないだろうな？」

「Aランク冒険者用ですよ？　ありえません」

金貨五枚で良い宿に泊まれると思えば、それでいいな。

「風呂《ふろ》は付いてるか？　ウチの者は綺麗《きれい》好《ず》きなんだ」

「もちろん、付いております。というよりも、この町は海に面しているということもありまして、潮風の問題があります。ですので大抵の宿には付いていますね」

お国柄というか、この地域独特なものか。

「なら、結構。そこに泊まる。場所はどこだ？」

「ギルドを出て、右にまっすぐ進んでください。そうすると、市場に着きますのでそこを左に曲がったところです。イルカの看板が目印ですね。宿屋に着いたら私の名前を出してくだされば大丈夫です」

イルカねー……さすがは港町だな。

「わかった。では、今日はそこで休んで明日、ゴミ拾いをする。身体《からだ》の調子次第では明後日にはちゃんと仕事をすると思うから楽に儲けられる仕事を用意しておけ」

「楽に儲けられる仕事って……そんな簡単に言われても困ります」

まあ、そうだろうな。

「ブレッドは用意してくれたよな？」

リーシャとマリアに聞く。

「ですね。色々な仕事を見繕ってもらいました」

「使える男だったわね」

「本当にな。さすがはリリスのギルドだ」

うんうん。

「くっ！　わかりました。こちらも見繕っておきましょう」

対抗意識が強いね。

「そうしてくれ。あ、それとギルドにネルという女が俺を訪ねてきたらその宿屋にいると伝えてくれ……では、俺達は行く」

俺達は話を終えると、酔っ払いでうるさいギルドをあとにした。ギルドを出た俺達はルシルに言われた通りに右に向かって歩いていく。そして、そのまま進むと、家屋のない開けた広場に出たのだが、屋台や露天商が大勢おり、それを目当てにした多くの客が集まって賑《にぎ》わっていた。

「人が多いわねー」

確かにすごい。リリスより小さいですが、活気はこの町が上ですね」

「リリスも栄えた町だとは思うが、ここまでの活気はなかった。奴隷市があるおかげかもしれないが、交易の町ということが大きいのだろう。それにここにいる客も商人もこの町の人間ではないと思われる者が多い。その証拠に異国っぽい服装をした者や肌の色が異なる者達をチラホラ見かける。

「ある意味、よそ者の俺達が目立たなくていいいな」

「そうね。今なら色んなところから人が集まってきているだろうし、物見遊山の観光客を装いましょう」

それがいいな。

「後で見に行ってもいいですか？」

市場を楽しそうに眺めていたマリアが聞いてくる。

「そうだな。宿にチェックインしたら行ってみよう」

下手に宿屋に引きこもるより、そっちの方が目立たないだろう。

「やったー」

「あなた、こういうのが好きね」

リーシャがマリアを見る。

「楽しいじゃないですか。御二人は都会暮らしで色んな商人に会われているでしょうが、私の領地に来るのはワインの買付け商人ばかりです」

まあ、マリアの領地はそうだろうよ。ぶどうやワインが特産なんだから。

「とりあえず、チェックインするぞ。午後からはフリーだし、ゆっくり見よう」

そう言って、ルシルに教えてもらった通りに市場を左に曲がる。そして、しばらく歩いていると、ブサイクなイルカの看板が立てかけられた建物を見つけた。

「もっと上手《うま》く描けよ……宿屋の名前はイルカ亭と見た」

「下手くそな看板ねー……まあ、そうなんじゃない？」

「味があって私は好きですよ……イルカ屋かもしれませんよ？」

俺達は宿屋の名前を予想しながら建物に入る。

「いらっしゃいませー！」

建物に入ると、若い女が笑顔で元気よく声をかけてきた。

「マリア、あれだぞ」

あれが都会の女の華やかさだ。

「私もあんな感じになればいいんですか？」

うーん、マリアにはマリアの良さがあるしなー。

「やっぱりお前はそのままでいいわ。そっちの方が良い」

癒やし、癒やし。

「そうします……できませんしね」

マリアは慎ましいから無理だろうな。というか、昔から知ってる分、そうなったら嫌だわ。

「お客様ー？　どうされましたー？」

宿屋の女が笑顔を絶やさずに聞いてくる。

「いや、なんでもない。泊まりたいんだが」

「すみませーん、今日は満室なんですー」

やっぱりそうか。

「だろうな。俺達はギルドの紹介で来た。ルシルな」

「ルシルさん？　え？　お客さんAランクなんですか？　そうは見えないような……いや、そんなこともないいか」

女は俺のカバンを見て、判断したようだが、リーシャとマリアを見て、すぐに首を横に振った。

二人は装備品が充実しているし、見た目も良いからな。そんな二人を連れている俺も必然的に上の冒険者に見えるわけだ。Eランクだけどな。

「まあ、Aランクではないことは確かだ。その辺は気にするな」

「わかりましたー。では、お部屋に案内させていただきます。三人部屋でよろしかったでしょうか？」

「それでいい」

「では、こちらでーす」

女はそう言うと、受付の横にある階段を上っていったので俺達もあとをついていく。

「二階か？」

「はい。普通のお客さんは一階ですけど、特別なお客さんは二階です。他のお客さんとのトラブル防止ですね」

「トラブル？」

「ケンカです。実はこの宿の一階にある食堂は酒場も兼ねているんです。ですから泊まっている冒険者とこの町の漁師がケンカしたりします。漁師も気性が荒いですからね」

えー……この町ってマジで治安が悪いな。

「トラブルはごめんだ。ウチの女共に傷がついたらどうする？」

というよりも、リーシャが剣を抜いて、バッサリ。

「大丈夫です。食事は部屋で食べて構いませんし、何かあれば呼んでいただければ、対応致します。

実は二階には私の部屋もあるんです」

女がそう言うと、階段を上り終えた。二階には四部屋あり、一つの部屋の扉には花が飾ってある。

「あの花が飾ってある扉が私の部屋です。夜でしたらあの部屋に私がいますのでお声がけください。

夜遅くても構いませんが、ちょっとお時間をもらうかもしれません」

まあ、寝てるだろうしな。

「残りの三部屋は？」

「一部屋は倉庫です。二部屋が特別なお客さん用ですね。一人部屋と三人部屋になります。お客さん達は奥のこの部屋ですねー」

女はそう言って、奥の部屋まで行くと、扉を開けた。

俺達は部屋に入り、室内を見渡す。部屋はリリスの宿で泊まった部屋よりも広く、きれいである。

それにタンス、鏡台、テーブルも備え付けられており、どれも質が良い。しかも、ベッドのシーツも質が良く、確かに特別なお客様用って感じだ。

「まあまあだな」

「そうね。こんなものでしょう」

俺とリーシャはうんうんと頷《うなず》いた。

「二人共ー。それ、やめましょうよー」

マリアが申し訳なさそうに言う。

「あははー！　お客さん、お貴族様ー？」

女は笑いながらも核心を突いてきた。

「実は俺は王様なのだ。こいつらは王妃様」

「あはっ！　王様ー。確かに王妃様はおきれいでいらっしゃいますけど、そのカバンはないですよー」

女は冗談だと思ったようで笑う。

「やはりこのカバンだと、嘘もつけんな」

ジェイミーがちゃんと管理していなかったのが悪い。

「もうちょっと良いカバンと普通のカバンを持ちましょう」

「まあ、別に貴族に見られたいわけではないからどうでもいい。俺達は冒険者だ」

「ですよねー。食事はお部屋でいいですか？」

怪しいと思われたらこうやって誤魔化すのだ。

「だな。食事はいつだ？　俺達はちょっと市場を見に行こうかと思っているんだが……」

「いつでも大丈夫ですよ。昼間は受付にいますし、夜は部屋にいます。声をかけてください。あ、朝食も同様です」

わかりやすくていいな。

「わかった。じゃあ、俺達はちょっと市場を見てくる」

「はーい。何かあったらお声がけくださーい」

「あ、そうだ。ちょっといいか？」

気になっていたことを確認することにした。

「早速ですねー。何でしょうか？」

「この宿屋の名前はなんだ？」

「クジラ亭です」

え……？　なんで？

「クジラ？　イルカじゃないのか？」

「あー、やっぱりイルカに見えますかー……あの看板、私が描いたんですけど、クジラです」

お前かーい。

「すまん。ルシルからイルカの看板が目印と聞いたものだから」

実際、イルカにしか見えなかった。

「いえ、いいんです。皆、イルカって言ってますし、ここもイルカ亭って呼ばれてますから……」

あんなに明るかった女の表情が一気に暗くなってしまった。

なんか悪いこと言ったな……

俺達は暗くなった宿屋の女に見送られ、宿屋を出た。そして、同時に入り口の脇に立てかけられている看板を見る。どう見ても、イルカだ。

「イルカだな」

「イルカね」

「イルカですねー」

俺達の意見は一致した。

「まあいい。市場を見に行こうぜ」

「そうね」

「何か買ってもいいですか？」

マリアが聞いてくる。

「別にいいぞ。宿代が浮いたし、欲しいものがあったら買え。テールに来ることなんて二度とないしな」

来たくないし、来ることは絶対にない。

「はーい」

マリアは嬉《うれ》しそうに笑った。

俺達は市場に行くと、色んな露天商を見て回る。露店で売っているものは各地の特産やアムールのおみやげなど様々なものが売られていた。俺が見たい魔法系のアイテムは売っていなかったのでリーシャとマリアに付き合いながら多くの店を見ていく。すると、とある店でマリアがじーっと貝殻の置物を見ていた。

「これをくれ」

マリアが見ている貝殻を指差しながら店主に言う。

「あいよ。銀貨一枚だ」

その辺の海岸に落ちてそうな貝殻が銀貨一枚は高いと思うが、マリアが気に入っているようなので文句も言わずに銀貨を払った。

「ありがとうございます」

マリアは嬉しそうに笑う。

「せっかくだしな」

　エーデルタルトの貴族令嬢はこういう時に絶対に物をねだらない。ただ、じーっと見て、主張するだけだ。そして、それを見て、買わない男はモテない。めんどくさいが、こんなものだ。

「良かったわね、マリア」

「はい」

「ところで、ロイド、私にはこの貝殻が似合うと思わない？」

　慎ましやかさを美徳とする令嬢も既婚者になるとこうなる。もちろん、答えは一択。

「そうだな。お前に似合わないものはないが、特に似合うだろう。店主、これもだ」

「あいよ。それも銀貨一枚だ」

　俺はまたもや銀貨一枚を払う。そして、その後も市場を見て回り、色んなものを見たり買ったりしていると、夕方になったので宿屋に戻った。

　宿屋に戻ると、受付にいた元気を取り戻した宿屋の女に夕食を頼み、部屋で一息つく。しばらくすると、宿屋の女が夕食を持ってきたので、少し早いが食べることにした。

「魚だな」

「門番の人も海産物が名産って言ってたしね」

　まあ、港町だしな。漁師もいるって言ってたし、魚料理がメインだろう。

「海の魚は泥臭くなくて美味《おい》しいです」

　我先に食べているマリアが幸せそうに言う。それを聞いた俺とリーシャも魚料理を食べてみることにした。

「ほうほう……うん、まあまあ美味《うま》いな」

「やはり獲《と》れたては違うわね。エーデルタルトの王都だと、塩漬けか川魚だもの……うん、確かにまあまあね」

まあ、こんなものだろう。

「清々《すがすが》しいほどに徹底してますね」

マリアが呆《あき》れた。

「マリア、ここはテールだぞ?」

「そうよ。敵国」

褒めることはない。

「あなた方は同盟国だろうと同じことを言いそうです……」

まあ、リーシャは言いそう。

俺達はサービスのワインと共に魚料理を堪能したあと、風呂《ふろ》に入る。そして、風呂から上がると、まったりする。

「料理もワインも美味しかったし、部屋もきれい。まあまあ、良い宿じゃないの?」

リーシャは今日もバスタオル一枚でベッドに座っている。

「まあな。Aランクはこういう宿にタダで泊まれるんだからすごいわ」

多分、普通に泊まれば金貨十枚近くはすると思う。

「ジャックには似合わないけどね」

確かに。

「私はお風呂が良かったです。ルシルさんが言ってたようにこの町は本当に潮風がネックですね。髪がベトつきました」

俺もそれは思った。リーシャとマリアは髪が長いからもっとそう感じただろう。

「観光にはいいけど、その辺を考えると、海辺には住みたくないわね」

「ですねー」

俺もそう思う。魚料理は美味しかったし、満足なのだが、ベタつくのは嫌だ。後は治安の悪さ。

「市場にも奴隷がいたな」

「いたわね。獣人族。首輪付けてたけど、あれペット？」

商人っぽい男が獣人族の女の首に鎖付きの首輪を付けて歩いていた。

「みたいですね。人権なしって感じでした」

あの扱いならティーナが逃げようと思う気持ちもわからんでもない。

「外国って本当にウチとは違うな」

エーデルタルトではまず見ない光景だ。

「需要ないみたいだしね」

そう言ってたな。

「まあ、確かに戦争奴隷の需要はないだろうな。ウチは軍事力が高いし、手柄を取られたくないんだろうよ」

男なら戦場に出て、手柄を立ててるもんだ。それがエーデルタルト男児。

「そうね。よくわからない種族に手柄は譲らないでしょう」

「ちなみに聞くが、俺が女の奴隷を買ったらどうする？」

「殺す」

やっぱりね。即答だよ。

「まあ、買う気もないが、エーデルタルトで獣人族を見ない理由もわかるわ」

「奴隷以外の獣人族っていないいんですかね？」

マリアが聞いてくる。

「さあ？　リリスでも見なかったし、いないんじゃないか？　というか、獣人族ってその辺に住んでるのかね？　それともどっか別の地に住んでいる集落から攫《さら》って輸入しているものなのかねー？」

生態がよくわからん。

「調べてみます？」

「別にどうでもいいだろ。俺達には関係ないし。それよりもシージャック計画だわ」

「そうね。明日は朝から海岸清掃だっけ？」

リーシャがちょっと嫌そうに聞いてくる。

「そうだな。まあ、掃除なんか適当にやれ。調べるのは魔導船の有無とシージャックした後のことだ」

追手をどうするかも考えないといけない。

「わかったわ。まあ、見てから考えましょう。ワインをもう一本空けていい？」

「そうだな。歩き疲れたし、ご褒美にしよう」

「あ、じゃあ、ニコラさんに声をかけてきます」

マリアはそう言うと、テーブルから立ち上がった。

「ニコラ？」

「誰？」

俺とリーシャが首を傾《かし》げる。

「御二人はもっと他人に興味を持ちましょうよ。この宿の女の子です。イルカの看板の子」

あー、ニコラって言うんか。聞いてないから知らんかったわ。


翌日、俺達は朝早くに起きる。寝ぼすけなリーシャを何とか起こし、朝食を部屋ですませ、支度を終えると宿屋を出た。そして、まだ準備をしている市場を通り過ぎ、北に向かって歩いていく。

すると、どんどんと潮の香りが強くなっていった。

「カモメの鳴き声も聞こえて、海って感じがしてきましたねー」

「だなー」

俺もそんなに海に行ったことがあるわけではないが、潮の香りと鳥の鳴き声が聞こえてくると、海に来たっていう感じがする。

俺達が海の情緒を感じていると、家屋が立ち並ぶ通りを抜け、海に出た。海は港となっており、朝早くから大勢の漁師が忙《せわ》しなく、働いている。港に停まっている船は大半が漁船のようでそんなに大きくはない。

「魚臭いわね」

確かに生臭い匂いがする。

「それは仕方がないだろう。しかし、漁船ばっかりだな……」

港には漁船がずらっと並んでおり、海がほとんど見えない。

「漁師に聞いてみる？」

「忙しそうだし、やめておこう」

気性が荒いらしいし、トラブルの元だ。

「あっちに防波堤がありますよ」

マリアが指差した方向には海に向かって伸びている防波堤があり、その先には灯台が見えている。

「あそこからなら港の全貌《ぜんぼう》が見えそうだな。行ってみよう」

俺達は漁港をスルーし、灯台の方に向かった。灯台に行くまでに何人かの釣り人を見たが、結構釣れているようで魚が豊富なのがわかる。そして、灯台に辿り着き中に入ろうと思い、扉を開けようとしたが、鍵《かぎ》がかかっていて中に入れなかった。

「ダメ？」

「ダメだな。まあ、関係者以外は無理だろう」

そんな気はしていた。

「ここからでも結構見えますよ」

マリアが言うように灯台に上らなくても十分に港全体が見渡せる。

「私達がさっきいたところはあそこですね。漁師さん達専用の漁港って感じです」

港は三つのエリアに分かれていた。俺達がさっきいたところには漁船がひしめいており、マリアが言うように漁港だろう。

「右側は商船ね」

漁港の右側には数は少ないが、商船が見える。今は朝早いから少ないのだろうが、多分、これから増えていくと思う。

「左側が軍だな……」

漁港の左側には大砲を積んだ明らかに軍船とわかる船がある。

「詳細はわかる？」

「待ってろ」

目に魔力を集中させると、視力を上げる魔法で軍船を見る。

「大型が三隻、中型が十隻、小型が二十隻はあるな……そこまで大規模な艦隊ではないが、厄介なことは確かだ」

この領地の規模を考えれば、この程度だろう。

「魔導船は？」

「大型が一隻、中型が二隻、小型が四隻だ」

「それって多いの？」

「いや、普通。こんなもんだろ」

魔導船は無風でも走れるというメリットがあるが、無風の海なんかほとんどない。とはいえ、とっさの方向転換などには優れているため、どこの軍も数隻は所有しているはずだ。

「奪えそう？」

「うーん、当たり前だが、警備の兵が多いな……しかも、いつでも出港できるようにしてある」

基地にいる兵が多すぎる。まだ朝だぞ。

「奴隷市のせいかもね。今の時期は商船が多いだろうし、海賊や事故のために備えているんでしょう」

「多分、それだな」

「漁船や商船に魔導船はある？」

「ない。魔導船はどうしても魔術師が必要になるからな」

漁師に魔術師はいないだろうし、商人にしても魔導船を持っている商会は少ないと思う。魔術師を雇えばいいかもしれないが、高いだろうし、その費用を払うなら飛空艇を使うだろう。

「となると、軍から奪うしかないわね」

「だなー」

「奪うならどれ？」

「小型船か中型船だな。大型船は魔力消費が多い」

当たり前だが、船が大きくなればなるほど魔力の消費量は多くなる。

「私達三人だと小型船？」

「そうだが、船でどこまで行くかによる。一気にウォルターまで行こうとすると、小型船では厳しいだろう」

だいぶ距離があるし、長旅に耐えられる船じゃないといけない。シージャックをするわけだから、あまり他の港には寄れないだろうし。

「その辺は地図を見ながら相談ね」

「だな。とりあえずはもう十分だ。地図を買って、宿に戻ろう。計画を考える」

「そうね」

俺とリーシャは用件が済んだので歩き出す。

「あのー、清掃の仕事はー？」

話に加わらず、防波堤から海を覗《のぞ》き込んで魚を見ていたマリアが顔を上げた。

「清掃、ね……」

「しないとマズいか？」

やりたくない。

「仕事放棄はマズいと思います。せめて、午前中は掃除しましょうよ」

「……掃除をすると、学生時代の懲罰を思い出すんだよなー」

「……そうね」

貴族学校では問題を起こしても退学になったりすることはないが、奉仕活動という名の清掃ボランティアをしないといけなかった。これが結構、屈辱なのだ。

「私はしたことがないです。殿下はサボりすぎ、リーシャ様は遅刻が多すぎるのが悪いんですよ」

正論を言う皆勤賞の男爵令嬢。

「あんな授業より、魔法の研究の方が有意義だろ」

「私は魔法のことに詳しくないのでそれはちょっとわかりかねますが、授業くらいは出ましょうよ」

面白くないんだもん。

「私は出てた」

「リーシャ様は悪びれもせずに堂々と午後から来てましたね……」

「メイドが起こしてくれなくてね」

嘘つけ。お前が起きないだけだろ。

「……そんなんだから廃嫡になったんじゃないんですか？　次期王も王妃も悪知恵ばっかり成長して、この体たらくですもん」

「…………」

「…………」

そ、そんなことないぞ！　イアンだって、実習ばかりに力を入れて、座学は寝てたそうだし……

となると、こいつか。

俺はチラッとリーシャを見る。

「わたくしのせいだと？」

「お前の遅刻のせい」

「どう考えても殿下が魔法に傾倒したからでしょう」

いや、お前のせい。

「ケンカしないで掃除しましょうよー。したくない気持ちはわかりますが、そうやって誤魔化そうとするところですよー」

ハァ、やるか……

第二章　仕事

俺達はゴミ捨て場から街中に戻ると、町の雑貨屋に寄って、地図を購入することにした。さすがは交易が盛んな港町だけあって、広域の地図から海図まで売っていた。ちょっと高いなと思ったが、必要なものなので購入し、宿に戻る。そして、部屋のテーブルに地図を広げて今後の計画を練ることにした。

「海路を使ってもウォルターは遠いわね」

「それは仕方がない。問題はどれくらいかかるかだな」

海図を見てもさっぱりわからん。

「途中途中で各港に寄って、補給がてらに情報収集をしましょうか」

「そうするか……」

一ヶ月もかかったら最悪だし。

「あのー、軍船を奪うんですよね？　テールの軍船で別の国の港に行くのはマズいのでは？」

確かに……

「良くて拿捕《だほ》。最悪は砲弾の雨で海に沈むか？」

「多分……」

マリアがいやーな顔をする。

「となると、一気にウォルターを目指すか……」

「危険じゃない？　私達、海のシロウトよ？　もっと言うと、私は泳げない」

「私もですー」

俺もだよ……

「うーん、航海士を雇うか？」

「危険でしょ。それに、頷《うなず》く人はいないと思うわ」

だろうなー。

「あのー、やっぱり一気にウォルターを目指すのはやめませんか？　まずはこの国を出ることを優先し、そこから地道に陸路で行きましょう。正直、私は沈没する未来しか見えません」

かつて、嵐などでの沈没を避けるために船首に女神の像を取り付けたという。だが、ここにいるマリアはそれすらも凌駕《りょうが》しそうな不運の持ち主だ。俺の脳裏には『ほらー！　やっぱりぃー！』と泣きながら海に沈んでいくマリアの姿が見える。もちろん、その時は俺とリーシャも沈んでいる。

「……そうね」

リーシャがそっと目を逸《そ》らす。どうやらリーシャも俺と同じことを思ったようだ。

「となると、テールの隣国であるエイミルか？」

「いいんじゃない？　エイミルはウチとは縁もゆかりもない国だし、貴族ってバレても駆け落ちして、冒険者をしてますで通るでしょ」

エイミルはテールを挟んでいることもあって、エーデルタルトとは交流がほぼない。詳しくは知らないが、悪い噂《うわさ》を聞く国ではないし、良いかもしれない。

「マリアもそれでいいか？」

「はい。高所恐怖症の次に水恐怖症は勘弁願いたいです」

だよなー。

「じゃあ、目的地はエイミルで決定ね。そう遠くはないし、二、三日で着くでしょ」

「二、三日……殿下ー、あまり陸地から離れないでくださいね」

マリアが上目遣いで懇願してくる。多分、嫌な想像をしていると思われる。

「わかってるよ。エイミルだったら小型船で十分だな。問題はどうやって奪うかだ」

「そこよね。警備が厳しそうだったのよね？」

「ああ。魔法でどうにかできんこともないが、その後がダメだ。間違いなく、大ごとになるし、戦艦で追ってくるはず」

船を奪って、『はい、さようなら』では終わらんだろう。絶対に追ってくるし、それこそ砲弾の雨だ。

「堂々と奪うのはダメ……やっぱりこっそり奪う感じ？」

「そうだな。夜とかにこっそり忍び込んで奪おう」

マリアがいる時点で危険だから堂々とは無理だ。

「それ、上手《うま》くいきますか？　夜とはいえ、警備はしているでしょうし」

微妙……。

「陽動はどう？　この前の護符を使って、領主の屋敷を放火しましょうよ。それで騒いでるうちに船を強奪」

「ふむふむ。リーシャ作戦か」

さすがは下水令嬢。自分の失敗を糧にしたようだ。

「ロイド作戦ね」

「お前だよ」

「どっちもですからケンカしないでくださーい」

はいはい。

「ケンカしてないっての」

「そうよ。それよりも陽動作戦でいい？」

「うーん……まあ、それでいくかー」

どうやって護符を仕掛けようか……

「要は警備が手薄な時に作戦を実行すればいいんですよね？　奴隷市の時にやるのはどうでしょう？　今この町に来ている人達って奴隷市が目当てなわけですし、当日は奴隷市の会場にかなりの人が集まると思うんです。そうしたら領主的にも警備に人を割くと思います。その時に殿下の護符でぼやを起こせば、大騒ぎです。その隙にこっそりと奪いましょう」

ふむ、さすがは下水……ってマリアー⁉

「マリア、どうした？　ついに下水に毒され、泥水ワインになったか？」

「あなたのせいでドス黒ワインになったのよ」

あの純粋で疑うことを知らなかった田舎者《いなかもの》が真っ黒に……

「それ、絶対によそでは言わないでくださいね。ウチのワインへの風評被害がすごそうです」

確かに……冗談でも俺らが言ったらヤバそうだ。

「どうする？」

リーシャに確認する。もちろん、風評被害の方ではなく、作戦の方だ。

「いいんじゃない？　確かに警備の目は奴隷市の方に向くでしょう。領主の屋敷を放火するよりかはリスクが小さいと思う」

「奴隷市っていつだ？」

「さあ？　あ、でも、ニコラが知ってるんじゃない？」

この町の住人で宿屋の娘ならさすがに知ってるか。

「ちょっと聞いてくるわ」

部屋を出て一階に下りると、ニコラが受付に座りながら暇そうに頬杖《ほおづえ》をついていた。

「ニコラ、ちょっといいか？」

階段に腰かけ、ニコラに声をかける。

「あ、お客さん、どうされました？」

ニコラがハッとして顔を上げた。

「ちょっと聞きたいんだが、奴隷市っていつだ？」

「あれ？　知らないんですか？　奴隷市が目的じゃないんです？」

やっぱりこの時期ここに来る客はそう思われるんだな。

「俺らはただの観光。ここに来てから奴隷市を知った」

「へー、観光ですかー。見るものはないですよ」

「それはお前がここの住人だからそう思うだけだ」

「そんなもんですかねー？」

エーデルタルトにも一応、でっかい時計台がある。他国では有名ではないが、エーデルタルトでは有名な名所だ。王都に来た者は必ずと言っていいほど見に行くくらしいが、俺には何が面白いのかさっぱりわからん。

「そうだよ。それで？　奴隷市はいつだ？」

「六日後です。昼間にその広場で自由市が開かれ、夜は特別な奴隷のオークションが開催されます。熱気がすごいですよ？　私的には嫌な熱気ですけど……それにしてもお客さん、あんな美人と可愛《かわい》らしい奥さんがいて、まだ欲しいんです？　好きですねー」

何故《なぜ》にそう思う？

「俺はいらん。なあ、奴隷市ってそういう目的の客が多いのか？」

「大半はそうじゃないですかね？　もちろん、労働力や魔法を使える特殊な奴隷が欲しいっていう人もいるでしょうが、大半は女性目当てでしょうね。ほら、冒険者がたくさん集まっているでしょ」

言われてみれば、ギルドの酒場で騒いでたな。

「ふーん、冒険者が買うのか……」

「冒険者は大変ですからねー」

「女を買う気持ちがわからん」

「そら、お客さんは恵まれてますもん。あんな美人、ヤバくないです？　私、ガチへこみなんですけど」

そうかもしれんな。子供の頃から隣に絶世がいた。慣れてきたが、今でも美人だとは思う。

「お前はモテるだろ」

華やかだし、愛嬌《あいきょう》がある。

「口説いてくるのがガラの悪いのばっかりなんですよね」

「この町に住んでたらそうだろうよ」

「お客さん、旅の人だよね？　リリスはどうだった？」

「普通。まあ、ここよりかは治安が良いな」

領主が二流だけど。

「やっぱりそうかー」

リリスに行きたいのかね？　まあ、リリスの方が大きいし、治安も良いならそっちが良いわな。

「移るのか？」

「考え中」

「ふーん……まあいい。教えてくれて感謝する。釣りはやるから夜にワインを持ってこい」

金貨一枚を手渡す。

「お客さん、わかってるねー。今日の晩御飯は精のつくものにしてもらおうか？」

「いや、魚がいい。せっかく港町に来たんだからな」

「了解。良いワインを持っていくよ」

「頼むわ」

そう頷いて部屋に戻った。そして再び、テーブルにつく。

「奴隷市はいつだって？」

早速、リーシャが聞いてくる。

「六日後だそうだ。昼が自由市で夜が特別な奴隷のオークションだと」

「となると、盛り上がるのは夜ね。作戦決行は六日後の夜でいいと思うわ」

船を奪うにしても夜の方が都合がいいし、ちょうどいいな。

「それまでどうします？　仕事しますか？」

マリアが聞いてくる。

「そうだな。所持金は生きていく分には余裕があるが、贅沢《ぜいたく》もしたいし、今後、何があるかわからないから貯《たくわ》えは多い方がいい。ギルドで仕事を探そう」

「そうね。ずっと宿に籠《こも》りっぱなしも暇だし、怪しまれるわ」

「じゃあ、明日から仕事ですね」

そうなるな。

「明日は朝からギルドに行こう。ルシルの奴《やつ》が良い感じの仕事を探してくれてるはずだしな。そういうわけで今日はフリー。適当に過ごしていいぞ」

そう言うと、自分のベッドに転がる。

「おやすみですか？」

「いや、眠りはしないが、暇だし」

「……あっ……わ、私、買い物にでも行ってきます」

このむっつり、いらん気を使うなー。

「アホ。危ないから一人で出るなっての」

「あ、そうですか……」

露骨にがっかりすんな。

「マリア、私も市場に行きたいから一緒に行きましょう」

リーシャが立ち上がった。

「はい。殿下はどうされます？」

行きたくない。行きたくないが……

「せっかくだし、行くかー……珍しいものがあるかもしれんし」

こいつら二人だけはマズいかもしれん。

「じゃあ、行きましょう」

「ですすー」

しゃーない。

俺はベッドから起き上がると、外套《がいとう》を手に取り、二人を連れて、市場へと向かった。

市場に行き、昨日と同じように色々なものを見て回った後、宿屋に戻り、ワインと魚料理を楽しんだ俺達は早めに就寝し、この日を終えた。


翌日、朝食をすませ、準備を終えた俺達は朝からギルドに向かう。ギルドに着くと、十人くらいの冒険者が依頼票が貼ってある壁の前にたむろし、依頼を吟味していた。

俺達はそんな冒険者達を尻目《しりめ》に受付にいるルシルのもとに行く。

「おはようございます。海はどうでしたか？」

ルシルがニコッと笑いながら挨拶《あいさつ》してきた。

「おはよう。海風が気持ち良かったし、癒やされたな。ただ、魚臭いわ」

「あー、漁港の方に行かれたんですね。ですが、それは仕方がないです。あなた方も食べたでしょうが、大事な魚を獲《と》ってくださっているわけですしね」

それはわかる。立派な仕事であり、そこに貴賤はない。

「確かにまああだったしな」

「まあまあですか……贅沢な人ですね」

実際、高貴な地位であり、贅沢をしてきた。まあ、最近は全然だけど。

「そんなことより、仕事がしたい。いい感じの仕事はあったか？」

挨拶もそこそこに本題に入った。

「ええ。見繕いましたよ。本当はたかがEランクにこんなことはしないんですが、特別です」

ルシルがぶつくさと一言二言、余計なことを言う。

「不祥事、不祥事」

「ギルド職員が冒険者を領主に売るって最低だと思うわ。いや、もちろん、もしもの話で一般論ね」

俺とリーシャが独り言を言う。

「これだから貴族は嫌いなんです……」

貴族？　何のことだろう？　俺達は冒険者だ。

「……一緒にしないでくださーい」

一緒だよ、泥水ワイン。

「で？　いい感じの仕事は？」

「はい、好きに選んでちょうだい」

ルシルはそう言って、依頼票を受付に置いた。それを手に取り、リーシャとマリアにも見えるように見る。

【町の水路の掃除　銅貨五枚】

【孤児院の子供達への座学　なし】

【タイガーキャットの討伐　銀貨五枚】

【森の調査　金貨五枚】

【商人の護衛　金貨五十枚】

【ケガ人などの治療　一人当たり金貨一枚】

俺はまず、最初の二枚をポイッとルシルの方に投げた。

「捨てないでよ」

ルシルが文句を言ってくる。

「誰がするか。底辺の仕事と慈善事業じゃねーか」

仕事にも貴賤はあるのだ。そんなもん、スラムのガキかアホにやらせとけ。

「海岸の清掃をしてたくせに」

「そりゃ海を見るついでだ。リーシャやマリアにきったない水路を掃除させろってか？　殺すぞ」

貴族令嬢にそんなことをさせたら俺は最悪な旦那《だんな》アンド主君の汚名を被ることになる。

「孤児院の子供達への座学は？　立派なことよ？」

「ガキなんか知らん」

ましてや、敵国。ないない。第一、そういうのは教会の仕事だ。

「じゃあ、他の四つね。どう？」

うーん……

「タイガーキャットってどんなのだ？　猫か？　虎か？」

「その中間みたいな感じね。猫よりは大きいけど、虎よりかは小さい、脅威度や強さもそんな感じ。この辺は魚が獲れるでしょ？　そのせいで大量に居着いちゃったの。これは一匹当たり銀貨五枚で何匹でもオーケーよ」

リリスの町でのオークみたいなもんか。

「森の調査って何だ？　俺らは冒険者だぞ？　そういうのは専門家に頼め」

「別に生態系の調査とかそういうのじゃないの。不審な人の目撃情報があってね。盗賊かもしれないから見てきてほしいの。そんなに深い森じゃないし、適当でいいわ」

「適当でいいのか？」

「被害が出ているわけでもないし、まだ詳しい調査を必要としている段階ではないわ。だから念のためにってだけ。タイガーキャットの討伐ついでに見てきてくれればいい」

だから金貨五枚程度なのか……

「商人の護衛ってのは？」

「それが私のおすすめね。良い依頼料でしょ」

ルシルが得意げな顔になる。

「まあ、確かに高いな。でも、護衛料でこんなにもらえるのか？」

たかが商人だろうに。

「ちょっと訳あり依頼なのよ。依頼を受ける条件に必要な技術があってね。向こうの要望が上流階級の礼儀作法ができる若い女性なのよ」

何だそれ？

「商人になんでそんなのが必要なんだ？」

「なんか交渉事に必要なんだってさ。料金が高いのは礼儀作法がしっかりしていて腕っぷしが強い冒険者なんてウチにいないからね。でも、あなた達は大丈夫でしょ。だから勧めているの」

ふーん……まあ、貴族だしな。

「危険は？」

罠《わな》くさいぞ。

「ギルドがそんな依頼を勧めるわけないでしょ。信用問題になってウチが潰《つぶ》れちゃうじゃない。ちゃんとした商会さんからの依頼だし、ちゃんと精査してます」

「まあ、誰が来ようと俺のフレアで灰にするだけだが……」

「町を燃やさないでね……」

ルシルが引いている。多分、俺の魔法のことが耳に入っているな。

「護衛ってどこかに行くのか？　時間がかかるのは嫌だぞ」

というか、ここまで来て、どこかに行くのはない。

「そういう護衛じゃないわ。別の商会さんと交渉する際に同席してほしいらしい。だから町の外には出ない」

ということは早めに終わりそうだ。それで金貨五十枚は楽だな。

「じゃあ、とりあえずはこの依頼がいいな。あ、最後のケガ人などの治療って何だ？　どっかで事故でもあったのか？」

その割に一人当たり金貨一枚は安い。

「これはあなた達の中にヒーラーがいるから出しただけでおすすめはしないわね」

「おすすめじゃないなら出すな。教会にやらせろ」

「この町の教会はちょっとねー……一応よ。儲《もう》かる仕事ではあるからね」

「儲かる？　一人当たり金貨一枚って安くないか？」

ケガの程度にもよるが、治療費って、もうちょっと高いと思う。

「今度、奴隷市が開かれるでしょ？　要はそれ用に見栄えを良くするための治療」

あー、なるほどね。女目当てって言ってたもんなー。ケガがあるより、ない方が絶対に高く売れるだろう。

「奴隷だから安いのか……」

「そういうこと。おすすめしないのはマリアさんが女性だから」

無理だ。貞操観念ガチガチの貴族令嬢にできることではない。下手《へた》をすると、奴隷に自害用のナイフを渡しそうだ。しかも、そこまで儲からん。

「なしだな。そこまで金に困っているわけでもないし、胸糞《むなくそ》案件はいいわ。商人の護衛をしようどこに行けばいいんだ？」

「はい。これが地図。ここの商会に行って」

ルシルがそう言って地図を受付のカウンターに置いて、指を差した。

「近いな……」

というか、このギルドの裏だ。

「でしょ。ウチも懇意にしているところなの」

そりゃ信用はあるわな。

「わかった。それとちょっと気になったんだが、この町の教会は何かあるのか？」

さっきの言葉が気になったので聞いてみる。

「あー……教会ね。行ってみたら？　ある意味、名物だし」

名物？　うーん、実はマリアのことがあるから教会は気になっていたんだが……

「気軽に行けるものなのか？」

「教会でしょ？　普通に行けばいいじゃない」

そうなの？　教会なんて行かんからな。

「どこにあるんだ？」

「ほら、ここ。その商会さんの隣ね」

教会も近いのか……

「そうか……じゃあ、ちょっと覗《のぞ》いてみるわ」

そう言って、ギルドを出ると、昨日、ネルと話した路地を通り、ギルドの裏に回る。すると、十字架の紋章が描かれた白い建物があった。さらにその隣には依頼のあったゴードン商会と書かれた看板が立てかけられた建物もある。

俺はまず教会と思《おぼ》しき建物を見上げた。

「うーん、ただの教会だな……」

「マリアのことを探る気？　情報が回っているかしら？」

リーシャが聞いてくる。

「さすがに外国の情報は回っていないと思うし、たかが修道女一人が行方《ゆくえ》不明になった程度のことはたいした問題にもなっていないだろう……ルシルの言葉がちょっと気になっただけだ。マリア、どうする？」

「私も外国の教会がどんな感じなのかが気になりますね。お祈りをするふりをして、覗いてみましょう」

マリアは思いのほか、前向きだ。

「私、教会が嫌いなのよねー……」

リーシャがぼやく。

「俺もだよ」

「間違いなく、私が一番嫌いですよ」

まあな……

俺達は教会の扉を開け、中に入った。教会の中には誰もいなかったため、そのまま両サイドに並んでいる椅子の間を通り、奥にある十字架の前に立つ。

「教会だな……」

「そうね」

「普通ですね……とりあえず、主に祈りましょう」

マリアはそう言うと、その場で跪《ひざまず》き、指を組んで祈り出した。俺とリーシャはそんなマリアを見て顔を見合わせる。リーシャはものすごく嫌そうな顔をしている。多分、俺も同じような顔をしていると思う。

「おや？　信者の方でしょうか？」

声がした方を振り向くと、眼鏡《めがね》をかけた若い修道女が立っていた。

「まあ……」

「そうとも言えるかもね……」

俺とリーシャが言い淀《いよど》んでいると、祈っていたマリアが立ち上がる。

「こちらの修道女さんでしょうか？　私は旅の修道女のマリアと申します」

「私はこの教会の修道女のルチアナです。いかがなされたのです？」

「私は世界中を回り、主の威光を伝えながら巡礼の旅をしております。その一環でこの町に寄ったのです」

マリアが嘘をついた。

「まあ、そうだったのですか！　それは素晴らしいです！　てっきり冒険者かと思いましたわ！」

修道女が手を合わせて喜ぶ。

「冒険者もしていますね。旅をするのにお金は必要ですから」

「そうですか……最近はどこも寄付金を渋りますからね」

「この国もですか？」

「この国は最低ですね。寄付を渋るどころか教会の縮小を図っています。滅びればいいのに……」

修道女は苦々しい顔で黒いことをぼそっとつぶやいた。

「それは……残念ですね」

「本当です。悪いことは言いませんからこんな国はさっさと出た方が良いでしょう。特にこの町は下劣です」

下劣……まあ、奴隷市なんて開かれるくらいだし、そう思うのかもしれないが、言葉に出すかね？　領主批判だぞ。

「そうなんですか？　私達は昨日、ここに来たばかりなのでよくわかっていないのですが……」

「昨日の今日で早速、この教会に来てくださったのは大変喜ばしいことですね。ところで、この方達は？　信者には見えませんけど……」

修道女がジト目で俺とリーシャを見てくる。

「私の友人のロイドさんとリーシャさんです。私が巡礼の旅に出ると言ったら護衛を兼ねてついてきてくださったのです」

こいつ、すらすらと嘘つくなー。

「なるほど。それは素晴らしいことです。その友情を大切にしてください。これも主が授けてくれたものなのです」

なんでだよ……

「そうですね。それでこの町には何かあるんです？」

「あー、そうでしたね。ここは港町がゆえに商売が盛んなのですが、それと同時に奴隷売買も盛んなのです。下劣ですよね。しかも、領主の男も下劣です。あー、嫌だ。こんな町、さっさと出て教国に行きたいです」

こいつ、結構言うなー……明確に領主を下劣って言ったし……

「教国ですか？」

「ええ。やはり憧《あこが》れの地ですね。主に最も近い場所ですし、こんな信心の欠片《かけら》もない国は嫌です。まあ、エーデルタルトよりかはマシですけど」

あれー？　ウチって下劣より下なのか？

「エーデルタルトには行ったことがないのですが、そんなにダメなんです？」

「ダメですね。あそこは寄付金は出すのですが、その分偉そうですし、傲慢《ごうまん》です」

偉そうなんじゃなくて、偉いんだよ。誰があんなバカでかい大聖堂を建ててやったと思ってんだ。能書きだけ垂れて、ロクに人も救えない無能共のくせに。

「次はエーデルタルトに行こうと思ったのですが、やめた方が良さそうですね」

「その方が良いでしょう。テール、エーデルタルトは将来、主に浄化される二大巨頭です。ちょっと国力があるからって偉そうに……」

浄化って……

「そうですか……ありがとうございます。参考になりました」

「いえいえ。巡礼の旅、頑張ってください」

修道女は苦々しい顔から笑顔に戻る。

「ありがとうございます」

「それとさっさとご友人にも主の威光を示すべきですよ」

修道女がチラッと俺とリーシャを見る。

「いらん」

そう返すと、修道女の顔が無表情に変わった。

「……あなた、名はロイドと言いましたっけ？」

「そうだが？」

「そうですか……ロイド様ですね？　覚えておきましょう」

なんか怖いな……さっさと忘れてほしいわ。

「そ、それでは私達はこの辺で……ありがとうございました」

不穏な空気を察したマリアが頭を下げ、俺の背中を押し出したのでさっさと教会を出た。そして、扉を閉めると、三人で教会の十字架を見上げる。

「過激ねー」

「だなー……」

ひっでーわ。しかし、あの信仰心はすげーな。エーデルタルトはともかく、自国や自分のところの領主をあそこまで悪く言うかね？

「マリア、ロイドについてきて正解だったでしょ」

ついてきたというか、ついてくることになってしまったというか……

「そうですね……話していて頭が痛くなりそうでしたよ。ああいう方が大勢いるのが教国なんでしょうね。行かなくて良かったです」

嫌だわー。俺なら着いてその日のうちに帰ると思う。

「さっさとウォルターに行こうぜ。良い国だし、悪いようにはしないから」

叔父上《おじうえ》に言ってやる。

「リーシャさんの侍女かロイドさんの第二夫人ですかねー」

リーシャの侍女って大変そうだな。

「俺のメイドになるか？　楽だぞ」

ちょっと魔法の実験台……手伝ってもらうだけ。

「愛人は嫌です」

なんでそうなる……実験台……メイドって言ってるだろ。

「バカ言ってないで隣のゴードン商会に行くわよ」

リーシャに急《せ》かされ俺達は隣のゴードン商会に向かう。ゴードン商会に入ると、中はギルドよりも広く、冒険者や町人達が商品を見ながら賑《にぎ》わっていた。そんな店内を眺めていると、女の店員が近づいてくる。

「ゴードン商会へようこそ。何かご入り用でしょうか？」

店員は恭しく頭を下げると、俺達に声をかけてきた。

「客ではない。ゴードン商会から依頼があるとギルドで聞いてきたんだ。商会長はいるか？」

「少々お待ちくださいませ。確認して参ります」

店員は再び頭を下げると、奥に行ってしまった。俺達はせっかくなので商品を見ながら待つことにする。そのまま店内を見ながら待っていると、先ほどの店員が戻ってきた。

「お待たせしました。商会長がお会いになるそうです。どうぞこちらへ」

俺達は店員に案内され、奥の部屋に向かう。そして、部屋の前に来ると、店員が扉をノックした。

「商会長、冒険者の方をお連れしました」

『ご苦労。入ってもらえ』

中から男の声が聞こえたと思ったら店員が入るように勧めてきたので部屋の中に入る。すると、そこにはソファーに腰かける金髪の男がいた。男はまだ若く、二十代に見える。

「どうぞ、おかけください」

男にそう勧められたのでソファーの対面に三人で腰かける。

「ギルドのルシルから仕事を紹介されたんだが、お前がここの商会長で合ってるか？」

商会長にしては若くないか？

「ええ。商会長のチェスターと申します。確かにギルドに緊急依頼を出しました」

緊急依頼？　だから高かったのかね？

「俺は冒険者のロイドだ。こっちがリーシャでこっちがマリア」

二人も紹介する。

「よろしくお願い致します」

「それで護衛だっけ？　具体的な話を聞かせろ」

「その前にお聞きしたいのですが、礼儀作法の方は大丈夫なのですか？」

「問題ない。ルシルもそう判断したから俺達に話が回ってきたんだ。もし、依頼が失敗したら紹介したルシルに苦情を言え」

俺達は悪くない。

「さようですか……まあ、ギルドがそう判断したのならそうなのでしょう」

チェスターは俺、リーシャ、マリアの順番に見て頷《うなず》いた。

「それでどういう仕事なんだ？」

「はい。実は今日の夜、とある商会と取引があるのです。その際に夫婦で参加することになっていたのですが、妻が体調を崩しまして……」

延期にしろよ。

「嫁さんが必要なのか？　取引ならお前がすればよかろう」

「懇親会も兼ねた食事会なんですよ。それにその商会は王都の大きな商会で空いている時間が今日しかありません」

なるほどねー。

「依頼を受ける条件が上流階級の礼儀作法ができる若い女性だったな？　王都の商人かもしれんが、所詮《しょせん》は商人だろう？　なんでそんなものがいる？」

「相手はミラー商会というのですが、今日会う商会長の奥様が元は貴族の娘だったらしいのです」

へー……貴族が商人に嫁ぐって珍しいな。よほど良い商会なのか、大恋愛か……

「それで礼儀作法をしっかりしたいと？」

「はい」

ふーん……

「ちなみに聞くが、お前の嫁さんは礼儀作法がしっかりしているのか？」

「……すみません。していません」

でしょうね。嫁さんが体調を崩したっていうのは嘘だ。最初から礼儀作法がしっかりした人間が欲しかっただけだろう。

「なんでギルドに頼んだ？　冒険者である必要はないだろう」

礼儀作法がしっかりした冒険者なんてほぼいない。

「護衛を兼ねた者が欲しいのです。実はその商会、確かに王都の商会で大手なのですが、悪い噂《うわさ》も聞きます」

黒いわけだ。まあ、そんな連中のところに嫁さんを連れていきたくないわな。

「そんなところと取引をするのか？」

「チャンスであることは確かなんです」

なるほどね。依頼料が高い理由がわかったわ。それとルシルが勧めてきた理由も。

「リーシャ、どう思う？　この依頼を受けるなら妻役をやるのはお前になる。男である俺はもちろん、マリアも無理だ」

マリアが護衛をできるわけがないし。

「どっちでもいいわよ。別にこの人の横で夕食を食べていればいいんでしょ？　商売の話なら妻が話すことなんてないし、添え物でしょう。それだけで金貨五十枚は良い報酬だと思うわ」

まあ、そうだろうな。

「危険もあるぞ？」

「問題ないでしょう」

リーシャはなー……絶世だし。

「チェスター、俺達もその場に同席はできるのか？」

「後ろに控える形にはなりますが、可能です。というか、お願いしたいですね。もちろん、別途料金をお支払いします。御二人で金貨二十枚です」

リーシャ一人ではないわけか……もし、一人だったら絶対に断るが、同席できるなら別にいい気もする。

「何かあったら殺してもいいか？」

「それを頼んでいるのです。私はギルドに護衛を依頼しています。ギルドが証言してくれますので何かあっても問題ありません」

なるほどね。それも込みでギルドに依頼したんだ。大手の商会で貴族の娘が嫁いでいるならある程度の影響力はあるだろうし、何かあったら悪いのがこっちになる。だが、ギルドが証言をするなら別だろう。ジャックも手紙に書いてたが、ギルドは国とは関係ない別組織だし、貴族が何を言ってこようと問題ない。

「具体的な流れは？」

「今日の夜、この町のレストランで会食をします。夕方にでもここに来ていただければ、準備をし、馬車で向かいます」

ちょこっと夕食を食べれば金貨七十枚か。俺とマリアは食べられないだろうけど、悪くないな。

「わかった。その依頼を受けよう」

「おー！　ありがとうございます！　ぜひともよろしくお願い致します」

「じゃあ、夕方にまた来る」

「お待ちしております」

依頼を受けることにした俺達は立ち上がると、店を出た。

「夕方まで暇ね。どうする？」

リーシャが聞いてくる。

「やることもないし、宿屋で休んでいようぜ」

「それもそうね」

リーシャが頷いたのでイルカ亭に向かって歩き出した。

「あのー、ロイドさん、この仕事を受けてもいいんですか？」

歩いていると、マリアが聞いてくる。

「なんでだ？　楽な仕事だろう」

「いやー……フリとはいえ、リーシャさんがあの商人さんの奥さんですよ？　大丈夫です？」

「ちょっとイラつく程度だ。問題ない」

手を握ったり、肩を抱いたりしたら殺すけどな。

「ロイドさんってすました顔をしてますけど、十分に嫉妬《しっと》深《ぶか》いですよね？」

「親しい人間がリーシャかお前くらいしかいない俺の気持ち、お前にはわかるまい……」

その分、重くなるのは仕方がないことだろう。こいつらは別の意味で激重だけど。

「なんかごめんなさい……あ、リーシャ様もすみません」

「……ねえ、なんで何もしゃべっていない私に謝ったの？」

お前は俺以上に親しい人間の数が少ないからだよ。

「……空が昨日の海のように青いですねー」

マリアがわざとらしく晴天の青空を見上げた。

「あなたの顔も青くしてあげましょうか？」

「嫌でーす」

マリアが早歩きになり、それを追っていったリーシャがマリアの首根っこを掴《つか》む。俺はそれを眺めながら仲が良いねーと思った。

宿屋に戻った俺達は部屋でお茶を飲みながらまったりと過ごす。

「バカンスに来た気分だな」

「そうね。森で野宿をしてた時と比べると天と地の差だわ」

ホント、ホント。

「まあ、これからやることはシージャックという賊そのものなんですけどね」

マリアがジト目になった。

「敵国なんだから別にいいだろ」

民間の船を奪うわけでもないし、問題ない。

「まあ、さっさとこの国から出たいですしねー……ん？」

マリアが扉の方を見る。何故《なぜ》ならノックの音が聞こえたからだ。

「何だ？」

扉の方に声をかけた。

『お客さーん、お客様がお見えですけどー？』

この声はニコラだ。

「茶髪の女か？」

『はい。ネルさんって方です』

「通してくれ」

『はーい』

ニコラが返事をしてしばらくすると、扉がガチャッと開かれ、ネルが部屋に入ってきた。ネルは扉を閉めると、部屋を見渡しながらこちらにやってくる。

「どうした？」

「いやー、殿下達は良い部屋で優雅に過ごしていますね。私は安宿ですよ」

「高いところに泊まれよ。金くらいは出してやるぞ」

「密偵が目立つマネはできませんよ」

ネルはそう言いつつ、手を出してきたので金貨を渡してやる。すると、昔と同じようにニヤニヤしながら懐に金貨をしまった。

「で？　情報は？」

「いや、昨日の今日ですよ？　それにこの町の領主宅はかなり厳重ですね。侵入は不可能でしょう。ですので町で情報を集めてみます」

まあ、さすがに領主の屋敷に潜入は厳しいか。

「わかった。頼むぞ」

「お任せを。それで殿下、少しお聞きしたいことがあるのですが……」

「何だ？」

「あのー、不時着したのは聞きましたが、なんでウォルターに向かってたんです？　しかも、リーシャ様に加えてマリアさんも一緒です。それなのに護衛やお付きの者もいません」

まあね。明らかに変だ。

「ネル、お前は俺の味方だよな？」

「もちろんでございます！　私は殿下こそがエーデルタルトの頂点に立つ御方と信じております！」

うんうん。

「いやー、実は廃嫡になったわ」

「へ？　はいちゃく？」

ネルが固まる。

「実はな……」

ネルにこれまでのことを説明する。廃嫡されたこと、リーシャがエリンの離宮を放火したこと、ハイジャックして不時着したこと、そして、リリスの町であったこととジャックのことも話した。

「な、なるほどー……」

ネルは明らかについていく主《あるじ》を間違えたって顔をしている。

「ネル？」

「あ、すみません……」

「お前は俺の味方だよな？」

念のため、もう一度確認する。

「首を横に振ったら殺す気だ……も、もちろんですよ！　元より、我が家はイーストン家の分家です！　殿下の派閥なのです！」

イーストン家というのは公爵家であり、先々代の王妃を輩出しており王家と繋《つな》がりの深い名家である。だから男爵家程度のネルがその分家ということで王家のメイドができるのだ。なお、イーストン家は同じ公爵家であるリーシャのスミュール家とは死ぬほど仲が悪い。

「よろしい」

「あ、あのー、殿下……何故、殿下が廃嫡に？　信じられないのですが……」

「俺も信じられんわ。武術を重視するとかどうとかほざいていだが、どうだか……むしろ、お前は知らないのか？　密偵ということは俺の見張り役だったんだろう？」

「よくわかりましたね……殿下は相変わらず、賢いです……」

ネルが気まずそうな顔になった。

「密偵が王子のお付きのメイドをしていれば誰でもわかるわ。それに別に責めているわけではない。必要なことだろう。で？　俺が廃嫡になった理由に心当たりはないか？」

「すみません……で、でも、私は確かに殿下の素行なんかを陛下にお知らせする任務に就いていましたが、悪いことなんて言っておりません。多少、性格に難はありましたが、十分に許容範囲内でしたし、殿下は頭も良く、とても優秀です！　殿下が王にならないなら誰がなるんだって話です」

褒めているのか？　貶《けな》しているのか？

「性格に難があるか？」

「多少ですよ。そもそもロンズデール王家は傲慢《ごうまん》で女好きというのは全エーデルタルト貴族の共通認識です。その程度は今さらなんですよ」

ネルがそう言うと、リーシャとマリアが深く頷《うなず》く。

「俺は別に傲慢でもないし、女好きでもないぞ」

「ギャグですか？　傲慢そのものじゃないですか……それに婚約者であるリーシャ様だけで物足りず、マリアさんまで侍《はべ》らしちゃって……愛人にでもするおつもりですか？」

マリア？

「愛人は嫌だってさ」

「まあ、そうでしょうね。私も嫌です……うわっ、冗談だったのに本当にロックオンしてるし」

「何か言ったか？」

ん？

「いえ、何も……」

まあ、聞こえてたけどな。

「ネル、国に戻って探れるか？」

「殿下のためなら火の中水の中でも厭《いと》いませんが、仕事中なんですけど……」

「この程度の規模の町に密偵が必要か？」

小さくはないが、大都市というわけでもない。

「こういう港町に軍船が集まることもありますからね。同様の理由で空港がある町なんかも密偵が入っています」

うーん、国のことを考えるとわがままを通しづらいな。仕事をサボって大事な情報を見逃したらネルの首が飛ぶし。

「そうか……じゃあ、仕事が終わってからでいい」

「わかりました。この仕事が終われば国に戻りますし、その際に探ってみましょう」

「頼むわ」

まあ、急ぐもことでもない。ウォルターでゆっくり報告を待てばいいだろう。

「はい。では、私は仕事に戻ります。夜に報告にあがりますので。失礼します」

ネルはそう言って深々と頭を下げると、踵《きびす》を返した。そんなネルの後ろ姿をまじまじと見つめる。

「ふーん……」

「何ですか？」

俺の視線に気付いたネルが振り返った。

「別に……行っていいぞ」

そう言うとネルが困った顔をする。

「私、裏切りませんよ？　イアン殿下に付こうなんて考えていません」

「いやー、そこじゃない。お前、魔術師だったんだな」

そう指摘すると、ネルが驚いた表情になった。

「よくわかりますね」

「俺はエーデルタルト一の魔術師なんだ」

巧妙に魔力を隠しているがわかる。なお、昔はまったくわからなかった。俺も成長したということだろう。

「よくそうおっしゃっていましたね……確かに私は魔術師ですが、殿下の前で魔術師を名乗れるほどではありません」

「エーデルタルトで魔術師とは珍しいな」

「そうでもないんですけどね。殿下みたいに魔法に傾倒したり、魔法一辺倒なタイプが少ないだけで私みたいな密偵は手段の一つとして魔法も使います。単純に潜入には便利ですからね」

まあ、そうかも。気配を消す魔法が使えるのと使えないのとでは密偵のレベルが違う。

「まあいい。それが気になっただけだ。魔法を教えてほしかったらいつでも言えよ。鍛えてやる」

「いいです……もう天井に頭をぶつけたくないですし、窓から落ちたくもないです」

ネルは苦笑いを浮かべながら断ると、部屋を出ていった。

「信用できるの？」

部屋に三人だけになると、リーシャが聞いてくる。

「問題ないだろう。それよりも暇だな」

「殿下ー、市場を見に行きましょうよー」

昨日も行ったのにまた行きたいらしい。女は買い物が好きだねー。

「暇だし、見に行くか」

俺達は市場に行くことにした。そして、昨日と同様に女の顔色を窺《うかが》いながら買い物をし、時間を潰《つぶ》していく。昼も外で食べ、ずっと市場で過ごしていると、夕方近くになった。

「そろそろだな……」

「少し早い気もするけど、行きましょうか」

俺達は市場をあとにし、ゴードン商会に向かう。店内は相変わらず、多くの人で賑《にぎ》わっており、その中から朝に案内してくれた女の店員が出入り口の前で立っている俺達のもとにやってきた。

「お待ちしておりました。どうぞこちらへ」

店員はそう言うと、奥にある階段に向かったのでついていく。そして、階段を上がると、店員がとある部屋の前で立ち止まった。

「女性の方はこちらでお着替えをお願いします。中に係の者がおりますので」

あー……そういえば、着替えがいるか。俺ら、冒険者の格好だし、商人とはいえ、懇親会に行く格好ではないな。

「俺は？」

「そちらになります」

店員が隣の部屋を指差す。

「わかった」

指示された通り、隣の部屋に入ると、机の上に黒い服が置いてあった。

俺は服を脱ぎ、その黒い服に着替える。そして、部屋の隅にあった鏡の前に立った。そこに映っていたのは、やる気のなさそうな顔をした俺が執事の服を着ている姿だった。

「似合ってねー」

見慣れた服ではあるものの俺が着ると違和感がすごいな。

「まあいいか」

着替えを終えて部屋を出ると、女共が着替えている部屋の前に立ち、扉をノックする。

「着替えたぞー。そっちはどうだー?」

声をかけると、すぐに扉が開き、マリアが顔を出す。

メイド服を着たマリアが……

「着替えは終わりましたよ。今はリーシャさんがお化粧を……ふひっ」

マリアが説明しながら噴き出した。

「何がおかしい?」

「その格好が似合わなすぎて……」

まあ、自分でもそう思ったからな。でも、笑うなよ。

「言っておくが、お前も死ぬほど似合ってないぞ」

「じゃあ、ロイドさんのメイドは無理ですね」

確かにこんなのがメイドとして周りでウロチョロしてたら気が散るわ。

「まあ、お前は優秀なヒーラーだし、どうとでもなるだろうよ。リーシャは？」

そう聞くと、マリアが無言で部屋の奥を指差す。部屋に入ると、鏡台の前に座り、店員二人に化粧をされているきれいなドレスを着たリーシャがいた。

「あいつは役得だな。いつものリーシャだ」

「ですねー」

マリアと共に頷き合うと、鏡越しにリーシャと目が合った。

「安物のドレスよ？」

リーシャがそう言うと、一瞬、店員二人が固まる。だが、すぐに手を動かし出した。

「関係ない。お前自身が美しいから何を着ても似合うんだ」

「あなたはそれしか言えないの？　たまには違う褒め言葉が欲しいわ」

リーシャはそう言いながらも頬を染める。

「……あんなチョロ女だから殿下の褒めスキルが上がらないんでしょうね」

マリアが小声で囁《ささや》いた。

「……容姿以外に褒めるところがないんだよ」

「……わからないでもないような」

だろう？　下水だもん。

「聞こえてるわよ……もういいわ。そんなに濃くしなくていい。厚化粧は私には似合わない」

リーシャは店員二人を止めると、立ち上がってこちらにやってくる。

「お前、さすがに剣は置いていけよ」

リーシャは左手に俺の剣を持っている。

「わかっているわよ。はい、メイド」

リーシャはそう言ってマリアに剣を渡した。

「……リーシャ様の侍女はやめておこうかなー」

それがいいと思うね。

「準備はできたが、この後どうすればいいんだ？」

リーシャとマリアのやりとりは放っておき、店員に確認する。

「店の前に馬車を待たせております。そこに商会長がおります」

「わかった。荷物は置いておくから頼む」

「かしこまりました」

俺達は服装的に何となくリーシャを先頭にして部屋を出ると、階段を降りた。すると、多くの客が俺達というかリーシャに注目する。

「……リーシャ様は失敗だった気がしてきました」

「……俺もそう思う」

リーシャは良くも悪くも目を引きすぎるのだ。これを奥様って向こうは良い顔をするのかね？

どうだろうと思いながら店の前に停めてある馬車に乗り込んだ。馬車の中にはすでにチェスターが乗っており、まじまじとリーシャを見る。

「言っておくが、そいつは俺の妻だぞ」

「これは失礼。あまりにも美しかったもので……」

「なあ、これ、大丈夫か？」

リーシャを指差しながら聞く。

「うーん、ちょっとマズい気もしますが、仕方がないでしょう」

うーん……

「リーシャ、常に不機嫌そうな顔をしていろ。外見だけで優しさゼロのハズレ妻を装え……ん？」

あれ？　それがリーシャでは？

「……いや、普段通りでいいわ」

ま、まあ、リーシャにも良いところはあるだろう。顔とか……うん、それ以外にいらんな。

「ふん。どうせしゃべらないわよ」

リーシャが拗《す》ねたようにそっぽを向く。

「メイド、フォローをしろ」

「え？　こ、個性ですよ」

「二十点。我が家に仕える執事とメイドだったら即刻クビにしてるわね」

リーシャの家の執事とメイドも大変だなー。

「仲が良さそうで何よりですね。では、出発致します」

チェスターがそう言うと、馬車が動き出す。

「護衛というか、付き人は俺達だけか？」

「そうなりますね。ご存じかはわかりませんが、この町の冒険者はガラが悪いんですよ」

確かにそんな感じはしたな。宿屋のニコラも愚痴ってたし。

「ふーん……チェスター、長く商売をしたいなら余計なことに首を突っ込むんじゃないぞ」

「もちろん、心得ております。お客様、そして、依頼を受けてくださった方への不義理は致しません」

商人は良いねー。俺達が貴族なことはわかっているが、黙っておいてくれるらしい。

俺達がそのまま馬車に揺られていると、とある店の前で馬車が止まる。

「ここか？」

外観的に結構良い店だ。

「はい。では、ここからは演技をお願い致します」

「腕は組まないわよ」

「先ほどのロイド様の話ではないですが、そのくらいが良いと思います」

というか、許さんわ。

「マリア、降りるぞ」

「あ、そうか。私達が先ですね」

俺とマリアが先に馬車を降りて二人を待つ。すると、チェスターが先に降り、その後にリーシャが降りてきた。普通は馬車から降りる際は夫が手を貸すものだが、そんなことはしない。

「旦那《だんな》様、奥様。こちらになります」

「ふっ、ふひひ」

精一杯の演技をしたらマリアが噴き出してしまった。

リーシャも空を見上げており、多分、笑っている。

「ロイド様、演技はやめましょう。元より私はただの商人ですし、普通についてきてくだされば良いです」

そうするか……何かするたびにリーシャとマリアが笑ったら格好がつかないし。

俺とマリアは並んで歩くリーシャとチェスターの後ろに控え、店に入った。店員に奥の個室に案内される。個室はかなり広く、十メートル四方くらいはあるだろう。そして、すでに交渉相手は来ており、四十代くらいの恰幅《かっぷく》の良いおっさんと同じ歳《とし》くらいの上品なおばさんが席についていた。二人の奥には五人の屈強な男が控えている。

「よく来てくださいました。どうぞこちらへ」

交渉相手のおっさんが立ち上がり、チェスターとリーシャに席につくように勧めた。二人は勧められるがままに部屋の中央にあるテーブルに向かったので、俺とマリアはチェスター側の後ろに控える。

「……向こうの奥さんがものすごい目でリーシャ様を睨《にら》んでいますよ」

部屋の隅まで行くと、マリアが小声でつぶやいた。テーブルまで結構な距離があるため、聞こえはしないだろう。

「……やっぱりリーシャは失敗だな。お前にすれば良かったかもしれん」

「……えー、嫌ですよー。夫でもない人の隣に座りたくないです」

出た……激重価値観。

「……リーシャは座っているぞ」

「……あれは勝者の余裕です」

もう相手が決まっているからか……その相手が王太子を廃嫡された冒険者ですまんな。

俺とマリアは部屋中央のテーブルを見る。テーブルではすでに乾杯を終えており、チェスターと向こうのおっさんが食事をしながら商売の話をしていた。一方でリーシャとおばさんは一切、目を合わさずに優雅に食事とワインを楽しんでいた。

「……殿下、どう思われます？」

「……一見、普通の食事会に見えるな」

「……と言いますと？」

「……向こうのお付きの者が気になる」

ごつくね？　それが五人もいる。商人と会うためだけにあれだけの護衛が必要だろうか？

「……悪い噂《うわさ》も聞く商会さんでしたね。嫌な予感がします」

マリアがそう思うならそうなるんだろうなー……

そう思いながらテーブル席を眺めていると、最初は和やかだった食事会も徐々に陰りが見え始めていた。

「業務提携の件はわかりました。しかし、三割はさすがに取りすぎでは？」

「私は適正だと思いますけどね。こんな田舎《いなか》町でウチの名前も使えるわけですし、むしろ安いくらいかと」

うーん、揉《も》めてる……

「……しかし、リーシャ様はガン無視で料理を食べてますねー。私もお腹《なか》が空《す》いてきましたよ」

向こうの奥さんは不穏な空気を察してチラチラと旦那を見ているのだが、リーシャはまったく気にしてない。まあ、そういう奴《やつ》だし、部外者だからそういう態度なんだろうけど。

「……帰ったら魚料理を食べようぜ。ルシルの金でワインも開けよう」

「……はーい――え？」

嬉《うれ》しそうに微笑《ほほえ》んで返事をしたマリアがビクッとしてテーブルの方を見る。何故《なぜ》ならドンッというテーブルを叩《たた》く音が聞こえたからだ。

「……品のない奴だな」

ウチのマリアが驚いちゃったじゃないか。

「ウチの申し出を断るとはどういう了見だ」

どうやら交渉は決裂したようだ。

「とてもではないですが、そのような条件では業務提携するわけにはいきません。ウチが赤字になる」

「最初は赤字だろう。だが、将来を見越せば必ず黒字に転じる。そんなこともわからんか？」

「ウチはアムールでは大手の商会です。そのようなリスクを負う必要もありません」

信用できなそうなところだしなー。

「黙れ！　いいからこの町での商売権を寄こせ！」

「それが目的ですか……話になりませんな」

チェスターは呆《あき》れたように首を横に振ると、立ち上がった。

「どこに行く⁉　まだ話は終わってないぞ！」

「いえ、決裂です。この話はなかったことに……」

「ガキが！　おい！」

相手の商人が後ろを振り向き、合図を送ると、控えていた男達がテーブルに近づいてくる。

「……殿下ぁ、どうします？」

「魔力も感じないし、雑魚《ざこ》だろ。俺のフレアで燃やし尽くしてやろう」

「いやいや！　お店が燃えちゃうじゃないですか⁉」

「必要経費だろう」

仕方がない。修繕費を支払うのは雇い主であるチェスターだ。

「いや、私も燃えそうですぅ」

うーん、まあ……

「よし、睡眠魔法にしよう」

そう言ってマリアと共にテーブルに向かうと、屈強な男達はすでにテーブルまでやってきて、剣を抜いていた。すると、リーシャが立ち上がり、隣にいるチェスターの襟を掴《つか》んで後ろに下がらせる。

「何だ奥さん？　お前が相手をしてくれんのか？」

男の一人がリーシャに剣を向けて笑った。

「なまくらね。もう少し良い剣を使いなさい」

リーシャはそう言ってテーブルの上にある肉を切るためのナイフを手に取る。直後、リーシャが目にも留まらないスピードでナイフを振った。

「あん？　……え？」

男がにやけた表情から呆《ほう》けた表情に変わる。そして、自分の剣をじーっと見つめる。男の持つ剣が根元から折られ、床に転がっているのだ。

「あの人、とんでもないですねー」

いや、まったく。どうやったらナイフで剣を折れるんだよ。

「……旦那、あれは冒険者でしょう。多分、高ランクのバケモノです。分が悪いかと……」

男の一人が商人に耳打ちする。

「チッ！　一介の商人の嫁にしては華がありすぎると思ったが、護衛だったか」

商人が憎々しげにつぶやくと、奥さんの方が『華がありすぎる』という言葉に反応し、旦那を睨む。多分、ずっと思うところがあったのだろう。

「……引くべきかと」

「わ、わかっておる！」

商人は奥さんの反応を見て、焦ったように立ち上がった。すると、奥さんの方も静かに立ち上がる。

「つまらない食事会だったわ。帰ります」

奥さんはそう言うと、出口に向かって歩き出す。

「お、おい……くっ、覚えておけよ！」

商人はチェスターを睨み、悪態をつく。そして、俺達の横を通ると、俺達というか、リーシャを睨んだ。

「貴様らも覚えておけよ！　冒険者風情が！　後悔させてやるからな！」

商人はそう言うと、護衛を引き連れて奥さんを追っていった。そして、部屋には俺達だけが残される。

「あれは小物だが、奥さんの方は確かに貴族だったな」

「でしょうね」

「ちょっと怖かったです」

ホント、ホント。

「チェスター、仕事は終わりでいいか？　お前的には良くない結果かもしれんが」

一応、チェスターに確認する。

「いや、十分ですよ。交渉が上手《うま》くいくのが最上でしたが、やはり悪い噂は事実のようです。それがわかっただけで良かったですよ」

「悪い噂って？」

「各地の町の商家を乗っ取っているという噂です。町で独占販売をしたいんでしょうな」

へー……何それ？

「よくわからんが、良くないことなんだろうな」

「そうですね。とにかく、向こうの狙いがわかって良かったです。皆様、本日はありがとうございました。外に馬車を待たせているのでそれに乗ってお帰りください」

「お前は帰らないのか？」

「私はすぐにでも町の商人達と情報を共有しないといけませんから」

この交渉が失敗したから別の商人に声をかける可能性があるのか。

「金は？」

「明日にでも報酬をギルドから受け取ってください。ギルドには依頼達成を報告しておきますので」

「わかった。じゃあ、帰るわ」

「はい。ありがとうございました」

俺達は馬車でゴードン商会に戻ると、着替えて店を出た。

「楽な仕事だったなー」

「私達は見てるだけでしたもんね」

まあなー。向こうもあっさり引き下がりやがった。

「最後に脅してきましたけど、大丈夫ですかね？」

マリアが心配そうな表情で聞いてくる。

「問題ないわよ。あの程度なら奇襲されても撃退できる。それにどうせこんな国はすぐに出るでしょ」

まあなー。テールなんか二度と来ないし、たとえ、あいつがウォルターやエーデルタルトに来ても逆に捕まって死刑だ。

「あんなのは放っておけ。取るに足らない小物だ」

「ですかー」

マリアは少し安心したようだ。

「つまらない仕事だったわ。やっぱりタイガーキャットの方が良さそう。明日はそっちにしましょうよ」

「そうするかー。森の調査も楽そうだし」

何より、外だと周りの目を気にしなくてもいいし、気兼ねなく魔法を使える。

「明日のことより、夕食ですよ。お腹が空きました」

確かに……

「さっさと帰ろうか」

俺達は歩いて宿屋に戻るとニコラに頼み、部屋で夕食を食べる。そして、ルシルのツケでワインを飲んでいると、ネルが訪ねてきた。

「いやー、豪勢してますねー。私は仕事中だから飲めませんよ」

ネルが文句を垂れる。

「そもそもお前は飲まんだろう」

「そこは覚えているんですね……」

「お前は飲まなかったが、リタが仕事をサボって俺の部屋で飲んでいたのを覚えているだけだ。まあ、あいつは今もだが……」

あいつは俺が夜に魔法の研究をしていると『休めないから早く寝てくださいよー』と愚痴りながらワインを飲んでいた。

「殿下のところのメイドさんって自由ですね……」

マリアが呆れる。

「そのくらいの役得を与えないと、うるせー宰相にチクられるだろうが」

王宮を抜け出したり、サボったりするためにはメイドにもうま味がないといけない。こういうのは持ちつ持たれつなのだ。

「殿下は心が広いですからね。きっと立派な王様になられるでしょう」

うんうん。ネルは見る目があるな。

「ネル、酒は飲まんかもしれんが、適当に摘《つま》めるものを頼んでいいぞ」

「わかりました！」

ネルは敬礼をすると、部屋を出ていった。

「要はメイドを買収してたわけですね」

「夜な夜な魔法の研究をするためには、そういうこともしないといけないんだよ。王宮はうるせーのが多いんだ」

「なるほどー」

そのままワインを飲んでいると、ネルが摘みを持って戻ってくる。そして、同じ男爵家のマリアと仲良く話をしながら摘みを食べ始めた。

「今日のあいつらは冒険者か？」

一緒のテーブルでワインを飲んでいるリーシャに先ほどの食事会のことを聞く。

「多分、傭兵《ようへい》だと思うわ。剣の使い方が対魔物ではなく、対人っぽい動きだったし」

「ふーん……本当にきな臭い商会だな」

テールは商人も怪しいのか。

「どうする？　放っておいてもいいとは思うけど」

まあ、関係ないからな。とはいえ、少し探っておくか。脱出の際に問題事を起こされても邪魔なだけだし。

「ネル、仕事はどうだ？」

ベッドの方でマリアと仲良くおしゃべりをしているネルを見る。

「今日一日、町で聞き込みをしましたが、話題は奴隷市一色ですね。もうちょっと探ってみようとは思いますが……」

やっぱり奴隷市か。

「ついでにミラー商会のことも探れるか？」

「ミラー商会？　何ですか、それ？」

「王都の商会らしい。今日、仕事で関わったんだが、少し気になってな。まあ、仕事を優先していいからついでに探ってくれ」

「わかりました。手間はかかりませんし、一緒に調べてみます」

便利な奴《やつ》だ。

「さて、今日は疲れたし、もう休みましょう。明日も朝からだし、早めに休まないと寝坊しちゃうわよ？」

一番、起きてこないリーシャに言われると、ちょっと腹立つな……

「ネル、頼むぞ」

そう言って、金貨を渡す。

「へっへっへ。ありがとうございます。では、私はこれで……おやすみなさい」

ネルはにやけながら金貨を受け取ると、部屋を出ていった。

「寝るか」

「そうね」

「おやすみなさーい」

翌日、全然起きようとしないリーシャを起こし、朝食をすませた俺達はギルドに向かう。ギルドに着くと、昨日と同じように依頼票を見ている冒険者達を尻目《しりめ》に受付にいるルシルのもとに向かった。

「おはようございます。無事に依頼を終えられたそうですね」

ルシルが笑顔で頷《うなず》く。

「まあな。金は？」

「こちらになります。金貨七十枚です。すごいですね」

ルシルがそう言って布袋を受付に置いた。

「楽な依頼だったわ」

「でしょ？　ちょうどいいのがあったのよ。それで今日はどうするの？」

「今日は森を見てくるついでにタイガーキャットを狩りをしてくる」

リーシャが身体《からだ》を動かしたそうだし、ちょっと見て帰ろう。

「はい。じゃあ、お願いね。Eランクに斡旋《あっせん》する仕事ではないですが、あなた達なら問題ないでしょう」

「ふーん……何か聞いてんの？」

「ええ……ジャイアントベアを倒したとか、オークを大量に倒したとか、店でチンピラを足蹴《あしげ》にしてたとか色々と……」

ギルドの情報網ってすごいな……

「普通だ」

「普通って何かしら？　まあいいわ。はい、これが地図だから」

「ん。適当に狩ってくるわ」

俺達は地図を受け取り、ギルドを出て、森に向かう。

「森って近く？」

南に向かって歩いていると、リーシャが聞いてきた。

「そんなに遠くはない。歩いて一時間ってところだな」

地図を見ながら大体の距離と移動時間を予想する。

「まあ、これまでずっと歩きっぱなしだったから近く感じるけど、普通に遠いわよ、それ」

ほとんど馬車で移動していた俺達が一時間も歩くのを楽と思えるくらいになったわけだ。成長したねー。リーシャなんか王都から逃げる時、愚痴ばっかりだったのに。

「馬車の貸し出しとかってないんですか？」

今度はマリアが聞いてくる。

「リリスでブレッドから聞いたが、ギルドで馬車の貸し出しもしてるらしいぞ。ただ、俺らの場合は御者を雇わないといけない。めんどいし、会話がしにくくなるからないかなーと」

俺は馬には乗れるが、当然、御者の経験はない。それはリーシャとマリアも同様である。

「どこで怪しまれるかわからないしね」

一番怪しいのはお前の美貌《びぼう》だ。町ではフードを被《かぶ》っているが、さすがに町の外では視界が狭まるから取らないといけない。

「……何？」

じーっとリーシャの顔を見ていると、リーシャがいぶかしげな表情で聞いてくる。

「お前の常人離れした美貌が一番怪しいと思ったが、こればっかりは仕方がないだろうな」

それは俺にとって贅沢《ぜいたく》な悩みというものだ。文句は言えん。

「そう……悪かったわね」

リーシャはそう言うと、フードを被った。

「被るなっての。お前が索敵するんだろ」

「そうね……」

リーシャは俺とマリアの前に出ると、フードを取る。

「……怒ってる？」

こっそりとマリアに確認する。

「……逆です。顔が赤くなったのが恥ずかしいんですよ」

こいつの羞恥《しゅうち》のタイミングがわからん……

「そんなことないわよ。真面目に索敵しようと思っただけ」

リーシャが早口でそう言うと、マリアがリーシャを指差し、苦笑いを浮かべた。

「まあ、頼むわ。お前が頼りだし」

素敵ができるのはリーシャだ。俺もできないこともないが、魔法に関してだけ。

その後もリーシャを先頭に俺とマリアが並んで歩いていく。しばらく歩いていると、リーシャが左を向いた。俺もリーシャに釣られて左を見ると、そこにはでっかい猫が野原でゴロゴロしていた。

「わー！　可愛《かわい》いです！　……サイズはまったく可愛くないですけど」

マリアが一瞬、嬉《うれ》しそうな声をあげたが、すぐに冷静になった。確かに俺の目にも最初は日向《ひなた》ぼっこをする猫は可愛く見えた。だが、サイズが大きい。ルシルが言うように虎ほど大きいわけではないが、明らかに町とかにいる猫のサイズではないのだ。

「やる？」

リーシャが聞いてくる。

「まあ、依頼だしな。可愛く見えるが、一般人からしたら脅威だろう」

猫は可愛いと思うが、肉食動物だ。それに、あのサイズなら人も襲うだろう。

「わかった」

リーシャは頷くと、剣をゆっくりと抜いた。公爵令嬢だが、剣を抜く姿は様になっている。リーシャが剣を抜くと同時にタイガーキャットもこちらに気付いたようで、身を起こす。そして、俺達に向かって、牙《きば》を剥《む》いた。

「シャー――‼」

怖っ！　さっきまでの可愛さが消えている。

「全然、可愛くないですー」

マリアも同じことを思ったらしく、ビビりながら俺の後ろに隠れた。リーシャは特に動揺もせずに数歩前に出ると、剣を構える。すると、すぐにタイガーキャットがリーシャに飛びかかった。

「遅いっ！」

リーシャは目にも留まらない速さで踏み込み、剣を一閃《いっせん》させる。すると、あっという間にタイガーキャットが地面に伏してしまった。タイガーキャットはピクリとも動かない。

「ふっ！　この絶世に挑むとこうなるのよ」

リーシャが髪を手で払うと、新しい決めゼリフを言う。

「さすがリーシャ様です！」

マリアが称賛する。

しかし、あいつ、強すぎじゃないか？　この前対戦した弟のイアンが雑魚《ざこ》に見えてしまう。まあ、俺はそのイアンにすら負けたんだけど……

「討伐依頼って、討伐証明の魔石がいるんだっけ？」

剣の血を払いながらリーシャが聞いてくる。

「だなー。俺がやるわ。お前がやる仕事ではない」

戦わせておいてなんだが、貴族令嬢に解体なんてさせられない。

「お願いするわ」

死んでいるタイガーキャットに近づくと、腰を下ろし、ナイフを取り出した。そして、ナイフをタイガーキャットの胴体に滑らすと、魔石を取り出すために解体を始める。

「すみません、殿下……殿下にそんなことをやらせてしまって」

マリアが申し訳なさそうに近づいてきた。まあ、当たり前だが、王族がやることではない。

「女の手を血で汚すわけにはいかないだろう。俺は気にせん」

俺は元々、気にしない。まあ、エーデルタルトは武の国。気にするような男はいないだろう。それに料理人やそういう仕事を生業《なりわい》としていない貴族令嬢にやらせていいことではない。

「役立たずですみません……」

「お前が一番活躍してるから安心しろ」

マリアがいなければ、こんなに歩けないし、腹を壊しているかもしれない。温室育ちの俺達はヒーラーがいなければ、どこかで野垂れ死にしていただろう。というか、俺は墜落……不時着時に骨折してたし、あそこで死んでたな。

「うーん、御二人共もっとケガを……いや、それは違うか」

うん、違う。絶対に違う。

俺達はその後も森に向かって歩いていく途中で、何匹かのタイガーキャットと遭遇していた。そのたびにタイガーキャットを倒し、魔石を回収する。基本的にはリーシャが前に出て、俺が魔法で援護をするという形である。リーシャは強いし、俺の援護もあるので危険はない。今もリーシャがタイガーキャットを倒したところだ。

「ちょっと多いわね……」

リーシャがいつもの決めゼリフを言わずにめんどくさそうな顔をする。

「やはり多いか？　俺もそう思っていたが、お前達がリリスでオークを狩ってた時と比べてもか？」

確かあの時もリーシャは午前中だけでかなりの数のオークを狩っていたはずだ。

「多いわ。リリスの時は一緒に行ったギルドの人が多いところまで案内してくれたから効率良く狩れただけ。今回はそうじゃないし、町から近いのにこんなに多いのはちょっと変ね」

「猫だし、魚が好きなのかね？」

あの町、魚が豊富だし、狙ってるのかも。

「猫ってねずみが好きなイメージで魚が好きなイメージはないわね」

そうか？　俺は魚を食べてるイメージ。

「うーん、まあいいか……」

金にはなるわけだし。

俺はさっさと次に行こうと思い、倒れているタイガーキャットを解体して魔石を回収すると、森に向かって再び歩き出した。俺達がその後もタイガーキャットを狩りながら進んでいくと、森が見えてきた。森はルシルが言うようにそこまで深い森には見えず、パニャの大森林に比べると、本当に規模が小さい。

「あれくらいの森なら安心ですー」

マリアが森を見て、ほっとしている。

「マリア、森は見通しが悪いから俺から離れるなよ」

「はーい」

マリアは返事をすると、素直に俺のそばに来る。すると、リーシャがこちらというか、マリアをじーっと見る。

「こういうのが人の男を取るのよね」

嫉妬《しっと》の塊が何か言ってる。

「そ、そんなことはないですよー……」

リーシャに睨《にら》まれたマリアが焦って答える。

「あなたが好きな恋愛ものってそうじゃない？　それに男っていうのは結局、あなたみたいな従順で素直な子を求めるわ」

そう思うなら、お前が従順で素直になれ……って思ったが、そんなリーシャは嫌だな。付き合いが長い分、もはや別人としか思えない。

「私が読むのはもっとドロドロしてますー」

「どんな感じ？」

「私が殿下にこっそりリーシャ様のあることないことを吹き込んで仲違《なかたが》いさせます。それに怒ったリーシャ様が私を殺します」

それ、恋愛ものなんだろうか？

「……ねえ？　それ、面白い？」

リーシャも俺と同じことを思ったようだ。

「面白いですよ。それで殿下が女性不信になって男に走るんです」

「あー、恋愛ものじゃなくて、そっちね」

どうでもいいが、登場人物に俺達を当てはめるのをやめてくれない？　俺、男に走っちゃったよ……

「俺が王になったらそういう書物を焚書《ふんしょ》するわ」

「イアン様、ばんざーい」

裏切るのが早い忠臣だわ。

「焚書しないから行くぞ」

「殿下、ばんざーい」

「イアン様も殿下だけどね」

俺達はしょうもない会話をしながら歩いていき、森の前までやってきた。

「さて、森の調査か……」

目の前の森を見ながらつぶやく。

「調査って、具体的に何をやるのかしら？　適当に歩いて、何かあるか探す感じ？」

「それでいいんじゃないか？　ルシルだって、俺達が貴族なことを知っていて依頼したわけだし、たいして期待してないだろ」

念のためって感じだった。

「森にも猫さんがいますかねー？」

マリアが聞いてくる。

「というか、この森が本来の生息地だろ」

猫も虎も狩りをするから主戦場は森だと思う。

「奇襲が怖いわね。木の上から襲ってきたら危ない」

確かに……

「上は俺が警戒するからお前は周囲を頼む」

「わかったわ」

「あと、気配を消す魔法をかけておこう」

自分と二人に気配を希薄にする魔法をかける。

「前から思ってたんですけど、この魔法ってどのくらい気配を消せるんです？」

「最初から認識してなかったらよほど近くまで来ないと気付かれないレベル」

「匂いとかもです？　虎とか猫って嗅覚《きゅうかく》が優れているイメージがあります」

「その辺も含めて消せるぞ」

そうじゃないと、見張りを立てずに野宿できない。

「なんか隠密とかに使えそうですね」

「元からそういう魔法だ。ジャックがこれを使えたから密偵だと思ったんだ」

この魔法はかなり高度な魔法で、誰でも使えるわけではない。それを魔法使いでもないジャックが使えた時点で怪しいと思っていた。

「対抗手段はあるんですか？」

「消せるのはあくまでも気配だけ。ジャックが俺達を見破ったように魔力を察知されたらバレる」

といっても、たいして魔力を使わないこの魔法がバレることなんてない。ジャックがすごいだけだ。その辺がAランクなんだろう。

「殿下もわかるんです？」

「わかるとは思う。ただ、これを使える奴《やつ》に会ったことがほぼないからどうかな……俺達に足らないのはその辺の経験だろう」

エーデルタルトにも魔術師はいるが、そこまで多いわけではないし、実力者がいるわけでもない。ましてや俺は王子だし、あまり他の魔術師に会う機会がない。

「ちなみに、今は感じます？」

「感じない。少なくとも森で使っている奴はいないな」

「ほー……ちゃんとわかるんですねー。魔術師ってすごいです」

マリアは純粋に褒めてくれるから好きだわ。エーデルタルトの人間は魔法を軽視するし、リーシャに至ってはまったく興味なしって感じ。

「ねえ、前から思ってたけど、マリアも魔術師じゃないの？　回復魔法を使ってるじゃないの」

魔法にまったく興味のないリーシャが珍しく聞いてくる。

「お前からしたら似たようなもんだろうが、全然違う。魔力を使うのは一緒だが、俺が使う魔法とマリアが使う回復魔法は別物だ」

「ですです――」

マリアもうんうんと頷《うなず》いている。多分、魔術師と一緒にされたくないからだろう。

「魔力を使うなら一緒じゃないの」

「回復魔法は厳密には魔法ではない。神の加護で神術だ。神術の特徴が回復ばっかりだから回復魔法って呼ばれている」

「ふーん、ロイドもできるの？」

「できない。神術は神の加護だから魔法を覚えた時点で使えなくなる。逆に言うと、マリアはもう魔法を覚えることができない」

どっちかしか覚えられない。回復魔法か攻撃魔法か……男が選ぶのは決まっている……と思う。

「ロイドも回復魔法だったら陛下も認めてくれたんじゃない？」

「絶対にない。あの陛下のことだから男のくせにとかどうのこうの言うに決まってる」

「あー……まあ、そうかも……じゃあ、どっちみち無理ね。あなた、剣の才能ゼロだもの」

ゼロということはない……お前から見たらそう思うだけ……多分……

「殿下はお強いですよ！」

マリアは良い子だなー……これが下水と聖女の差だよ。

「……やっぱり潰《つぶ》そうかしら」

これが下水と聖女の差だよ。

第三章　奴隷

　俺達は森に入ると、調査を始めた。森といっても、パニャの大森林ほどの高い木はないため、割かし明るい。そのまま歩いていると、タイガーキャットを見つけたのだが、俺とマリアが何をすることもなく、リーシャが瞬殺した。

「私の剣に……」

　リーシャはかっこつけて剣を振って、血を払おうとしたが、木が邪魔だったので決めゼリフと共にやめた。

「ジャックも言ってたけど、森で剣は使いにくいわね」

　リーシャは眉《まゆ》をひそめながら自分の剣を見る。正確に言うと、俺の剣なんだけど、完全に取られてしまった。

「それこそジャックみたいに鉈《なた》でも持つか？」

　鉈でもリーシャなら使いこなせるだろう。そして、あわよくば、俺の剣を返してほしい。何となくだが、俺の格好がつかない気がする。

「鉈ねー……嫌よ。かっこわるい」

　ジャックに謝れって思ったが、ジャックはそういうのと無縁だし、気にしないだろうな。

「ショートソードかエストックでも買うか？」

　刃の部分が短いショートソードや突き専門のエストックなら森でも使えるだろう。

「うーん、まあ、安いのがあればでいいわ」

「ウチのアタッカーはお前だから欲しいのがあれば遠慮なく言えよ。俺とマリアは基本的に装備はいらないから」

杖《つえ》があるし、これ以上はいらない。

「わかった。考えておく……魔石を回収して、奥に行きましょう」

「そうだな」

リーシャが倒したタイガーキャットを解体し、魔石を回収すると、調査のために森の探索を再開した。歩いていると急に、リーシャの足が止まる。

「どうした？　またタイガーキャットか？」

「いえ……ロイド、マリア。伏せてちょうだい」

リーシャがそう言って、その場に伏せたため、俺とマリアもその場に伏せた。

「……どうした？　ジャックでも見つけたか？」

パニャの大森林の時と同じだなと思い、声量を落としながらリーシャに聞く。

「……似たようなものかも。この先に人がいるみたい」

よくわかるなー。

「盗賊か？」

「わからない。でも、二人いる……どうする？」

そう聞かれたので、少しだけ腰を上げ、先を見てみる。だが、木が邪魔でよくわからない。

「見えんぞ。本当に人か？」

再び、その場に伏せるとリーシャに聞く。

「私もチラッと動くものが二つ見えただけ。でも、あれはタイガーキャットではないわ」

まあ、タイガーキャットは大きいが、四足歩行だしな。

「わかった。慎重に近づいてみよう」

俺達は中腰になると、そーっと、リーシャが言っていた方向に進む。すると、人の声が聞こえてきたため、止まって伏せた。

「本当に人の気配がしたの？」

「ああ、だが、微弱だ」

声色からして、女と男の声だ。

「気のせいでは？　こんな森にアムールの民が来るとは思えないわ」

「普通ならな。だが、お前もタイガーキャットの異常発生は知っているだろう。それの駆除に来た可能性もある」

「だけど、そうなると厄介ね。これほど気配を消せる人族が森に来ていることになる」

人族……？

「わかっている。もし、人族ならば、早急に処理せねばならない」

処理……か。もちろん、殺すという意味だろう。こいつらは俺達に気付いていないし、奇襲で殺すか、この場はやり過ごし、ギルドに戻ってルシルに報告かな……

脳内で方針を決めていると、リーシャがこちらを振り向き、地面に文字を書き始める。リーシャが地面に書いた文字は【ティーナ】だった。

あー……確かに女の声は逃げてきた獣人族のティーナだ。あいつ、俺達と別れた後に森に逃げてきたんだ。そうなると、もう一人の男は誰だ？　それにせっかく助けてやったティーナを殺すのもギルドに報告するのも気が引ける。うーん……

俺が悩んでいると、リーシャとマリアがじーっと俺を見てくる。これは判断を俺に委ねるということだ。

どうするかねー……まあ、話を聞いてみるか。俺としては他国の町のことも獣人族のこともどうでもいいしな。

「もう少し、森の浅いところに行ってみよう。もしかしたらすぐに帰っただけかもしれ……」

男がしゃべっている途中で黙った。俺が無詠唱で相手を痺《しび》れさせる魔法であるパライズを使ったのだ。

「さて、話を聞いてみるかね」

立ち上がると、声がした方に歩いていく。すると、ティーナとティーナと同じような耳と尻尾《しっぽ》が付いている男が地面に倒れていた。

「なんでパライズを使ったんですか？」

マリアが俺の後ろで聞いてくる。

「さっきの会話から声をかけたら襲ってくると判断した。ティーナはともかく、男の方は絶対に襲ってくる」

そして、リーシャに首を刎《は》ねられる。そうしたら話にならない。

「間違いなく、ティーナね。こっちの男も獣人族。どうする？」

屈《かが》んで倒れている二人を確認したリーシャが俺を見てくる。

「話を聞いてみる。せっかく助けてやったティーナをギルドに売るのもな……マリア、ティーナだけを回復させろ」

「わ、わかりましたー」

マリアがティーナのもとに行き、腰を下ろす。

「ティーナさん、襲ってこないでくださいよー……キュア！」

マリアが回復魔法をティーナにかけると、ティーナがピクリと動き、ゆっくりと身を起こした。

「この魔法を食らうのは三回目だけど、ホント、最悪な魔法ね。痺れるわ、動けなくなるわできつい……」

三回目？　俺は二回しかかけていない。あっ……俺があげた罠《わな》の魔法陣に触れたな。ドジな奴。

「お前、こんなところで何してんの？　さっさとこの地方から離れろよ」

起き上がったティーナに呆《あき》れながら言う。

「まだ仲間が捕まっている。それを助けたい」

ふーん、無理だと思うなー。

「助けるねー……好きにすればいいけど、そうなると、こっちの男はお仲間か？」

いまだに痺れて倒れている男を見下ろす。

「そうね。私と同じように逃げてきた同族のベンよ」

「ベン、よろしく」

絶対に返事はないだろうなと思いつつも、挨拶《あいさつ》をする。

「いや、ベンの痺れも治してちょうだい」

「まだダメ。こいつは絶対に襲ってくるしなー。逃げてきたって言ってたけど、もしかして、他にもいるのか？」

「いる。私はあの後、リリスに行こうと思ったんだけど、途中で声をかけられてね。それでここに合流したのよ。あなた達は何故《なぜ》こんな森に？　あなた達、貴族でしょ」

　まあ、貴族っていうのはバレてるわな。

「仕事。タイガーキャット狩りとこの森の調査」

「タイガーキャットはわかるけど、森の調査？　なんで？」

「人の目撃情報があったんだとさ。盗賊かもしれないし、念のために調査しろって仕事。まあ、お前らのことだわな」

　他にいないだろ。

「誰かに見られてたってことか……それで？　あなた達はギルドに報告するの？」

「それの確認のために接触した。俺達にとってはお前ら獣人族のこともアムールの町のこともどうでもいい。やっすい依頼料だし、知り合いを売るのもどうかと思ったから、どうしようかなーっと」

「そう……あんた達は獣人族を気にしないんだったわね……黙っててもらえるとありがたいけど、他の調査隊が来る可能性は？」

「俺らが問題なしって報告したら当分は来ないんじゃないか？　ギルドも被害が出てないし、見間違いか何かだと思うだろう」

　というか、リリスの失態の補填《ほてん》のために無理やり作った依頼だろうな。直接、金は渡せないが、タイガーキャットのついでって感じだし。

「じゃあ、問題なしと報告してちょうだい……でも、それはそれで大丈夫？　もし、この後に何かがあったらあなた達の不備になるんじゃ？」

　何かをする気なのね。

「どうでもいいわ。ここは俺達にとったら敵国だぞ。それに金貨五枚程度の依頼でそこまでは求められていない。森に行って、ちょっと見たけど、何もなかっただけだ。Ｅランクにそれ以上のことを求められても困る」

　こいつらが巧妙に隠れていただけで俺達の不備にはならない。

「エーデルタルトの貴族だったわね……そうか、テールとは敵対関係か……いや、なんでそんな貴族が敵国にいるの？」

「海よりも深い理由があるの。だから俺達はさっさとこの国を出る。お前らは仲間の救出でもなんでも好きにしろよ。むしろ、俺の希望はあの町を滅ぼして、テールに大ダメージを与えてくれることだな」

「そこまではしないけど……」

　しろよ。自分達を奴隷にした奴《やつ》らに復讐《ふくしゅう》しろ。

「ロイドさん、この人がそろそろ動きそうですよー」

　マリアがベンとかいう男を見下ろしながら教えてくれる。

「ティーナ、そいつに何もするなって言え。じゃないと、リーシャが首を刎ねるぞ」

　リーシャはずっと剣の柄《つか》を握っている。いつでも斬れる体勢だ。

「わかった……ベン、この人達は大丈夫よ。昨日言ったエーデルタルトの貴族だから問題ない」

　ティーナは腰を下ろすと、倒れているベンに言う。

「肉をごちそうしたし、罠まであげたことも言え」

「恩着せがましい奴ね。昨日言ったよ……あ、あの罠すごいわね。簡単に新鮮な肉が手に入る」

　そうだろう、そうだろう。やはり俺の魔法は一味違うのだ。

「魔法陣には触れるなよ、ドジ女」

「……うるさいな。あ、ベン、大丈夫？」

ベンが上半身を起こすと、ティーナが心配そうに声をかけた。しかし、こいつもパライズが解けるのが早いわ。獣人族は本当にすごいと思う。

「お前が言うように最悪な気分だ」

ベンが頭を横に振る。

「他にも呼吸ができなくなる魔法や毒魔法もあったんだぞ。その中からこれを選んだ俺に感謝しろ」

「チッ！　人族の黒魔術師か……」

黒魔術師って言うな。

「ベン、何もしないでよ。黒魔術師より、そこの女がマズい」

「わかってる」

獣人族にも恐れられる絶世のリーシャさん。

「お前ら、これからどうするんだ？　本当に仲間を救出すんの？」

立ち上がったベンに聞く。

「する。同胞を見捨てておけん」

立派だねー。

「ねえ、あなた達はアムールの町に行ったんでしょ？　どんな感じだった？」

ティーナが探りを入れてくる。

「魚の町だったな」

「いや、まあ、確かに魚臭かったけど、そういうことではなく……」

そりゃそうだ。

「わかってるよ。あの町を落とすのには千から二千の兵がいるな」

「町を落とす気はないわ。単純に仲間の救出」

「どこまで救う気だ？　売られる前の奴隷か、売られた後の奴隷も含めるのかで難易度が変わってくるぞ」

売られる前の奴隷を救うならば奴隷商人の店を襲撃すればいい。だが、売られた後の奴隷を含めると、まずどこにいるかを調べないといけない。

「売られる前」

「ふーん、だったら町に潜入さえすれば少数でも行けるかもな。頑張れとしか言えん」

「町の詳細を教えてほしい」

めんどいな……いや、待てよ。こいつらを囮《おとり》にすればいいのか。

「ふむふむ……人種差別や不当な扱いを受けている人を見逃せんな。いいだろう。紙に町の地図を描いてやろうではないか」

「……急に親切なことを言い出した。私達のことなんか微塵《みじん》も興味がないくせに」

いやいや、何を言う？

「町でお前らの仲間を見たが、鎖に繋《つな》がれ、完全にペット扱いだった。ああいうのは良くない。さすがはテール。野蛮な国だわ。俺はこういうのが許せないんだ」

「野蛮？　一番野蛮なのはあなた達エーデルタルトでしょ」

風評被害だ。

「俺達は奴隷をあんな風に扱わない」

「殺すもんね」

殺すのは隣にいる絶世さんやエセ聖女。

「俺は殺さん。町の地図を描いてやるから紙を寄こせ。あと、情報をとことん流してやるぞ。奴隷市が四日後に開かれるから襲撃はその時が良いと思う。警備の目も市場に向いているから侵入しやすいし、民衆が集まっているから火を放てばパニックになり、奴隷救出後に逃げやすくなる」

その隙に俺達は楽に船を奪い、この国からおさらばだ。

「ちょっと待って！　情報量が多い！　あー、どうしよ？」

ティーナは頭の容量が超えたらしく、ベンに相談する。

「俺の一存ではな……こいつらを基地に連れていくか？」

「基地……」

ティーナが俺達を見てくる。

「お茶はいらんぞ」

「そうね。あなた達にそんなものは期待しないわ」

どうせ何もないだろ。

「……傲慢《ごうまん》とイカレ女で有名なエーデルタルトの貴族よ？」

「今は情報が欲しいんだから仕方がないだろ。俺達は町に入れんし、可能性を少しでも上げるべきだ。こいつらの言うことが本当なら時間はあと四日しかない」

「仕方がないか……ねえ、もっと話を聞かせてくれない？」

ベンとの話し合いを終えたティーナが笑顔で聞いてくる。

どうでもいいが、誰が傲慢で誰がイカレ女だ？

「ふん。まあ、よかろう。暇ではないが、奴隷共の基地とやらを見てやろうではないか」

「わたくしが行くようなところはないですが、仕方がないですね……案内しなさい、下郎共」

「小っちゃいですー……だからウチの貴族は評判が悪いんですよー」

首を刎ねられないだけありがたいと思え。

「こっちだ。ついてきてくれ」

ベンがそう言って、ティーナと歩き出したため、俺達も二人についていく。

「逃げてきたっていうのは何人いるんだ？」

「六十人いる」

多くね？

「よくそんなに逃げられたな」

「逃げてきたというより、十日ほど前にアムールに行く途中で船が沈没したんだ。そこから泳いで生還してきたのが俺達だ」

「生還できたのはお前達だけか？　商人は？」

「陸までかなり距離があったからな。人族の体力では厳しいと思う」

人族は溺《おぼ》れ死《し》んだか……海は怖いなー……

「それでそんなに人数がいるわけか。数もそこそこいるし、捕らわれた仲間を救出したいわけだな？」

「そういうことだ」

無謀だねー。

「そんなに人数が多いと、食料を集めるのが大変だろ」

「幸い、タイガーキャットが異常な数いるから問題ない。問題なのは武器だな」

町に潜入するのに武器はいるわな。

「武器屋を襲撃するか、兵士から奪え」

「そうするつもりだ。だから町の情報が欲しい。俺達はあの町を知らん。見つかれば捕まるし、行動は最低限かつ迅速に行いたいんだ」

時間をかければかけるほど不利になるしなー。

「ちゃーんと逃げる前に火を放つんだぞ。火を放てば民衆はパニックになるだけでなく、消火要員が必要になるから追撃の数も減る。俺が後で着火の護符をやろう」

例のやつ。

「なんでそんなに火をつけたがるんだ？　お前らと同じ人族だし、民衆は非戦闘員だろ」

はい？

「同じ？　貴族が自分達と平民を同じと思うとでも思ったか？　ましてや、税も払わない他国の民だぞ。そんなもん知るか。燃やせ、燃やせ。俺達がやると問題だが、お前らがやる分には何も問題がない。虐げてきた奴隷に復讐されたバカな国で終わりだ」

町の東側で放火させよう。そうしたらギルドにも宿屋にも迷惑は掛からない。

「人族の考えることは理解できん」

「バカだなー。誰も他人の考えることなんかわかんねーよ。そんなんだからこんな目に遭うんだぞ。信じられない者は敵。利用するだけ利用しろ」

「……お前達も俺達を利用しているのか？」

えー……。

「当たり前だろう。脳みそまで獣になるな、アホ。俺達に利があるから金も持ってないお前達に力を貸すんだぞ。俺達はお前達を利用する。お前達も俺達を利用する。それで何か問題があるか？

俺達は敵でもないが、友達でもないんだぞ」

「そうか……貴族の考えかエーデルタルトの考えかはわからんが、敵が多そうだな」

うーん、どちらかというと、貴族かな？　どこの国の貴族も似たようなものだろう。

「敵の方が多いぞ。だが、それは仕方がないことだ。お前達も平和なんか諦《あきら》めて、国に戻ったらテールと戦え。いつまでも搾取される側ではいかんぞ」

戦争しろ。

「我らがテールと戦って喜ぶのがお前達エーデルタルトか？」

「そうだ。多分、援助してくれるぞ」

こういう敵国の不穏分子に援助することはよくある。こっちには被害がないし、楽になるだけだからだ。デメリットも少なく、メリットが大きい。

「そうか……まあ、その辺は救出が終わってからだな」

「そうしな」

俺達はそのまま二人についていくと、ひらけた広場のようなところが見えてきた。

「すまんが、ここで待っててもらえるか？　説明をしてくる」

まあ、いきなり俺達が現れたらパニックになるかもしれないしな。

「わかった。ティーナ、お前は残れ」

ベンに向かって頷《うなず》くと、ティーナを見る。

「え？　二人で説明した方が良いと思うんだけど……」

やはり二人で基地に行くつもりだったな。

「ホントにバカだな。こんな時は一人を残すのが常識だぞ」

「なんで？」

「人質。お前らが裏切ったらどうする？」

「そんなことはしない」

知るか。

「さっきの話を聞いていたか？　俺達を信じるな。俺達に信じてもらおうとするな」

「……ティーナ、お前は残れ」

「……わかった」

ベンとティーナは微妙な顔をすると、ベンはティーナを残していった。

「本当に素直というかバカね。私達がこのまま売れそうなティーナを攫《さら》うとか思わないのかしら？　女子を置いていく男子なんて最低よ」

リーシャが呆《あき》れたような顔をする。

「え？」

リーシャの言葉を聞いたティーナが絶望したような顔をした。

「そういうこともありえるということだ。考えることを放棄するな。疑え。自分達がどういう行動をしたら相手がどういう行動をするかを予測しろ」

「……わかった」

大丈夫かね、これ？

「ロイドさん、獣人族の奴隷救出を囮に使うんですか？」

マリアが確認してくる。

「そうだ。こいつらが奴隷を救出すれば兵は町の南にある門に行く。俺達はその隙に北の港から船を奪い、この国からおさらばだ」

「上手《うま》くいきますかね？　奴隷の救出って簡単ではない気がしますけど」

「そうなるように情報を流し、手助けするわけだ。なーに、失敗したとしても囮としては十分だ」

兵を南に誘導させることはできなくても、獣人族の身体能力なら鎮圧にも時間がかかる。

「獣人族に火をつけさせるより、あちこちに例の着火の護符を仕掛けた方がよくない？　確実に放火して、獣人族にヘイトを買ってもらいましょうよ。そうしたら絶対に追うと思うわ」

さすがは下水。考えることが下水だ。

「……こいつら、クズだ。これがエーデルタルトの貴族か……」

「私は違いまーす。庶民からは聖女と評判」

自分で言うな。

「はいはい……ティーナ、少し動くな」

マリアを適当にあしらうと、ティーナの前に立ち、命じる。

「え？　なんで？」

「動いたらケガをするかもしれん。まあ、ケガをしてもマリアが治してくれると思うが……」

「え？　ホントに何？」

ティーナはそう聞きつつも動きを止めたので俺はしゃがみ込み、足首に付いている金属製の輪に触れた。

「このダサいアクセサリーはいるのか？」

「いらない。でも、道具がないから外せない。何とかして外したいんだけどね」

まあ、森にそんなものはないわな。

「無理に外そうとするとケガするぞ」

というか、すでにひっかき傷みたいなものがある。

「嫌なの。これがあるといつまでも奴隷気分……あれ？　外れた⁉」

ティーナが驚いた顔をするが、こんなもんは魔法ですぐに外れる。

「マリア、治してやれ」

「はーい」

立ち上がってマリアと入れ代わると、ティーナの足に回復魔法をかける。

「あ、ありがとう……」

「今度は泣かんのか？」

「ねえ、あなたって性格悪くない？」

なんで俺を見て、そう言う？　リーシャはあっちだぞ。

「悪くない」

「いや、すごく感謝しているんだけどね……なんかようやく自由になったって感じ」

ティーナが嬉《うれ》しそうな顔になった。

「あとは見すぼらしい身なりよね。その粗末な衣はないわ。薄汚れているし」

リーシャがティーナを指差しながら指摘する。

「それは仕方がないだろう。足かせがないだけでまだマシに見えると思うぞ」

顔もスタイルも悪くないし。

「うーん……微妙ねー。品がないわ」

といっても服はなー……

「……ねえ、エーデルタルトの貴族がクズなんじゃなくて、この夫婦の性格が悪いの？」

「はい、そうです」

マリアが力強く頷く。

「やっぱり……」

ティーナが俺とリーシャをじーっと見ていると、

「悪い、待たせたな」

ベンが戻ってきて、謝ってくる。

「ロイド、後ろを取られたわよ」

リーシャが背後をチラッと見ながら教えてくれた。

「放っておけ。俺達の仲間がいないかの確認だろ」

「……まあ、あの程度の人数ならどうとでもなるわね」

獣人族の気持ちもわからんでもない。あれだけ教えてやったんだから俺達がこいつらの基地の場所を探るために来たと思うだろうし。

「ベン、案内しろ」

「ああ……ついてきてくれ」

俺達はベンについていくと、広場があり、簡易というかボロボロの布でできたテントがちらほらとあるが、獣人族の姿は見当たらない。

「ぼろいなー」

「この森を西に抜けると、海岸に出る。そこに漂着したもので作ったんだ」

大変だねー。こいつらを見ていると、本当に墜落……不時着した時のことを思い出す。

「さっさとお仲間を回収して、こんなところを離れな」

「そうするつもりだ……あそこに我々の代表がいる」

ベンがそう言って指差した方向には木材でできた小屋があった。他の住居はボロボロのテントなのに代表とやらの住居だけは小屋……

「ロイド」

リーシャが俺の名前を呼ぶ。

「わかってる」

こんなところに小屋が建っていたわけではない。こいつらが木を切り、わざわざ小屋を作ったんだ。

俺達はベンを先頭に広場を歩いていき、小屋の前まで来た。

「メルヴィン殿、例の者達を連れてきた」

ベンが小屋に入る前に声をかける。

「ああ、入ってくれ」

小屋の中からそこそこ歳《とし》を重ねた男の声が聞こえた。

ベンが許可を得て小屋に入り、俺達も続いた。小屋の中には初老の獣人族の男が座っており、その横には二人の若い女性が座っていた。しかも、二人とも着ているものはぼろいが、美しく品があった。この二人はパッと見では権力者の妻か愛人のように見える。

「よく来てくれた。私がメルヴィンだ。見ての通り、歓迎ができる状況ではないため、省かせてもらう」

メルヴィンとやらが座ったまま俺を見上げる。

「お前がこいつらの代表でいいのか？」

「ああ。私は犬族の長《おさ》であり、ここをまとめている」

そういや、ベンやティーナと同じ犬耳だな。

「ふーん……」

メルヴィンの左隣に座っている女を見る。メルヴィンの両隣に座っている女は両方とも美人だと思う。だが、左隣のキツネ耳の女はちょっと雰囲気が違う。

「早速だが、町の地図を作りたい」

キツネ女をじーっと見ていると、メルヴィンが本題に入った。

「いいぞ。紙は……なさそうだな」

漂着物に紙があるわけがない。

「すまん。ないな」

仕方がないのでカバンから紙とペンを取り出し、紙を床に置く。

「えーっと、町の南に門があってー、近くにギルドか……」

紙に町の地図を描いていく。

「町の中央が広場よね」

「ですねー。その先が海というか港です」

リーシャとマリアも加わり、町の地図を描いていった。

「東の住居区は行ってないからわからんな」

「別にいいでしょ」

まあ、奴隷救出には関係ないか。ぼやの火を仕掛けるくらいだし。

「ってか、肝心の奴隷商の店がわからん」

「そういえば、どこかしら？」

「一度、町に戻って調べてみますか？　奴隷市開催まで時間はありますし」

まあ、それでもいいかなー。

「奴隷商の店なら私がわかる。私はそこから逃げてきたからね」

ティーナがそう言って、腰を下ろし、俺が描いた地図を覗《のぞ》く。

「どこだ？」

「えーっと、船から降りてすぐだったからこの辺かな？」

ティーナが指差した場所は商船が停泊する港の先であり、俺らの宿からも割かし近かった。

「後で確認してみるか……」

「いっそ、一人くらい買うのはどうです？　そうしたら奴隷商の店の中がわかりますよ」

マリアが提案してくる。

「うーん、良い手ではあるが……奴隷っていくらくらいだ？」

リーシャとマリアを見る。

「知らない」

「奴隷を買うことなんてないですもんね」

あるわけがない。

「お前のところは農業奴隷とかいないのか？　ぶどう園は大変だろ」

マリアの領地のぶどう園はかなり広いはずだ。

「大変ですけど、奴隷に任せていい仕事ではないです。高級品ですし、奴隷が踏んだぶどうのワインを飲みたいですか？」

確かに飲みたくない……ん？

「え？　ぶどうを踏むの？」

「踏みます」

「マジ？」

えー……

「お前、どこぞの奴《やつ》が踏んだワインを俺達に配ったん？」

「いや、ワインはどこもそうしてますよ。ロイドさんの分はちゃんと私と妹が踏みました」

…………。

「……マジでいらん報告だったわ」

「ちゃんと洗って清潔ですよ」

当たり前だ！

「なんかお前に踏まれた気分になるな」

「そうやって作るんですから仕方がないですよー。陛下だって飲んでますよ」

うーん、あんまり考えないようにしておこう。考えすぎると今後、ワインが飲めなくなる。

「まあいいや。奴隷って金貨十枚くらいで買えるかな？」

「さすがに安すぎない？」

「そうかー？　マリア、お前ならティーナをいくらで買う？」

そう言って、ティーナを見ると、マリアは値踏みするようにティーナを見る。

「えーっと、金貨二十枚？」

安くね？

「お前、ティーナの価値を自分の家のワイン以下の値段にしたか」

「そんなこと言われても奴隷の価値なんてわかりませんよー」

マリアが困った顔をした。

「ティーナは容姿もそこそこだし、運動神経がいいわ。教育すれば護衛を兼ねた侍女にできるでしょうし、もうちょっと高いと思うわね」

容姿はそこそこらしい。まあ、リーシャは絶対に女の容姿を褒めることはないから結構な評価だ。

「じゃあ、いくらだ？」

「金貨五十枚かな……」

「そんなもんかねー」

まあ、所持金的には払えんこともない。

「ねえ……本人を前にして、値段をつけるのをやめてくれないかな？」

ティーナはめちゃくちゃ嫌そうな顔をしている。

「参考だよ、参考。しかし、金貨五十枚となると、所持金がかなり減るな……」

「そこまでして買うメリットがないわよね」

こいつらの作戦が成功しようが失敗しようが俺達への影響は少ない。要は兵士の目を逸《そ》らしてくれればいいわけだし。

「金は払うから買ってきてくれんか？　私達的には同胞を救えるし、作戦面でも内部情報を知っている者が欲しい」

俺とリーシャが相談していると、メルヴィンが要望を出してきた。

「金？　持ってんの？」

あるようには見えんが？

「金はないが、タイガーキャットの魔石がある。それで払おう」

うーん、まあ、銀貨五枚で売れるしな。

「ふーん、それでいいけど、数は買えんぞ。そんなに買ったら怪しまれるし」

獣人族の奴隷をぞろぞろ連れて歩くなんて目立つ。

「わかっている。こちらもそこまで魔石を所持しているわけではないし、一人でいい」

「じゃあ、買ってやるよ。どんな奴を買えばいいんだ？　強そうなのか？　逃げ切れそうにない弱そうな奴か？」

強い奴を買えば戦力になるし、弱そう奴は救出後に足手まといになるから早めに確保するという考えもある。

「……ジュリーという少女を頼みたい」

少女……弱そうなのかね？

「名前を言われても店主にそう伝えるわけにはいかん。特徴を教えろ」

「キツネ族の子だ」

キツネ……

俺とリーシャとマリアの三人はメルヴィンの隣に座っているキツネ耳の女を見る。

「この者の妹だ」

へー……

「買えるか？　この女を見る限り、高そうなんだが……」

このキツネ女は普通じゃない。美人なのはもちろんだが、明らかに庶民ではないのだ。

「……買えたらでいい」

「ふーん……買えなかったらどうする？　こっちで適当に選んでいいか？」

「いや、ララという犬族の娘を頼む。ティーナの妹だ」

俺達三人はメルヴィンにそう言われて、ティーナを見る。

「まあ、買えそうだな」

「ええ、そこまで高くはないでしょうね」

「そんな気がします」

うんうん。

「助けてもらったことには感謝しているけど、はっきり言う。私はあなた達が人族とかを抜きにしても大っ嫌いだ」

だって、キツネ女を見た後だとねー……

俺はなんとなくリーシャを見る。リーシャは俺と目が合うと、いつものようにかっこつけて髪を手で払った。

「ふむ……」

次にキツネ女を見る。すると、キツネ女がウィンクをしてきた。

「ティーナの妹なら金貨百枚程度か？」

「いやー、二百枚はしますって」

そんなにするかね？

「あー、こいつら、殺したいのう」

キツネ女が初めてしゃべった。

「とにかく、ララとかいうティーナの妹を買えばいいんだな？　特徴は？」

「可愛《かわい》い妹ね」

黙れ、金貨二十枚。

「メルヴィン、特徴を詳しく教えろ。間違って変なのを買ってきて困るのはお前達だ」

妹バカな姉を無視し、メルヴィンに聞く。

「まあ、可愛らしいというのは合っている。まだ十歳で身長はそっちの黒髪の子よりも小さい。髪は肩にかからないくらいだな。あと、顔つきがティーナにそっくりだ」

まあ、姉妹だしな。

「体つきは？　デブか？」

「肥満体型ではない。むしろ、痩《や》せすぎなくらいだな」

ふーん、それに加えて犬族という情報があればいけるかな……？

「いいだろう。とりあえず、奴隷商のところに行って、値段を確認して買えそうなら買う」

「頼む。こちらも魔石を用意しておく」

「よし、では、早速、戻って奴隷商のところに行ってくる」

早い方が良いだろう。

「あ、ねえ、あの罠《わな》をもうちょっとくれない？」

ティーナが要求してくる。

「痺《しび》れ罠か？」

「それそれ。タイガーキャットで食いつないでいるけど、やっぱり肉食動物より草食動物の方が美《お》味《い》しい」

まあ、気持ちはわからんでもない。なにせ、俺らも狼《おおかみ》を食べたし。

「いいぞ。このくらいならいくらでもやる」

カバンから痺れ罠の護符の束を取り出した。

「……多くない？　なんでこんなにあるの？」

「逃げる時に便利なんだ。走りながらこれを後ろにばら撒《ま》けば追手が痺れる。そういう風に使ってもいいぞ」

どうせ仲間の奴隷を救出した後、逃げるわけだし。

「……ありがとう。恩に着るわ」

ティーナがしみじみと礼を言う。

「そう思うならせいぜい派手に暴れてくれ、金貨二十枚」

「あー、殴りたい……」

「殴ってもいいぞ。その分、買った妹を可愛がってやるから」

「私の中のエーデルタルトがゴミクズに変わっていくんだけど……」

リーシャのせいだな。

「テールよりかはマシだ。さて、リーシャ、マリア、戻ろう」

立ち上がってリーシャとマリアに声をかける。

「そうね」

「早く戻りましょう。お腹《なか》が空《す》きました」

もう昼を過ぎたかな？

「先に宿に戻って、何か作ってもらうか。携帯食糧より、そっちがいいだろ」

「そうしましょう」

「せっかくですしね」

携帯食糧はいつでも食べられる。だが、魚料理はアムールでないと、食べられないのだ。

「じゃあな。美人キツネと犬っころのどっちかはわからんが、連れて戻ってくるから」

「あなた達って、素で差別するよね……」

「知るか。差別されたくなかったら礼儀作法をしっかりしろ」

まったく……本当に茶も出さんとは……あの二流貴族でも出したというのに。

俺は最後にチラッとキツネ美人を見て、小屋を出た。そして森を抜け、町に向かって広野を歩いていく。

「一番偉いのはあのキツネさんですよね？」

広野を歩いていると、マリアが確認してきた。

「そうだな。あれが本当の代表でメルヴィンはその護衛だな」

小屋を建てたのは代表が女性だったから。メルヴィンだったら小屋は必要ない。まあ、侍《はべ》らせている女を抱くためとも考えられるが、そんな状況ではない。

「普通に考えれば、怪しい人族との会合に自分の妻や愛人を同行させないからね」

リーシャが言うように失礼だし、何より危険だ。

「ということは最初に頼んできたキツネ族のジュリーさんはお偉いさんということですね？」

「妹って言ってたし、そうだろう。多分だが、あいつらが逃げずに奴隷を救出しようとしているのはジュリーのためだな」

普通はこの状況なら仲間を置いて逃げる。それほどまでに救出作戦というのはリスクが大きい。だが、あいつらにはそれができない理由がある。それがジュリーなのだろう。

「ただのお偉いさんではないですね……」

「相当、上の階級だろう。下手《へた》をすると、王族も考えられる」

それほどまでにあのキツネ女は他の者とは違っていた。

「隠す気もなかったわね。私達が気付いたことにも気付いている。それどころか私達が貴族の中でも上の身分ってことにも気付いているわね」

俺もそう思う。

「実際にどうかはわかりませんが、恩を売っておく価値はありますね」

さすがは人に取り入るのが得意なマリアだ。

「そういうことだ。よくわからない種族ではあるが、コネクションができたし、恩を売れる。しかも、俺達は楽に脱出できるときたもんだ。メリットしかないな」

本当は値段にもよるが、奴隷の一人や二人なら自費で買っても良かった。だが、向こうが魔石で払ってくれるということなのでこっちに損がまったくない。

「ただ、殿下。買った奴隷を可愛がってはいけませんよ」

マリアが忠告してくる。

「殺すか？」

マリアの忠告を受け、婚約者に聞いてみる。

「殺して市場に晒《さら》すわね」

怖っ……

「……ちなみにだが、マリア。もし、お前の旦那《だんな》が女奴隷を買ったらどうする？」

「殺します。この世に必要のない者です」

即答だよ……そら、イカレ女って言われるわ。

「側室や愛人はよくて、奴隷がダメな理由がわからん」

同じとは言わんが、似たようなものだろ。

「側室や愛人はそれなりの身分ですので上下関係がわかっています。ですから正室を尊重し、分をわきまえます。ですが、汚らわしい娼婦《しょうふ》はそういうのを無視して、夫を奪おうとします。そんな女は不要な存在でしょう」

温厚なマリアですらこの発言……

「正室には正室の、側室には側室の役割というのがあるわ。それを破るのは死罪以外にありえない」

めんどくせー……

「いっそ、正室だけにすりゃいいだろ？」

「そういうわけにもいきません。跡取りを産めるかの問題もありますし、貴族ならば政略的な意味もあります。それに殿下がどうしてもと望んだ場合、これを拒めば裏でこっそりということがありえます。そうなって、惨劇が起こるくらいなら側室や愛人とし、正室の支配下に置いた方が良いのです」

惨劇は嫌だなー……

「お前の旦那が側室を持ったらお前の支配下か？」

「そうはなりません。これは上流階級の話です。私達みたいな下流貴族は普通に一夫一妻です。たまーに町の豪族の娘を愛人にする程度ですね。どちらかというと、私みたいなのは上流貴族の側室か愛人です」

「それでいいん？」

「田舎《いなか》の正室より都会の側室です。自分の子も優遇されますしね」

それで王都の貴族学校に通ったわけか。

「良い人は見つからなかったのか？」

「愛人の誘いはありましたけど、愛人は嫌です。愛人の子はその家の子と認められませんから」

誘いがあったんかい……誰だ？　ちょっと気になる。エーデルタルトに帰ったら聞いて回ろうかな？

「お前は器量が良いから良い旦那が見つかるよ」

「そうだと良いんですけどねー。最悪はリーシャ様の侍女か殿下のメイドという名の愛人です」

最悪言うな。これまでの献身を評価して側室くらいにはしてやるわい。

俺達はその後も一時間くらい歩き、アムールの町に戻ってきた。かなりお腹が空いてきたし、さっさと宿屋に戻りたいのだが、まずはギルドへの報告が先なので我慢して、ギルドに向かう。ギルドは昼過ぎなこともあって、他の冒険者はいなかった……と思っていたのだが、やはり隣の酒場では酔っ払いが騒いでいた。

「うるさいなー……」

酒場の方を見ながらルシルの受付に向かう。

「仕方がないですよ。酒場で騒ぐなとは言えませんし」

ルシルが困った顔をするが、壁で塞《ふさ》いでしまえばいいだけだ。

「まあいい。依頼を終えたから報告だ。まずはタイガーキャットの魔石な。二十個ある」

カバンからタイガーキャットの魔石を取り出し、カウンターに置く。

「多いですねー。やはり大々的な討伐を計画した方が良いかもしれません。まあ、奴隷市が終わった後になるでしょうけど」

奴隷を買って、金がなくなった冒険者が集まりそうだな。

「そうした方が良いな。町の近いところでも見たし、数が多すぎる。あれでは商人や旅人が危ない」

そんなに危ないところだと、商人が寄り付かなくなる。いくら港があり、儲《もう》かるとはいっても命の方が大事だ。

「ですよねー……領主様に相談してみます。森の方はどうでした？」

「普通。タイガーキャットが出たが、他には何も見当たらなかった。人を見たというが、盗賊の類いではないと思う。見間違えたかただの冒険者だろう」

「そうですか……まあ、そうかもしれませんね。では、依頼はそれで結構です」

適当だな。これは本当にただの埋め合わせの依頼だわ。

「じゃあ、金をくれ」

「森の調査が金貨五枚でタイガーキャットの討伐が金貨十枚ですね。魔石はどうされますか？　こちらで買い取っても良いですけど」

そういや、魔石は討伐の証明ってだけで魔石自体は別料金か。

「いくらだ？」

「銀貨二枚ですね」

うーん、微妙……だが、この程度の質ではそんなものかもしれん。

「買い取ってくれ」

「かしこまりました。では、合計で金貨十九枚になります」

ルシルがそう言いながらカウンターに金貨を置いた。

「明日もタイガーキャットを狩ろうと思うが、ついでにできそうな依頼とかあるか？」

金貨をカバンにしまうと、ルシルに聞いてみる。

「うーん、採取なんかはしないですよね？」

「たいして金にならないんだろ？」

「まあ、高価なものは専門の知識や技術がいりますからね。あなた方では薬草程度でしょう」

薬草って、確か銅貨一枚だっただろ。まだゴブリンの方が良いわ。

「やらない」

「ですかー……だったらタイガーキャットを大量に狩ってください。色を付けますから。ご覧のような有様でしてね……」

ルシルが隣で騒いでいる酔っ払い共に目を向ける。

「この町の冒険者共はどうした？　あの酔っ払い共は外部の者だろ」

奴隷を買いに来たスケベ共。まともなのもいるんだろうが、昼間から酒を飲んでいるような奴ら《やつ》はお察しだ。

「地元の冒険者は街道付近でタイガーキャットを倒しているか、この時期はリリスに出稼ぎに行ってます」

逆に地元の冒険者が減るのか……

「じゃあ、そうするわ。明日も南の森周辺に行ってみる」

「お願いします。ギルドに寄る必要はないのでそのまま好きな時間に行ってもらって構いません」

「わかった。あ、そうだ。奴隷商の店ってイルカ……クジラ亭の先で合ってるか？」

「確かにイルカ亭の先ですけど……」

せっかくクジラ亭に言い直したのにイルカ亭って言うなよ。ニコラが可哀想《かわいそう》だろ。

「ふーん、じゃあ、行ってみるか」

「え？　行くんですか？」

ルシルが焦りながらリーシャとマリアの方を見る。

「なんだよ」

「いや、その、先に言っておきますが、奴隷だからって何をしてもいいわけではありませんからね。殺したら奴隷虐待で罰金刑です」

逆に言うと、罰金で済むわけね。

「殺さんわ」

「いや、あなたはそうでも……」

あー、こいつ、完全に俺らがエーデルタルトの貴族だとわかってるな。

「何も性奴隷を買うわけではない。お世話係とか荷物持ちとかあるだろう。ちょっと気になるから見てみるだけだ」

「そうですかー……買うのはいいですけど、ちゃんと世話をしないといけませんよ」

本当にペット扱いだな。

「わかっている。ちなみに聞くが、獣人族を冒険者にできるのか？」

「できるできないで言えばできますが、この国では無理ですね。テールは獣人族に人権を認めていないので……他の国なら可能です」

低俗な国だな。さすがはテール。

「冒険者登録はやめとくか……別に外に連れ出しても良いんだろ？」

「構いませんが、門でチェックされますよ。捨てる人もいますから」

ペットだなー……

「わかった。まあ、行ってみるわ」

「あまり見た目が麗しい人を買わない方が良いですよ……」

ルシルはそう言って、リーシャとマリアを見る。どうでもいいが、俺が女を買うと決めつけてんな。

「別に他の女を求めているわけではない。ただの興味本位だ」

実際、いらない。それどころじゃないし。

「ですかー……男の人はみーんな、そう言うんですよねー」

ルシルがチラッと隣で騒いでいる酔っ払い共を見た。

「一緒にすんな」

でも、何故《なぜ》か、リーシャの方を見れない自分もいた……怖いもん。

ギルドを出た俺達は宿屋に戻ると、暇そうなニコラのもとに行く。

「あれー、早いですね。まだ昼過ぎですよ」

「早く終わったんでな。昼食はここで食べようと思ったんだ」

「そう言ってもらえるとありがたいですが、昼食は別料金ですよ？」

朝晩セットだし、まあ、そうだろう。

「こそっとルシルにツケとけ。後で一括請求したらバレない」

「わかりましたー。じゃあ、そうします。料理は部屋に持っていけばいいですか？」

「頼む」

俺達は昼食を頼むと、二階の部屋に上がり、体を休めた。しばらくすると、ニコラが昼食を持ってきてくれたのでテーブルにつき、遅めの昼食をとる。

「やっぱり美味《おい》しいですよねー」

「まあね」

「だなー」

腹が減っているからより美味《うま》く感じる。

「午後からは奴隷商のところに行くんですよね？」

マリアが魚を食べながら確認してくる。

「そうだな。まあ、お前らが行くようなところでないし、俺一人で行ってくる」

「そうしてちょうだい」

「お願いします」

貴族令嬢が行くようなところではないし、単純に不快だろう。

「えーっと、キツネ耳のガキか犬族のガキだったな？」

「そうね」

「ジュリーさんとララさんです」

どっちみち、ガキなんだよなー。俺、奴隷商にそっちの趣味の人って思われるんだろうなー。

「いくらすんのかねー？　お前らはどうする？　また市場か？」

「エスコートしてくれる人がいないし、部屋で休んでいるわ」

「私もそうします」

まあ、リーシャは午前中大変だっただろうし、休んだ方が良いわな。

「了解……じゃあ、昼食も食べ終えたし、行ってくるわ」

食事を終えたのでさっさと行こうと思い、立ち上がる。

「いってらっしゃい」

「殿下、人参《にんじん》が残ってますよ！」

うるさい。

「お前にやる」

嫌いなんだよ。

「マリア、私の分もあげるわ」

リーシャも人参が嫌い。

「好き嫌いは良くないですよー」

「じゃあ、その端に除《よ》けてあるトマトを食べなさいよ」

「リーシャ様にあげますー」

マリアはトマトが嫌い。

今度から人参を入れるのやめてもらおうと思いながら部屋を出て、階段を下りていった。そして、宿屋を出ると、左の方に歩いていく。すると、通りの突き当たりにかなり大きな建物が見えてきた。

ここかな……？

「ウチに何か用ですか？」

建物を見上げていると、俺よりも身長の高い屈強なスキンヘッドの男が声をかけてきた。

「ここが奴隷を売っている店か？」

「そうですが、お客様で？」

「多分な。相場がわからんから買えるかどうかは微妙だが、見てみたい」

「いくらお持ちで？」

どれくらいを言おうか？　少なすぎると、冷やかしと見られるし、多すぎると、ぼったくられるかもしれん。

「金貨五十枚くらいかな……あとは相談」

「なるほど……とりあえず、中へどうぞ」

どうやら客と見てくれたらしい。

屈強なハゲが建物の中に入ったので俺もついていった。建物の中に受付があるが、誰もいない。受付の左右には通路があり、奥へ行けるような構造となっていた。

「思ったより、きれいだな」

奴隷の扱いからして、もっと汚いかと思っていたが、建物の中は清潔にしてあり、よどんだ空気もない。

「ウチは領主様もご利用になられますからね」

領主って貴族だろ。奴隷なんかよく買うな……

「そうか」

「少々お待ちを。すぐに支配人をお呼びします」

屈強なハゲはそう言って、通路の右奥に歩いていった。そのまましばらく待っていると、屈強なハゲがひげを生やした男を連れて戻ってくる。

「これは、これは、ようこそ、当店へ。私が当店の支配人を務めておりますブルーノです。初めてのお客様ですかな？」

ブルーノは商人らしいまったく信用できない笑みを浮かべながら俺を見る。

「旅の冒険者だ。金もそこそこ入ったし、奴隷の一人くらいはいてもいいのかもなと思ってな」

「さようですか……しかし、お客様。この町では四日後に奴隷市が開催されるのをご存じないのですか？　奴隷を買うなら奴隷市がよろしいかと思います。目玉の奴隷も出ますし、セールもやっています」

セール……安くなるのかね？

「もちろん知っている。だが、俺も日程的にそこまで滞在するかが微妙なんだ」

「さようですか……せっかくなら奴隷市に参加なさった方が良いとは思いますが、旅の方ならば致し方ありません。しかし、当店も奴隷市開催前ですのでとっておきの商品はお売りできませんがよろしいですか？」

まあ、ここで売るより、盛り上がる奴隷市で売るわな。

「構わん。元よりそこまでの予算はない」

「かしこまりました。では、どのような奴隷をお求めで？　冒険者ならば冒険の手助けをする戦士。身の回りの世話や夜の世話までこなせる性奴隷。本来ならここに魔術師や特殊な技能を持った奴隷もお勧めするのですが、先ほど言った通り、そういう奴隷は奴隷市で出品するものでして申し訳ございませんが、切らしております。今は戦士か性奴隷ですね」

戦士がいいなー。

「女だ」

「かしこまりました。何か希望はございますか？　器量がいいとか、こういう子が好みだとか」

どれを見てもリーシャ以下だし、どうでもいい。

「獣人族はいるか？」

「もちろんいます。獣人族ならば値段を抑えられますよ」

やっぱり安いんだな。

「どれくらいいる？」

「当店では男が十二名、女が四十一名ですね」

「多いな」

「いえ、本当はもっといる予定だったんですが、輸送船が入港予定の日時になっても来ないのです。何かあったのかもしれません」

あー、あいつらが乗っていた船か。沈んだらしいぞ。

「まあ、四十人近くの女がいれば、良いのがいるだろう」

「もちろんです。必ずやお客様のお眼鏡《めがね》にかなうものがありましょう」

「ちなみに、獣人族で一番高いのはどんなのだ？」

「一番のものはキツネ族の少女ですね」

あー……ジュリーっぽい。

「いくらになる？」

「申し訳ございません。こちらは奴隷市のオークションに出す奴隷です」

「そんなに高く売れそうなのか？」

「ええ。まだ幼いというのにあの妖艶《ようえん》さは素晴らしいです。もし、普通に買うとしても金貨千枚はします」

高いなー。ティーナが五十人も買えるじゃん。

「どちらにせよ、手が出んな」

「まあ、あれは特別です。他のものでしたら金貨五枚から五十枚程度ですよ」

「一気に下がったな……」

「良いものは奴隷市で売りますからね」

残りものか……

「まあいい。実際に見ることは可能か？」

「もちろんです。では、こちらへ」

ブルーノと共に左の通路を歩いていく。通路の左右は鉄格子がはめられて牢屋《ろうや》みたいになっており、中には人族や獣人族の男が項垂《うなだ》れて座っていた。

「男しかおらんな」

「男女を分けています。余計なことをされては困りますからね」

そりゃそうだ。

「獣人族はわかるんだが、人族の奴隷は何だ？」

「借金や罪を犯した者ですね。中には親に売られた者もいます」

ふーん。はした金で子供を売るのか……

色々あるんだなーと思っていると、通路の先に扉が見えてきた。

「この先が女奴隷のエリアです。手前が獣人族になりますので、ゆっくりと吟味なさってください」

ブルーノがそう言うと、扉を開けた。ブルーノに促され、扉をくぐると、正面に鉄格子がはめられた大きな牢屋のような部屋があった。ブルーノに言われた通り、手前の部屋を鉄格子越しに見ると、大勢の人が部屋の奥でうずくまっていた。確かに獣耳が生えているので獣人族だとは思うが、うずくまっているため、顔がよくわからない。

「全然、わからん」

そう言うと、ブルーノが鉄格子に近づく。すると、腰から鉄の棒を抜き、鉄格子をおもいっきり叩《たた》いた。ゴーンという音が響くと同時に奥でうずくまっていた獣人族の女達が慌てて立ち上がり、こちらにやってくる。

「そういうことをやるなら先に言え。びっくりしたわ」

急に叩くな。心臓に悪いわ。

「これは申し訳ございません……お前達、並べ！」

ブルーノがそう言うと、女達は何列かに分かれて並び出す。

「教育ができてるな」

「これが仕事ですからね」

女共を見てみるが、あちこちに折檻《せっかん》の痕《あと》が見られた。

「傷がついてるから安くしろ」

「引き渡しの際には回復させますよ」

そういや、そういう仕事がギルドにあったな。

「ふーむ……」

一列目の女共を見てみる。一列目にいるのはきれいどころが揃《そろ》っているとは思うが、二十代くらいにしか見えない。ティーナと同じくらいだろう。

「ちなみに、こいつらはいくらだ？」

「えーっと、右から一、三、七番目が金貨三十枚で残りが二十枚ですね」

差がわからん……

「その値段の差はなんだ？　一緒だろ」

「足首にピンクのひもがついているでしょう？　あれは男を知らない証《あかし》です。処女は定価の一・五倍します」

処女は高いのね……

「ふーん……」

「お気に召しましたか？」

どう見てもティーナの妹はいないな。

「十歳の子はいないか？」

「随分と具体的ですね」

「そういう趣味だ。大人は好かん」

はい、これで俺はロリコン王子になったー。リーシャとマリアを連れてこなくて本当に良かった。

リーシャなんか剣を抜くんじゃないかな？

「なるほど……おい！　聞いていたな⁉　十歳前後は前に出ろ！」

ブルーノがそう言うと、一列目の女共が下がり、代わりにまだ少女にしか見えない子供達が前に出てきた。

「ちなみにだが、例のキツネはどれだ？」

キツネ耳がいないんだが……

「あれは特別ですのでここにはおりません。奥の部屋ですね」

「うーん、一目見たかったが、まあいい。残りものから探すか……」

「良い子が揃ってますよ」

確かに可愛《かわい》らしい子達だとは思う。だが、子供すぎて、まったくそういう目で見られない……まあ、今はどうでもいいか……えーっと、ティーナに似た犬族はっと……どう見ても一人しかいないな。

「そこの女はいくらだ？」

明らかにティーナの妹であろう少女を見つけたので値段を聞いてみる。

「金貨三十枚ですね」

「高いぞ」

「見た目も良いですし、処女ですので……」

まあ、買えんこともないか……

「ちなみに、こいつの名は？」

これでララじゃなかったら嫌だし。

「名前？　さあ？　二十一番としか呼びませんし……お客様が購入後に好きな名をお付けください」

……マジでペットだ。ティーナが初めて会った時に名前を聞いたら泣いた理由がわかった。

「こいつでいい。金貨三十枚だったな？」

カバンから金貨を取り出し、ブルーノに渡す。

「はい。確かに。では、準備を致しますので入り口の受付でお待ちください」

「準備？　このままもらっていくが？」

「いえいえ。奴隷の首輪をつけないといけませんし、回復魔法や身をきれいにする必要がございます」

「ふーん……じゃあ、まあ、頼むわ。手荒なことはするなよ。もう俺のだし」

「もちろんでございます」

うーん、初めて奴隷を買ったが、あまりいい気分はしないな。特に仲間が売られる光景を見て、泣きそうな顔になる獣人族と自分が買われたという事実に絶望している少女を見ていると……こりゃ、ティーナも逃げ出すわけだわ。

俺は受付まで戻り、そこでしばらく待っていると、ブルーノと俺が買った奴隷がやってきた。奴隷は粗末な衣一枚で裸足《はだし》だが、一応、きれいにはなっている。だが、首には首輪がはめられており、首輪に付いた鎖をブルーノが持っていた。どう見ても、犬の散歩だ。

「鎖はいるのか？」

そんなのを持って歩きたくないんだが……

「お客様は初めてのようですのでそのあたりをご説明します。まずですが、この首輪が奴隷の首輪です。主人であるお客様に逆らえば首が締まるようにできております。また、お客様に害をなそうとしても同様です」

「魔道具か？」

「さようです。実を言いますと、この魔道具が金貨十枚します」

まあ、そのくらいはするだろう。

「いらんから安くしろ」

「それはこの国の法律で無理なのです。お客様は魔術師様に見えますので他に手段があるのでしょうが、首輪なしの奴隷の所持は禁じられています」

「法律なら仕方がないか……」

たいした魔道具には見えんがねー。

「あとはこの鎖です。街中では鎖で繋《つな》ぐことが義務付けられています。家の中や町の外なら好きにしてもらって構いませんが、街中は必須《ひっす》です」

「他の人を襲うからか？」

「ですね。あとは住民の安心感です。こんな獣が街中を鎖なしで歩いていると怖がる者がいるのです」

「人の奴隷を獣呼ばわりか？」

「そういうクレームが多いんですよ……ハァ」

ブルーノは辟易《へきえき》しているようだ。

「めんどくさそうだな？」

「実際そうですよ。私は責任を持って、良い商品を提供していますからね」

さすがは商人。こいつには獣人族への差別意識はない。ただ、何であろうと誰であろうと、商品を売るだけなのだ。

「まあ、わかった」

「はい。では、これを」

ブルーノはそう言って、鎖を渡してきたので嫌々ながらも鎖を手に取り、奴隷を見た。

うわー、可哀想《かわいそう》……そして、俺は鬼畜に見えているだろうな。

「うーん、気分は良くないなー」

「慣れですよ。それにお客様は旅の御方でしょう？　この国を出られれば好きにして結構ですよ」

本当に嫌な国だな、ここ。

「わかった。世話になったな」

「またのご来店をお待ちしております」

二度と来るかと思いながら奴隷を連れて店を出た。そして、鎖を持ちながら宿屋に向かって歩いていく。

「お前、名は？」

「…………」

奴隷に名前を尋ねるが、奴隷は何も答えない。奴隷云々《うんぬん》を差し引いても王族である俺に名を名乗らないのは非常に不敬だ。

「ご主人様の言うことを聞けよ。首が締まるぞ」

「……私に名前はないのでお答えできません。ご主人様が好きに呼んでください」

教育が行き届いてるねー。

「じゃあ、ララな」

「……え？」

俯《うつむ》いていたララが驚いたように顔を上げた。この反応からこいつがティーナの妹であるララということがわかる。

「うーん、無駄金にならんかったな」

まあ、あいつらの金だけどな。

「あ、あの、どうしてその名を？」

「めんどいから偶然ということにしておけ。説明は後でしてやる。俺はさっさと宿屋に戻りたい」

「宿屋……はい」

ララがしゅんとする。

何を想像したんだろうね？　いやー、こんなガキは無理だわー。

「ついてこい」

鎖に繋がれた小さい子を引っ張りながら歩くという、とてもエーデルタルトの人には見せられない姿を晒《さら》しながら宿屋まで歩いていく。すると、前方からどこかで見たことがある女が歩いてきた。

俺は基本的に人の顔を覚えるのが苦手である。だが、こいつはすぐに誰かわかった。何故《なぜ》ならそいつは修道服を着て、眼鏡《めがね》をかけていたからだ。そして、そんな教会の過激な修道女であるルチアナと目が合うと、ルチアナが固まったように俺とララを見つめる。

「ど、どうも……」

俺は目線を逸《そ》らし、目を合わせないようにララを連れてルチアナの横を通り過ぎようとした。

「お待ちなさい」

ルチアナは俺の肩を掴《つか》んで止める。

「何か？」

平静を装いつつ、人違いかと思ってくれないかなーと祈った。

「マリア様の従者のロイド様ですよね？」

覚えてるー！　というか、従者なんて言ってないだろ！　友人だよ！

「そうだが、何だ？　急いでいるのだが」

「急ぐ……」

ルチアナは俺を見た後に鎖に繋がれて項垂れているララを見て、顔を歪《ゆが》ませる。

「お前が思っているようなことはないぞ」

「私が何を思っていると？」

「あ、いや……」

言い訳できない……ティーナ達を売りたい気分だ。

「あなたが主を軽んじていることは教会でわかっています。しかし、あなたはマリア様の従者でしょう？　あなたの評判がマリア様の評判に繋がることをわかっているのですか？」

「従者でなくて友人なんだが……」

「どっちみち、ダメだと思うのは私だけですか？」

俺も思う。多分、全世界の人が頷《うなず》く。

「いや、長旅になるし、女の世話をする従者がいてもいいかなと……」

「ゴミクズ男が……こんな小さな子を……」

ん？

「獣人族だぞ？」

「だから何ですか？　私はこの町の人間ではないですし、元より、主のもとにすべては平等なのです」

こいつ、よそ者か……いや、なんでこんなに奴隷関係を嫌っている奴《やつ》が、奴隷商売が盛んな町にいるんだろう？

「とにかく、ちゃんとした従者にするんだよ。じゃあな、ほら、行くぞ」

俺はララを急《せ》かして歩き出すと、背中に刺し殺されそうなほどの視線を感じながら早歩きでクジラ亭の前までやってきた。

「ハァ……ララ、あの看板は何に見える？」

「……看板ですか？　えーっと、イルカ」

やっぱりイルカに見えるか……

「あれはクジラだそうだ」

「そうですか……え？」

ララが驚いたように看板を二度見する。

「さて、また知り合いに見られたくない姿を晒すか……」

腹をくくって宿屋の扉を開き、ララを連れて中に入る。宿屋の受付には相変わらず暇そうなニコラが頬杖《ほおづえ》をつきながら座っていた。

「暇そうだな」

声をかけるとニコラは目線を俺に向け、固まった。そして、ゆっくりと俺の後ろにいるララを見る。

「……お客さん、マジ？　あんなクソ美人の奥さんがいるのに奴隷を買ったの？」

クソ言うな。

「まあな」

「お客さん、昨日、俺は奴隷なんかいらんって偉そうに言ってなかった？」

「……まあな」

実際、いらないし……

「夫婦喧嘩《ふうふげんか》はやめてくださいね。ウチの宿屋で刃傷沙汰《にんじょうざた》は勘弁です」

「上の二人にはあらかじめ説明してあるからそういうことにはならん」

「こんな旦那《だんな》は嫌だなー……」

俺もそう思う。

「とにかく、一人増えるから飯を追加な」

「わかりました。その子の食事はどれくらいのものにします？　一応、奴隷用とかもありますけど」

「俺達と一緒でいい」

何でもいいわ。

「結構なお値段がしますけど……」

「ルシルにツケとけ」

「了解です」

料金をルシルに全部払わせることにし、階段を上がる。そして、部屋の前まで来ると、扉をノックした。

「俺だ。買ってきたぞ」

『どうぞ』

入室の許可を得たので扉を開けようとすると、扉が勝手に開く。

「おかえりなさい、殿下」

どうやらマリアが扉を開けてくれたようだ。

「ただいま、マリア……マリア、俺がどう見える？」

幼い少女を鎖で繋いでいる王子様。

「鬼畜にしか見えません。早く入ってください。人に見せていいお姿ではありません」

マリアは俺の裾《すそ》を握ると、部屋に引っ張り込む。ララを連れて部屋に入ると、ようやく鎖から手を放した。

「あー、マジで勘弁だわ」

ホント、罰ゲーム。

「お疲れ様。紅茶はいかが？」

絶世のリーシャはテーブルに座り、優雅に紅茶を飲んでいた。

俺も待機の役目が良かったなー……

俺は部屋に入ると、ベッドに腰を下ろした。

「この子がララ？　ジュリーの方は？」

一息ついていると、優雅にお茶を飲んでいるリーシャが聞いてくる。

「ジュリーは高値で売れそうだから奴隷市のオークションに出すんだと。どっちみち、金貨千枚超えは確実らしいから無理だ」

「この子は？」

「金貨三十枚」

「あら、お姉さんより高いわね」

お姉さんはマリアがつけた値段だけどな。実際は知らん。

「いくらでもいいが、二度と行きたくないところだったな。絶望感と悲愴《ひそう》感がすごかったわ」

転職するとしても奴隷商は嫌だな。

「お疲れ様」

「殿下、お茶を淹《い》れましたんでどうぞ」

お茶を淹れていたマリアが勧めてくる。

「もらうわ。あー、喉《のど》が渇いた。ニコラと気まずかったわー。もっと言うと、教会のルチアナにも見られたわー。最悪」

テーブルにつきながら愚痴る。

「この子はねー……」

リーシャがララを見たため、俺も改めて、ララを見てみる。ララは細い手足が粗末な衣から出ている。体つきも貧弱というか、まだ育ってない感じで背も低い。

「ないわー」

「あら、マリアだって身長は低いわよ？」

「こいつはマリアよりも低いだろ。それにマリアはこんな貧相ではない」

もうちょっと大人だ。

「あのー、殿下。この子に説明しました？」

「してない」

そんなことをする時間も惜しいくらいに早く帰りたかった。

「ずっと黙ってるわね？」

「俺が発言の許可を出してないからだろう。あの奴隷の首輪は主人の意に反することをしたら締まるそうだ」

「非人道的ねー」

「奴隷も獣人族も人ではないんだろ。程度の低い国だわ」

やだやだ。

「奴隷の首輪……外せる？」

「大した魔道具ではないから余裕。だが、この国ではそれが必須らしい。あと外では鎖」

「完全にペットね」

「実際そうなんだろうよ。しゃべれるペット」

しかも、性処理もこなせる。

「自分のところのお偉いさんがそんな扱いをされそうになるんだったら救出しようとするわよね」

だろうね。

「あのー、そろそろ説明してあげた方が良くないですか？　ララさん、完全に混乱してますよ」

マリアが言うようにララはまるで状況がわかっておらず、オロオロとしている。

「ララ、しゃべっていいぞ。だが、声のトーンは落とせ」

ララにしゃべる許可を与える。

「……あの、あなた方は何者ですか？　どうして私を買ったんですか？」

「俺達は旅の冒険者だ。お前を買った理由は一言で言えば、頼まれたからだな」

「頼まれた？　私が十歳だから買ったんじゃないんですか？」

嫌だわー。そういうことを面と向かって言われると傷つくわー。

「うん？」

「十歳って？」

リーシャとマリアが十歳の部分に反応した。

「こいつを選ぶ口実として、俺は十歳前後の子供が好きな変態となった」

「……お疲れ様」

「……ペド王子」

ペド王子はやめろ、歴史的に見てもそういう奴って結構いるんだからシャレにならん。

「仕方がないだろ……ララ、俺にそういう趣味はない。お前の仲間のメルヴィンに頼まれたんだ。あと、お前の姉のティーナ」

「お、お姉ちゃん⁉　お姉ちゃんは無事なんですか――グッ！」

いきなり叫んだララが首を押さえる。

「声のトーンを落とせっての……マリア」

「はい」

マリアはララにヒールをかけるために近づく。

「すごいわね。本当に主人に逆らったら首が締まるなんて」

「単純な魔道具だが、効果は抜群だ。しかも、獣人族は魔力がないから対抗するすべがない」

よく考えたものだわ。

「――ゴホッ、ゴホッ！　申し訳ございません、ご主人様……お許しを」

マリアが回復魔法をかけ終えると、ララは床に這《は》いつくばるように謝罪した。

「何これ？　これが本当にティーナの妹？　全然似てないけど」

ティーナはもっとはっきり物を言うタイプだった。

「多分、売るために教育されたんだろうな。今はきれいだが、奴隷商の店で見た時は折檻《せっかん》の痕《あと》があったし」

何よりも最初に見た時のあの怯《おび》えようだ。ブルーノが鉄格子を叩《たた》き、指示をすると、一瞬で軍隊のように整列した。あれは相当、身体《からだ》に沁《し》みついてないとできない。

「治るの？」

「さあ？　まあ、仲間のもとに返してやったらそのうち治るんじゃないか？」

俺は医者じゃないからわからん。

「さっさと自由になることかしらねー」

「だと思う……ララ、床は汚いから頭を上げろ」

「はい……」

ララは頭を上げたが、床に正座したままだ。

「まあ、お前がそれでいいならそれでいいけど、話を続けるぞ。えーっと、お前の姉な。ティーナは生きてるぞ。逃げたらしいけど、知ってるか？」

「……はい。隙をついて逃げたのは知っています」

「それで南の森に隠れている。どうも他の獣人族を乗せた船が沈没したらしくてな。泳いで逃げてきた仲間と合流している。俺達はお前らの仲間にお前を買ってこいと頼まれたわけだ」

「わ、私をですか？　他の者の方が良いような……」

それは知らん。

「お前の仲間は他の奴隷となっている人を救う気だ。そのためには奴隷商の店の内部を知っている奴《やつ》が必要なんだよ。お前を選んだ理由は身内だからじゃないか？　本当はキツネの妹が良かったみたいだけど、ありゃ買えん」

「そうですか……あ、あの、ご主人様や奥様方は人族なのに何故《なぜ》、私達の救出の手助けをしてくれるんですか？」

「お前らが暴れているうちに船を奪ってこの国を脱出するためだ。俺らはこの国の敵対国家であるエーデルタルトの貴族なんだよ」

「……ひっ！　エーデルタルト‼　お許しを！」

このビビりようは何だよ……そんなに評判が悪いのか？　あ、配偶者がいるからか。

「ララ、お前を買ったのは獣人族に頼まれたからだし、普通に解放するから安心しろ」

「……そ、そうですか」

ララはものすごく怯えた目でリーシャやマリアを見る。

「そうそう。まあ、明日になったら森に連れていってやるから、そこで姉から話を聞け」

「……はい」

「そういうわけだから適当にその辺で休んでろ。あ、お茶いるか？」

「……いえ、私のようなものは泥水で結構です」

従順もここまでくると、嫌だなー。

「まあ、好きにすればいいけど……質問はあるか？」

「……あのー、お貴族様らしいですけど、殿下って……」

そういや、マリアがそう呼んでるな。

「俺はエーデルタルト王国第一王子、ロイド・ロンズデールだ」

敬え。

「……え？　いや、なんでこんなところに？」

それには海より深く、空よりも高い事情があるんだよ……うん、リーシャが放火した。

俺達はララに一通りのことを説明した後、ゆっくりと過ごしていた。俺はベッドでジャックのサイン本を読み、リーシャとマリアはお茶会という名のおしゃべりをしている。ララは……部屋の隅で立っていた。

「お前、いつまで立ってんだ？」

本を置くと、部屋の隅にいるララに声をかける。

「え？　でも、私は奴隷ですので……」

「いや、話を聞いてたか？　奴隷じゃないっての」

「で、ですが……」

こら、重症だな。

「お前、元はどこにいたんだ？」

「え？」

「出身地だ」

「えっと、海を渡った先のヒイロという国です」

聞いたことないな。海って言われても広いし、全然わからん。

「どういうところだ？」

「自然の多い国です」

「お前はそこでどういう生活を送っていた？」

「野原を駆けて……遅くまで遊んでお母さんに怒られて……」

ララの目から涙が溢《あふ》れてきた。

「じゃあ、そうしろ。仲間を助けたらさっさとその国に戻って、好きなだけ野を駆けろ。お前は自由だ」

「……はい」

「ララさん、こっちでお茶でも飲みましょうよ」

マリアがララをお茶に誘う。

「はい、ありがとうございます」

ララはゆっくりとだがテーブルに向かうと、椅子に座り、お茶を飲んだ。しばらくすると、部屋にノックの音が響く。

「ニコラか？」

ベッドに寝そべったまま扉に向かって聞く。

『はーい。晩御飯ですけど、どうしますー？』

もうそんな時間か……

「部屋に持ってきてくれ。あとワインも」

『ワインはルシルさんにツケとけばいいですかー？』

「それで頼む」

ルシルは良い奴だなー。

『はーい。では、すぐにお持ちします』

ニコラがそう言い、そのまま待っていると、ニコラが四人分の食事を持って部屋に入ってくる。

「失礼しまーす。修羅場はどうでした？」

ニコラが食事をテーブルに置きながら聞いてくる。

「ねーよ」

「心の広い奥様ですねー。美人の余裕でしょうか？」

「知らんわ」

「あ、奴隷さんの食事はどこに置きましょう？」

ん？

「どこって？」

「いや、テーブルか床か」

「床で食わせるの？」

「そういうお客さんもいらっしゃいます」

理解に苦しむな。見てて、不快だろ。

「テーブルに置け。行儀が悪いし、食事を作った者へ失礼だ」

「そう言ってもらえると、父も喜ぶと思います。あ、ワインも置いておきます」

ニコラはそう言うと、ララの食事をテーブルに置き、ワインとグラス三つも置いた。

「三つしかないぞ。奴隷は飲ませたらダメなのか？」

「いや、その子は子供じゃないですか」

「ワインくらいは子供でも飲むだろ」

「お客さん、本当に外国の人なんですねー。この国では子供がお酒を飲むのはダメです」

ワインは酒じゃないのに……

「じゃあ、ガキでも飲めるものを持ってこい」

「ジュースとかで良いですか？」

「それでいい。あ、ルシルな」

「了解です」

ニコラは部屋を出ると、すぐにジュースを持ってきてくれた。

俺達はニコラが退室すると、食事を食べ始める。

「まあまあだな」

「そうね」

「だから素直に美味《おい》しいって言いましょうよー」

俺達は魚料理を満喫しているが、ララは一向に食べようとしない。

「お前も食えよ。ルシルのおごりだぞ」

「そうよ。もったいないわよ」

「お魚が嫌いですか？」

「いや、その、皆様、きれいに食べられますし……」

そりゃ、貴族と王子様だもん。

「好きに食え。下賤《げせん》の者に礼儀は求めん。ましてや、種族が違うならどうでもいい」

「……ですか。では、いただきます」

ララはそう言うと、フォークを魚に刺し、口元に持っていくと、かぶりついた。

「え？　いや、骨……」

俺が呆《あき》れていると、ララはそのままバクバクと食べ始め、すぐに魚が丸ごとなくなった。

「……骨は？」

リーシャが唖然《あぜん》とした表情で聞く。

「美味しかったです」

え——……こいつの口の中はどうなってんだ？

「ま、まあ、好きに食べればいいんですよ。ララさん、トマトいります？　お腹《なか》が空《す》いてるでしょ」

「それもそうね。ララ、人参《にんじん》をあげるわ」

「俺もやろう」

優しい俺達はこれまでロクなものを食べていないであろうララに食事を分けてあげる。

「皆様……私、人族にこんなに優しくしてもらったのは初めてです。人族の中にも優しい人がいるんですね」

うんうん。泣け、泣け。そして、俺の人参を食え。げろマズだが、きっと美味《うま》いぞ。

俺達が食事を終えると、ネルがやってきた。

「いやー、日に日に熱気が上がる町ですねー」

ネルは席につき、ニコラに頼んだ摘《つま》みを食べ始めた。

「奴隷市の日が近づいてきてるからだろうな」

「男性は好きですねー……って、誰ぇ!?」

ネルが部屋の隅で膝《ひざ》を抱えているララを見て大声を出す。すると、ララがビクッとし、ただでさえ小さい身体をさらに小さくした。

「大声を出すな、バカ。びっくりしているだろうが」

「あ、すみません……いや、誰ですか、あの子!?　獣の耳が生えてますよ！」

うるさい奴だ。

「獣人族のララだ。奴隷商で買った」

「え？　買った？　え？　え？」

ネルは目を泳がせながらララとリーシャを見比べる。

「も、申し訳ありません……」

ララが何故《なぜ》か謝った。

「ネル」

「す、すみません……あのー、殿下、奴隷はマズくないです？　リーシャ様が殺しますよ？　というか、殿下はああいうのがご趣味なんです？」

ネルが顔を近づけ、小声で聞いてくる。

「趣味じゃねーよ。俺は大人な女が良い」

「あー、そういえば、子供の頃にメリッサさんのことが……」

余計なことを言うんじゃねーよ。

「黙れ。一から説明してやるから静かに聞け」

俺はネルに今日あったことを説明した。ネルはふんふんと頷《うなず》きながら話を聞き終えると、最後にララを見た。

「へー……それでお買いになったんですか。弱き者を救ったヒーローですね」

さすがはネル。良いように言ってくれる。

「そういうことだ。おかげで俺は大ダメージを負ったがな」

知り合いに見られたくなかったわー。ルチアナとニコラの軽蔑《けいべつ》した目が忘れられん。

「お気の毒に……とにかく、その獣人族を利用して船を奪い、脱出するわけですね？」

「そうなるな。明日、また森に行って話してくる。お前は引き続き、調査な」

「わかりました」

ネルは頷くと、摘みを食べるのを再開し、マリアと話をする。そして、しばらくすると、ネルが酒場で聞き込みをしてくると言って部屋を出ていったので各自が順番に風呂《ふろ》に入った。もちろん、ララも入れてやった。風呂から上がると、もう一本ワインを開ける。

「この宿のワインはリリスの宿よりかは良いものよね」

いつものようにバスタオル一枚でベッドに腰かけ、その絶世の肢体を晒《さら》しているリーシャがワインを飲む。

「お前、今日くらいは服を着ろよ。ララがいるんだぞ」

ララは呆然《ぼうぜん》とリーシャの痴態を見ている。

「別にいいじゃないの」

リーシャは悪びれもせずにワインを飲む。

「……殿下、あれはララさんをけん制しているんです。お前ごときが自分に勝てるわけないだろうと言っているんです」

俺と同じく、テーブルに座っているマリアが小声で教えてくれる。

「……いや、十歳のガキ相手に何をしてんだ？」

「……そういう御方です。嫉妬《しっと》の塊の下水さんなんです。実際、ララさんは完全に戦意を喪失しています」

ララはただただ呆然とリーシャを眺めている。

「……お前はへこまないの？」

「……へこみます。ですが、要は考え方です。あの人は極上のステーキ。私はポテトフライ。ほら、どっちも食べたいでしょ」

まあ、言わんとすることはわからないでもないが、自分で自分を芋と表現するかね？

「ふーん……」

「そこでコソコソとしているぶどうとわたくしの旦那様《だんな》。ララはどこで寝かすの？」

こいつ、本当に嫉妬の塊だな。

「ベッドが三つだな……」

「私は床で大丈夫です。野営に慣れてますし、屋根があるだけで天国です」

獣人族はたくましいねー。

「そういうわけにはいかないでしょう。あなたはわたくしのベッドで寝なさい」

リーシャがララを睨《にら》む。すると、何かを言おうとしたララが言《い》い淀《よど》み、俯《うつむ》いた。

「お前はどこで寝るんだ？　マリアと一緒のベッドか？」

一応、聞いてみる。

「御冗談を。殿下は面白いですねー」

面白いのはお前の脳内だ。

「……殿下、あれは見張る気です。泥棒猫というか尻尾《しっぽ》を振る犬が殿下のベッドに侵入するのを防ぐ気です」

「……何となくわかる」

「……殿下、私は今日は耳を塞《ふさ》いで寝ますのでご安心を」

リーシャって、王妃になったら国中の女を根こそぎ殺しそうだな……

翌朝、起きると、横で寝ているリーシャを起こし、すでに起きていたマリアとララと共に朝食をすませると、準備をし、ララの首輪に鎖を取り付け、鎖を持つ。

「あー、やだやだ。これで街中を歩くんだぜ？」

鎖を持ったままリーシャとマリアを見る。

「あなたには悪いけど、近づきたくないタイプの人ね」

「暴君にしか見えませんね」

ホントだわ。

「離れて歩いてもいいぞ」

「嫌よ。私はあなたのそばから離れないわ」

「……じゃあ、私も」

「ハァ……行くか。町を出れば離せるし」

良い言葉だとは思うんだけど、今はまったく嬉《うれ》しくないな。

まあ、そこまでが嫌なんだけどな。

「とにかくさっさと行きましょう。今はまだ朝だし、人も少ないと思うわ」

帰ってきた後の昼間か夕方が嫌だなー。

「ララ、悪いが、我慢しろよ」

「いえ、私は問題ありません。むしろ、ご主人様にご負担をかけて申し訳ありません」

いっそ、睨んでくれた方が良かったわ。

俺は嫌だなーと思いながら部屋を出る。そして、何故かニヤニヤしているニコラに挨拶《あいさつ》をして、宿を出た。そそこいる通行人を気にしながらも早足で町の南門に向かう。門番と目を合わさないように門をくぐろうとした時。

「ちょっと待て」

案の定、門番に止められてしまった。

「何だ？　急いでいるんだが……」

「いや、あまりにも怪しかったんでな」

怪しかったらしい。

「どの辺が？」

「俯いて早足で門を抜けようとしている男は誰が見ても怪しいだろう」

確かに怪しい。不審すぎる。

「悪い……見ての通り、奴隷を買ったんだが、慣れてなくてな……」

「あー、あんた外国の人か……たまにいるんだよな。でも、堂々としろよ。好きで買ったんだし、自分に正直になれっての……まあ、気持ちはわからんでもないがな」

門番はそう言って、どう見ても子供なララを見る。確実にそっちの人と思われているんだろう。

「……いや、そういう趣味じゃないぞ？」

「まあ、お前さんの連れを見ればなんとなくわかるが、たまにはそういうのを欲しくなることもあるさ」

ねーよ！

「ほら、荷物持ちとかでさ」

「それでこんなガキを買うか？　お前、下手《へた》に隠さない方がいいぞ。ものすごいかっこわるい」

なんで俺がこんな目で見られているんだろう？　いっそ、開き直った方が良いか？

「……嫁の前で余計なことを言うな」

門番にしか聞こえない声量で言う。

「あー……すまん。まあ、そいつらは見た目より力もあるし、役に立つんじゃないかなー……通っていいぞ」

通行の許可を得たので門を抜けると、森に向かって歩いていく。そして、町からある程度離れると、鎖を外した。

「あー、最悪」

「……お疲れ様」

「……心中お察しします」

「……私のせいで申し訳ありません」

三人が慰めてくれるが、一つも俺の心に響かない。何故なら、帰りもあるから。

「いっそ逃げたってことであいつらの基地に置いていくのはどうだ？」

「罰金がいくらかは知らないけど、作戦の前に目立つ行動はやめた方が良いわ。というか、ルシルに私が殺したって思われるから却下」

まあ、ルシルは絶対にそう思うわな。俺が奴隷商のことを聞いたら引いてたし。

「まあいい。さっさとあいつらの森に……って、まーた、タイガーキャットか」

俺達の目の前にタイガーキャットが現れた。タイガーキャットは完全に俺達を視認し、牙《きば》を剥《む》いている。

「本当に多いわね……」

リーシャがそう言いながら剣を抜いた。

「下がってろ」

リーシャにそう言い、杖《つえ》をタイガーキャットに向ける。

「ブラッドドレイン！」

魔法を放つと、タイガーキャットがその場でのたうち回り始めた。そして、タイガーキャットの全身から血が噴き出し、ばたりと倒れる。その場には血に染まったタイガーキャットのみが残された。

「血抜き魔法を考えたんだが、猟奇的だったな」

いちいちうさぎの喉《のど》を切るのが面倒だったから研究していた魔法だが、ちょっと刺激が強い。その証拠にララの顔が真っ青だ。

「私、魔法のことには詳しくないけど、血を操作する魔法って禁忌じゃなかったかしら？」

「ダメですよ！　神への冒涜《ぼうとく》です！　やっぱり黒魔術師じゃないですかー！」

マリアが怒り始めた。

「ただの血抜き魔法だ。生活魔法みたいなもんだろ」

「人には使えないんです？」

「なんでだよ。使えるに決まってるだろ」

「やっぱり攻撃魔法じゃないですか！　あわわ……背信者だ」

そもそも最初から信者じゃねーよ。祈ったこともなければ、教会に行ったことすら数える程度だ。

「お前を使い捨てにしようとするような宗教だぞ」

「……どうでもいいか」

そうそう。

「神様は皆の心にいる。俺の心の神様はこれは生活魔法だよって言っている」

「私の心の神様は何も見てないことにしろって言ってます」

良い神様だな。マリアらしい。

俺は倒れてピクリともしないタイガーキャットに近づくと、魔石を回収するために腰を下ろした。

「御二人の神様は何て言ってます？」

マリアがリーシャとララに聞く。

「どうでもいいって言ってるわね。あと獲物を取られた」

リーシャの神様はヴァルキリーか何かか？

「……す、素晴らしい魔術師様だと思います」

絶対に嘘だな。

俺達はその後も森に向かって歩いていると、ようやく森が見えてくる。ここまで来る間にやはりかなりの数のタイガーキャットと遭遇し、そのたびに俺とリーシャが倒した。俺達はそのまま森の入り口までやってくると、森の中からベンが一人で出てきた。

「よう、お前だけか？」

「ああ、あまり大人数で森の外に出るべきではないからな……ララか」

ベンがララを見る。

「あ、ベンさん」

どうやら知り合いらしい。まあ、同じ犬族だしな。

「悪いが、キツネの妹は無理だった。質が良すぎて奴隷市の目玉のオークションに出すそうだ。最低でも金貨千枚。ちなみに、こいつは金貨三十枚」

ララを指差すと、ララがちょっとへこんだ。

WEB発の才能がここに集う！ 四六判小説レーベル
カドカワBOOKS 6月の新刊
カドカワBOOKS 毎月10日発売！
大聖女？誰のこと？
天然聖女が無自覚チートでおいしいパンを作ります！
コミカライズ企画進行中
大聖女は天に召されて、パン屋の義娘になりました。
著：久川航璃 イラスト：香村羽梛
何者かに毒殺されかけたのを機に憧れのパン屋にジョブチェンジした元大聖女アリィ。ところが、なんの因果か自分を殺した犯人捜しをすることに!? 無自覚に能力を発揮しつつ犯人捜しの合間もパン作りに励みます!!

カクヨム × カドカワBOOKS
カドカワBOOKS
ファンタジー長編コンテスト 開催!
応募受付期間 2024/6/28(金) 12:00 ~ 2024/8/27(火) 11:59
詳しくはWEBへ!
https://kdq.jp/kdb-contest24
イラスト:shri・キンタ・しの・珠梨やすゆき

毎月10日発売
6月刊行ラインナップ
砂漠の村の発展ぶりに
興味津々!?
もふもふな神獣様が
やってきた!!
スキル『植樹』を使って追放先で
のんびり開拓はじめます 3
著：しんこせい　イラスト：あんべよしろう
ウッディの能力により砂漠の村はますます発展。しかし彼は、取れる鉄を有効に使うため頭を悩ませていた。解決策として鍛冶師であるドワーフを村に勧誘しようと会いに行くが、なぜかダンジョンの魔物と戦うはめに!?
職人の矜持をかけ、
いざ魔剣殺し!
コミックス
同月発
異世界刀匠の魔剣製作
著：荻原数馬　イラスト：カリマリカ
連合国の各部族との交易に乗り出したルッツ達は、そこで交易を渋る族長に遭遇
に代替わりの決闘を申し込むという娘を応援すべく、族長が操る魔剣対策で新た
まっすぐで型破りな
悪役転生譚!
7/1
発売
推し
その他、ラ
家を追放された
—— 江本マシメ
異世界ごはん無
—— ぼっち猫／
異世界で姉に名
前略、山暮らし
魔術師クノンは
鍛冶屋ではじめ
聖女じゃなかった
デス マーチから
—— 愛七ひろ／
※タイトル・ラインナ

「……ジュリーは無理だな。しかし、高すぎだ」

「あのキツネを見る限り、上流階級だろ。そういうのは子供の頃からしつけや教育がなされているから上流階級の者が買っていく。それこそ俺らが知っている方の奴隷だな。慰めにはならんが、そういう奴隷の扱いは悪くないぞ」

使い捨てができないし、見た目も良ければ、庶民とは比べものにならないくらい贅沢《ぜいたく》ができる。

「まったく慰めにならんな。まあ、どちらにせよ、他の奴隷を含めて救出する……ついてきてくれ。料金分の魔石を渡そう」

ベンがそう言って、森の奥に進んでいき、俺達もあとをついていく。その間、タイガーキャットに一匹も遭遇せずに獣人族の基地に到着した。

「タイガーキャットに会わなかったな」

「支払いの魔石のために狩りまくったからな」

「そりゃご苦労さん……ん？　ティーナか」

広場の奥からティーナがこちらに向かって走ってくるのが見えた。

「お姉ちゃん……」

ララは駆け寄ってくる姉を見るが、この場から動こうとしない。

「ララ、行ってもいいぞ」

「ありがとうございます……おねーちゃーん！」

許可を出すと、ララがティーナのもとに駆けていった。

「あれがララか……？」

ララが駆けていくと、ベンが唖然《あぜん》とした感じで聞いてくる。

「知らん。だが、ずっとあんな感じだったぞ」

「ララは活発な子だったし、言い方は悪いが、生意気な子供だった」

まあ、姉の感じだとそんな気はする。

「面影がないわね……」

「物静かというか、常に怯《おび》えている感じでした」

そんな感じだったな……まあ、昨日の夜はリーシャの嫉妬《しっと》のせいだけど。

「……何があった？」

「奴隷商の店に行ったが、教育という名の折檻《せっかん》だな。あのくらいの歳《とし》のガキなら暴力ですぐに大人しくなるだろう」

「……そうか」

ベンが拳《こぶし》を握りしめる。

「奴隷商が言うには男が十二人、女がララを入れて四十一人だそうだ。それとお前らを乗せた船が来ないことに疑問を持っていた。あの感じだとまだ沈没したとは知らないようだな」

「それでも五十人以上か……多い」

五十人の奴隷を連れて逃げるのは相当な負担だ。

「厳選した方が良いぞ」

「そういうわけにはいかん。だが、作戦を考えねば……」

頑張れ。派手なのにしてくれよ。

俺達とベンが話していると、目を潤ませたティーナとララがこちらにやってきた。

「妹を助けてくれてありがとう」

ティーナが頭を下げる。

「たいしたことはしてない……って言いたいが、そうも言えんのが悲しいな」

そう言うと、リーシャとマリアが悲しい顔をする。

「……何かあったの？」

「女奴隷にはお前みたいなのや、もっと肉付きの良い女もいた。そんな中から十歳のガキを選んだ俺は小児性愛者認定だよ」

多分、周りにいた獣人族の女共もそう思っただろう。

「…………………」

「…………………」

ティーナとベンが黙った。

「ロイドは小児性愛者じゃないわ。私を選んだのですから」

リーシャがフォローをしてくれる。

「そうだな。お前との婚約が決まったのは八歳くらいか？」

「いや、その時はあなたも八歳でしょうが」

「まあ、そもそも俺が選んでないがな。両家で決まったことだ」

王子であり、しかも、王太子なんだから当然だろ。

「は？」

リーシャが真顔になった。

「……殿下ー！　婚前でヤッちゃっておいてそれはないですー！　早く謝ってくださいぃー！」

マリアが小声で叫ぶという器用なことをしてくる。

「そうだな……まあ、お前を選んだのは十四歳の時だったからセーフだ」

「十三歳と二百四十五日ですけどね」

俺は十四歳だったの。ってか、具体的すぎない？　怖いわ。

「うわー……友人の生々しい話を聞いちゃいましたー……ってか、早っ！　貞淑さのかけらもない！」

うるさい友人だ。

「別に問題ないでしょう？　私はロイドと生き、ロイドと死ぬ。ただそれだけ」

なお、俺は何も考えていなかった。これを言ったらマジで刺されるから墓場まで持っていく。

「お前らはちょっと黙ってろ。ベン、魔石を持ってこい。ティーナよりも高い金貨三十枚だったからタイガーキャットの魔石で六十個だ」

「……わかった。取ってくるから待ってろ」

ベンは魔石を取りに広場の奥に歩いていく。

「ねえ、私より高いって言う必要あった？　あと、私を金貨二十枚で固定しないで」

「似たような値段だろ。そんなことより、悪いが、作戦の日まではララはこっちで預かるぞ」

「え？　なんで？」

ティーナがララを抱くように庇《かば》う。

「ここでお前にララを引き渡すと、リーシャが殺したか不法投棄と思われる。そうすると、罰金刑なうえに怪しまれるんだ。作戦当日に町の入り口付近に置いておくから回収しろ」

「でも、せっかく会えたのに……」

「三日後からずっと一緒だ。それまではここの暮らしより贅沢に暮らせるから安心しろ」

「……わかった」

ティーナは渋々頷《うなず》く。

「まあ、俺らも明日明後日は仕事でこっちに来るし、お前らの当日の動きも把握しておかないといけないから会えるよ」

「ありがとう！」

ティーナはぱーっと明るい表情になる。ララもまた表情は薄いが笑っているようだった。

「お前、飯はどうしてるんだ？　罠《わな》は上手《うま》くいったか？」

昨日来た時に大量の痺《しび》れ罠を渡している。

「あれ、本当にすごいわね。森の中に設置していたら鳥とかうさぎとか色々獲れる。まあ、何人かは魔法陣に触れて倒れたけど……」

触れるなって言ってんだろうに。獣人族はドジ種族か？

「食料は何とかなっているようだな？」

「ええ。罠で捕えた獣や魚を食べているから大丈夫」

魚、か。

「森の西側が海なんだっけ？」

「う、うん。あんまり獲《と》れないけど、私達は島国の人間だから魚の獲り方は熟知しているの」

へー……なるほどね……

「どっちにしろ、その程度か……ララは高級な魚料理に始まり、新鮮なサラダに温かいスープにパンだな」

「……良い暮らしだね」

「ベッドもふかふかだな」

「……私、地面で寝てる」

いやー、パニャの大森林で遭難した俺達を見ているようで心が和むなー。

「なんと疲れが取れる風呂《ふろ》もあるんだぞ」

「……私、冷たい川で水浴び」

「な？　ララはウチで預かった方が良いだろ？」

「そうなんだけど、なんで素直にお願いって言いづらいのかな？　自慢にしか聞こえないからかな？　あなたが嬉《うれ》しそうに笑っているからかな？」

多分、そうだろう。自慢してるもん。

「ララ、ジュースは美味《おい》しかったか？」

「え？　はい……甘くて美味しかったです」

ララがちょっと笑って答えた。

「ふーん……いいなー……貴族ってすごいね」

ティーナが何とも言えない顔でララを見る。

「お前の国の料理はショボいのか？」

「言い方……普通だよ、普通」

普通ねー……

俺とティーナが話していると、大きな布袋を持ったベンが戻ってきた。

「これだ」

ベンは俺の前に袋を置く。腰を下ろし、袋の中身を見てみると、かなりの数の魔石が入っていた。

どう見ても六十個以上はある。

「多くないか？」

袋の中身を見た俺はベンを見上げる。

「頼みがある。タイガーキャットの魔石六十個は料金分だから持っていっていいが、残りを換金してほしい」

「金がいるのか？」

「ああ。この国を脱出した後は普通に町に入れる。その際に金がいるんだ」

なるほどな。ましてや、合計で百人を超えるとなると苦労するだろう。

「換金するのはいいが、魔石の料金は銀貨二枚だぞ。銀貨五枚は討伐料金だ」

「討伐料金とやらはお前が受け取ればいい。ただ、魔石は換金してくれ」

「まあ、いいぞ。魔石は売ってもいいが、俺が魔法を使うための媒体にもなるからな」

魔法のカバンもあるし、あって困るものではない。

「この袋には百十五個の魔石が入っている」

つまりタイガーキャットを百十五匹も倒したらしい。すげーな。

「じゃあ、金貨二十三枚な。ほれ」

カバンから金貨二十三枚を取り出し、ベンに渡すと、袋に入っているタイガーキャットの魔石をカバンに詰め込んでいく。

「明日明後日もタイガーキャットを狩るつもりだが、それも頼んでいいか？」

「別にいいぞ。こっちは労せず討伐料が入るからなー」

実に働き者だ。獣人族は良い奴《やつ》らだなー。

「頼む」

「ああ。それとティーナには言ったが、ララは当日までこっちで預かるからな。ララをここに置いておくと罰金なんだ」

「そうか……わかった。ララを頼む。だが、その前にちょっと借りてもいいか？　奴隷商の店の内部構造を聞きたい」

そのために買ったんだもんな。

「どうぞ。俺らはこの辺でダラダラしてるわ」

「悪いな。ララ、ティーナ、ついてきてくれ」

「ええ」

「…………」

ベンが広場の奥に向かって歩き出すと、ティーナも続いた。

だが、ララは俺を見るだけで歩き出さない。

「行ってこい」

「はい」

許可を出すと、ようやくララはベンとティーナのあとを追った。

「姉や同族に会ってもあれではちょっと時間がかかるかもね」

リーシャがララの後ろ姿を眺めながらつぶやく。

「少なくとも、あの首輪がついてるうちは無理だな」

ティーナも足かせが取れてやっと自由な気分になれたって言ってたし。

「可哀想《かわいそう》ですねー」

俺達はララが戻ってくるまで、その場にシートを敷き、座って待つことにした。

「それにしても誰もいないわね……ここに何人いるかは知らないけど、静かすぎない？」

リーシャが言うようにあちこちにボロボロのテントが立っているが、人の気配がない。

「タイガーキャットを狩りに出てるんじゃないか？」

「ロイドの話だと、男女比では女性の方が多そうだけど、勇敢なのかしらね？」

奴隷商で売っていた獣人族は女が圧倒的に多かった。女の方が需要が高いからだろう。

「ティーナの身体能力はすごかったしな。タイガーキャットぐらいなら負けないいんだろ」

多分、俺が剣を持っていたとしても、素手のティーナには勝てないと思う。

「上手くいきますかねー……」

マリアがポツリとつぶやく。

「さあなー。ジャックがいればもっと上手くやれるんだろうが、俺達ではこれが精一杯だろ」

あいつはこういうのが得意だと思う。

「ジャックさん……呼べませんかね？」

「まだリリスにいるかどうかはわからんが、どっちみち、間に合わんだろ」

「ですかー……不安だなー。私って不幸な女じゃないですか？　いざ、船を奪って乗り込むっていう時に海に落ちそうじゃないです？」

すごくわかるな。

「その時用のためにロープを買ってやるよ」

「そうね。船に乗るんだからマリアの救助用にロープを買っておきましょう」

「……わかってたけど、誰も否定してくれない」

ごめんなー。でも、お前の泣き顔は簡単に想像ができるんだよ。

「ハァ……暇ね」

「だなー……」

「いつまで待つんですかねー?」

俺達はやることもなく、ただただ待ち続ける。すると、森の中からキツネ耳をした金色の女が出てきた。この女は小屋でメルヴィンが侍《はべ》らせていた女だ。

「おー、ここにおったか」

キツネ女は俺達に気付き、こちらにやってくる。

「何か用か?」

「ちょっと話が聞きたくてのう」

話ねー……

「お前の妹のジュリーとやらのことか?」

「まあ、そうじゃ」

「ベンに言ったが、買えなかったわ。しかも、特別だからって会うことも見ることもできなかった」

まあ、こいつを見る限り、特別って感じはする。改めて見ても仕草に品があり、それでいて美人だ。

「そうか……まあ、どっちみち、助けるのだからと思おう。ララを買ってきてくれて感謝する」

絶対にこいつがここの長《おさ》だわ。

「まあ、俺達にもメリットがあるからな。ララは?」

「すまんが、まだ少し時間がかかりそうじゃ。泣いてしまってな」

完全にトラウマだな。まあ、わからんでもない。俺も空を飛んだら泣く自信がある。

「さっさと自国に戻ってゆっくり癒やしな」

「そうしたいのう……のう、おぬしはエーデルタルトの貴族じゃったか？」

王子様だけどな。

「そうだな」

「ふむ……エーデルタルトは妾達《わらわ》に対して変な思いがないのは本当のようじゃのう……」

妾……庶民じゃないことは確定……というか、九分九厘で王族だな。

「いないからな。珍しくて仕方がないわ。その耳と尻尾《しっぽ》は飾りじゃないんだよな？」

「そらそうじゃろ。どこの物好きがそんな飾りを着けるんじゃ」

キツネ女はそう言いながら耳をぴょこぴょこと動かし、尻尾を振った。

「触ってもいいか？」

「ダメじゃ。結構デリケートなんじゃぞ」

そうなのか……

「リーシャ、マリア。ララのも触れるなよ」

「そう……気になってたんだけどね」

「私も……」

だよなー。

「本当にエーデルタルトには獣人族がおらんのじゃのう……反応が子供と同じじゃ」

「そうなのか？」

「人族の子供は妾達の尻尾を掴《つか》んだり、引っ張ったりするんじゃ」

まあ、子供はそうかもな。

「しかし、こんな程度の低い国に連れてこられてお前らも大変だな」

「まったくじゃ。食いもんもロクにない。何か持っておらんか？　今なら尻尾を触らせてやるぞ」

デリケートは？

「携帯食糧くらいしか持ってない」

「それでよい。くれ」

仕方がないのでカバンからドライフルーツを取り出して渡す。すると、キツネ女が食べ始めたので三人でキツネ女の後ろに回った。

「尻尾ね」

「キツネさんですよね？　キツネの尻尾ってこんなに大きいんですか？」

「そこそこ大きいイメージがあるな」

俺達はキツネ女の後ろにしゃがんで立派な尻尾をマジマジと見る。

「なんか恥ずかしいのう……触ってもよいが、掴むなよ。あと絶対に引っ張るな」

「ふむふむ……」

俺達はそーっと尻尾に手を伸ばし、優しく触れてみた。

「ふわふわね」

「さらさらしてます」

「すごいな」

こりゃ高く売れるわ。枕にしたいもん。

「すごかろう、すごかろう」

キツネ女は上機嫌だ。あまりにも感触が良かったので撫《な》でるように触ってみる。

「んっ！　こら、撫でるのはよせ。感覚があるんだからくすぐったいじゃろ」

頬をほんのり染めたキツネ女が振り向いて俺達を見下ろしてきた。

「悪い、悪い」

俺達はその後も立派でふわふわな尻尾を触る。

「金貨千枚ね」

「いやー、美しい方ですし、その倍はしますすよ」

「もっとするだろ。多分、金貨三千枚くらいだと思う」

マリアの家のワイン百本。

「おぬしら、人を金貨で例えるのをやめたらどうじゃ？」

「お前、ウチのメイドにならん？」

「無視かい……尻尾で掃除しろと？　やるわけじゃないじゃろ」

うーん、もったいない。

「キツネがダメならティーナでも雇おうかしら？」

リーシャも興味が出てきたようだ。

「どっちみち、ウォルターに着いてからじゃないとダメだろ」

今は旅の途中だからメイドはいらない。

「それもそうね。今のうちにティーナを買収しようかしら？」

「するならララの方が良くないか？」

「なるほど……」

リーシャが考え込む。

「おぬしら、勝手じゃのう……さすがは傲慢《ごうまん》の国じゃ」

「キツネさん、キツネさん。耳を触ってもいいですか？」

マリアが興味津々な様子でキツネ女に聞く。

「おぬしら、すごいのう……ことごとく無視しよる。別にいいぞ」

キツネ女が呆《あき》れながらもしゃがんだのでマリアが耳に触れた。

「おー……すごいです。しかし、なんで差別されるんですかね？」

「知らんわい」

わからないのか？

「数が少なくて優れているからだろ。そういうのは迫害される」

「ティーナの動きを見たけど、すごかったものね。侍女や護衛に欲しくなる。そして、自分達のものにならないなら脅威でしかないから迫害ね。よくあることよ」

下手《へた》に甘やかすと優れている分、怖いからな。

「そうか……」

キツネ女が立ち上がったので俺達も立ち上がる。

「テールは人の数が多いから特にそういう傾向がある。許されないな」

「そうね。潰《つぶ》すべきよ」

「おぬしらは本当にテールが嫌いなんじゃな」

嫌いに決まってんじゃん。弱いくせにしょっちゅうちょっかいをかけてくる。それでいて国力と人の数だけは多いから倒しても倒してもすぐに新たな兵が出てくる。

「とても嫌いだ。お前らもそう思うだろう？　頑張って戦うんだぞ」

勝てるかは知らんが、数をそいでくれ。

「ふん。妾達の国は遠いから関係ないわ」

関係あるからここにいるのでは？　大丈夫かな、こいつら？

「お前らって戦争とかしないの？」

「せん。争いは嫌いじゃ」

いやー……それは狩られるわ。マジで大丈夫なんだろうか？

「ふーん、まあ、いいけど……」

「さて、ララが気になるから戻る。すまんが、おぬしらももう少し待っててくれ。ちょっと時間がかかりそうじゃ」

キツネ女はそう言って広場の奥の方に歩いていく。

「あ、お前、名は？」

「妾か？　ヒルダじゃ」

ヒルダは振り向いて答えると、奥に行き、姿を消した。

「リーシャ、護衛はいたか？」

三人だけになると、リーシャに確認する。

「森の中に数人いたわ」

「王族だな」

「でしょうね」

「まあいい。待つか……」

俺達は再びシートに座り、そのままずっと待ち続け、昼になり、携帯食糧を食べながらも待ち続けた。ついにはリーシャが寝だし、マリアも誘われるように寝だした。二人を膝枕《ひざまくら》しながら待ち続けると、ベンが一人で戻ってきたので二人の頭を叩《たた》き、起こして立ち上がった。

「遅すぎだろ」

近づいてきたベンに文句を言う。

「すまん……ララに奴隷商の店の詳細を聞こうとすると、泣き出してな……」

これは相当、心に傷ができてるな。

「キツネに聞いた。早く国に帰ることだな」

「ああ……すぐに連れてくるが、良くしてやってくれ」

鎖で繋《つな》ぐんだよなー……。

その後、ティーナがララを連れてきたので俺達はララを連れて、基地をあとにした。そして、森を抜けると、町に帰るために平原を歩いていく。

「ララ、これをやるよ」

カバンからドライフルーツを取り出し、ララに渡した。

「……良いんですか？」

「俺らはもう食べたし、余ったやつだ」

まあ、携帯食糧だし、日持ちはするから余ったわけではないが、こう言わないと食べそうにない。

「……ありがとうございます」

ララは礼を言うと、ドライフルーツを食べ出す。

「美味《うま》いか？　俺、結構好きなんだよ」

冒険者の食べ物もバカにできないと思う。

「甘くてすごく美味《おい》しいです……ご主人様、良くしてもらってありがとうございます。お姉ちゃんは色々言ってましたが、私はすごく感謝しています」

そうか、そうか。

「ララ、あいつらの救出作戦は決まったのか？」

「はい。奴隷市が開催される日の夜に隠密活動が得意な人が忍び込み、救出するそうです」

やはりその日を選んだか……バカな奴《やつ》ら。

「それだけか？」

「……いえ、住居区に火をつけ、そちらに兵を誘導するそうです」

ふーん……

「どう思う？」

下水さんを見る。

「火をつけるのは住居区ではなく港ね」

「だろうな」

他にない。

「あ、あの……」

「お前はしゃべるな。首が締まるぞ」

何かをしゃべろうとしたララを止める。

「私達が囮《おとり》ですか？」

マリアが聞いてくる。

「あのキツネ女が俺達の思い通りに動くものか。お互いを利用しようってわざわざ教えてやったからな」

あれは王族だ。そんな奴が考えることはわかりきっている。俺達が港に向かったタイミングで火をつけるのだろう。それであわよくば俺達に兵の足止めをさせる。

「どうするんです？」

「どうもせん。俺達が船を奪うタイミングは変わらず、あいつらが門を抜けて、逃げる時だ」

あいつらは奴隷を救出後に門を出ないといけない。当然、目撃者はいるし、すぐに兵も誘導作戦と気付き、追うだろう。俺達はその後に船を奪えばいい。

「どちらにせよ、北の港と南の門に兵を分散させることになるからお互いの役目は果たすでしょう。後はお互いの無事を祈って終わりね」

どちらが上手《うま》くいくか、もしくは、どちらも上手くいくか、最悪はどちらも失敗する。こればっかりは神のみぞ知るだが、一つだけわかっていることがある。このままだと獣人族の方は失敗する。

第四章　脱出へ

俺達はその後も平原を歩き続け、町が見えてくると、ララの鎖を掴《つか》んだ。

「悪いな」

「いえ、いいんです。鎖を持っていただけないと奴隷は逆に危険らしいので」

「そうか。行くぞ」

鎖を持ったまま歩き、門をくぐる。帰りは門番にチラチラと見られたりはしたが、止められることはなかった。

「どうする？　ギルドに行く？　それとも一度宿屋に戻る？」

リーシャが目の前にあるギルドを見ながら聞いてくる。宿屋は町の中央付近、ギルドは目の前。誰がどう考えても効率が良いのはギルドに報告してから宿屋に戻ることだ。だが、一度宿屋に戻って、ララに留守番させるのは無駄が多いが、精神衛生的には楽である。

「いや、今さらだ。ギルドに行こう」

もう俺は性癖を町の皆に晒《さら》しているのだ。いずれ、ルシルの耳にも入る。それにすぐに出る町だし。うんうん。

俺は自分の心に言い聞かせ、ギルドに向かう。そして、ギルドの扉を開けて、後悔した。ギルドには数人の冒険者がおり、ベンチに座って談笑していたからだ。ギルドに入ると、誰にも目を合わせないようにルシルのもとに向かっていく。すると、少し距離を取っていたリーシャとマリアが俺に身を寄せてきた。

なんということでしょう！　二人の献身により、ロリコン野郎が好色野郎に！

どっちみち、ダメだろ……

「よう、ルシル。元気かー？」

ルシルの受付に向かうと、ララを凝視しているルシルに声をかけた。

「え？　え？」

ルシルはララとリーシャ、マリアとララを交互に見始める。

「気にするな。女の世話をする侍女が欲しかっただけだ」

「そ、そうなの？」

「じゃなきゃ、こいつは生きとらんわ」

リーシャが殺している。

「そ、そう……でも、なんでその年齢の子？　獣人族なのは安いからでしょうが……」

「そういう教育は若い方がいいんだ」

「へ、へー……私はそういうのに詳しくないからわかんないけど……」

こいつ、めっちゃ引いてんな。

「奴隷はこの町だと珍しくないだろ」

「ま、まあね。ただ、その年齢ぐらいの子はあんまり町では見ないわね」

でしょうね。朝も今さっきもやけに見られたのはそのせいだろう。そういう人達だって大っぴらにはしないだろうし。

「気にするな」

「いや、あなたが気にしてない？　元気ないけど……」

「鎖なんか知らんかっただけだ」

「あ、そう……そ、それより、仕事はどう？　タイガーキャットを討伐してくれた？」

ルシルは明らかに動揺している。

「ああ、えーっと、六十だな」

もっとあるが、とりあえず、ララ代を取り戻そうと思い、六十個の魔石を取り出し始める。

「はい？　え……」

カバンから魔石をどんどんと取り出していくと、ルシルが言葉を失い、ただただカバンから出てくる魔石を見続ける機械となった。

「はい、六十個」

六十個の魔石を出し終えた頃には魔石がカウンターから落ちそうになっていた。

「え？　本当に？　まだ昼過ぎですよ？」

「すごいだろ」

本当はもらった魔石で俺らはずっと座ってたけどな。なお、明日もそうなる予定。

「おいおい、ロリコンの兄ちゃん、嘘はいけねーぞ」

「そうだぜ。どこから盗んできたものだ？」

後ろからいかにもチンピラっぽい声が聞こえてくる。チラリと後ろを見ると、ベンチで談笑していたどう見てもチンピラな冒険者達がニヤニヤと笑いながら俺を見ていた。

「嘘ではない。普通にタイガーキャットを狩って入手したものだ」

獣人族の皆がね。

「ははっ！　もうちょっとマシな嘘つけよ。そんなガキや弱そうな女を連れた貧弱な兄ちゃんには無理だよ」

「どうせ盗んだんだろ。それともその女共に股《また》でも開かせたか？」

股を開かせた？

「——やめなさい、あなた達‼」

ルシルが何か言っている。

「ほう……つまり俺が自分の女を他の男に売ったと？」

「それ以外ねーだろ」

「何だったら俺が買ってやろうか？　てめーでは感じさせられない天国を見せてやるぜ」

男はそう言って、リーシャやマリアを見る。リーシャとマリアは視線から逃れるように一歩引いた。

「よ、よしなさい‼」

ルシルはついには立ち上がり、怒鳴った。

「天国か……お前達が行くのは地獄だがな」

そう言うと、人差し指を立てる。

「——ガッ！」

「——ぐっ！」

人差し指を立てた瞬間、男共はベンチから床に崩れ落ちた。痺《しび》れ魔法であるパライズを使ったのだ。

「さて、人の女を侮辱するクズ共、全身から血がなくなるのと、その身をすり潰《つぶ》されるのだとどっちがいい？」

　そう言いながら男共のそばまで行き見下ろす。

「上級魔法のパライズを無詠唱で……！　や、やめなさい！　冒険者同士の私闘は禁止ですよ！」

　ルシルが今度は俺に向かって怒鳴ってくる。

「私闘ではない、処刑だ。妻への侮辱は死あるのみだ」

　妻じゃないけど、婚約者だし、一緒だ。

「お、お願いですからやめてください」

「聞けんな。ここで引いたらそれこそ恥だ」

　妻を守れない男は男ではない。そのための武であり、力なのだ。

「これ以上は領主様に報告しますよ！」

「大丈夫。そうなる前にお前を剥製《はくせい》にしてやる」

「――ひっ！」

　ルシルを見ると怯《おび》えて後ずさった。

「……ロイド。ここは引きましょう」

　クズ共を見下ろしながら、どうやって殺してやろうかと悩んでいると、リーシャが身を寄せてきて、小声で言った。

「……お前達を商売女呼ばわりしたんだぞ。殺す以外にはないだろ」

「……それは嬉《うれ》しいし、当然のことだけど、今はマズいわ。ルシルを殺したらこの国を抜けた後もギルドを利用できなくなる」

「……この屈辱を呑《の》み込めと？」

「……わたくしを守るためにはそうしなさいと言っているのです。この国を抜けても旅は続くのですよ？」

確かにテールを脱出した後もウォルターまでは数国ある。その移動中にギルドを使えないのはマズい。それこそ他国で徴発するというリスクを負わないといけなくなる。

「チッ！　ルシル、換金しろ」

「え？」

ルシルが呆《ほう》ける。

「タイガーキャットの討伐と魔石の換金だ。気分が悪いから早くしろ。俺はさっさと宿屋に戻りたい」

ジャックの本でも読むわ。

「は、はい……えーっと、と、討伐料が銀貨七枚で……」

「五枚だろ」

「あ、はい。ボーナスです」

そういえば、色を付けると言っていたな。

「それでいい。七枚なら六十個で金貨四十二枚だ」

「は、はい。それと魔石の換金で金貨十二枚……合計で金貨五十四枚です」

ルシルは震えながら金貨をカウンターに置き、それを受け取ると、カバンに入れた。

「帰るぞ」

「そうね」

「帰りましょう」

「……はい」

リーシャとマリアは普通だが、ララは怯えていた。そんなララに繋《つな》がれている鎖を持つと、ギルドの出入り口に向けて歩いていく。

「あ、あの、この人達は⁉」

ルシルに聞かれて、床に転がっている冒険者達を見た。

「放っておけば治る」

そう言ってギルドを出る。そして、苛立《いらだ》ちながらも宿屋に帰った。

宿屋に戻ると、ベッドの上に座りジャックからもらったサイン本を読んでいた。マリアとララはテーブルにつき、お茶を飲んでいる。そして、リーシャは本を読んでいる俺にしな垂れかかっていた。正直、非常に邪魔だが、ご機嫌そうなので何も言わない。

「ジャックの本だと、冒険者はまともっぽいんだけどなー……」

ジャックが仲間と共にモンスターの群れから町を守っているシーンを読みながらつぶやく。

「ジャックもこの本は上澄みと言ってたではありませんか。それにジャックの仲間ならAランクやBランクでしょう。テールの低級冒険者とは違いますわ」

リーシャはそう言いながら本を持っている俺の指に自分の指を絡ませる。お嬢様しゃべりだし、完全に出来上がっている。多分、マリアとララがこの場にいなかったらそういう感じになっていると思う。

「本当ですよねー。自分の奥さんを売るという発想がありえません。どういう教育を受けたらそんな発想ができるんでしょうね」

マリアが自分で淹《い》れた紅茶を飲みながら呆《あき》れている。

「ジャックが地域によって色んな風習があるって言ってたが、ありえんよな。ウチの貴族がそんなことをしたら断頭台行きだわ」

聞いたこともない。

「その前に夫を殺して自害ですよ！　想像しただけでも恐ろしいです！」

マリアが嫌そうな顔をする。

「……あのー、テールにもそんな風習はないと思いますけど」

ララがおずおずと発言する。

「あなた達を性奴隷として売っているだけでロクなもんじゃないですよ！」

「……あの、単純な疑問なんですけど、エーデルタルトには娼館《しょうかん》とかないんですか？」

十歳のガキが何を聞いてんだ？　ませてんなー……

「普通にあるぞ」

「え？　でも……」

ララはリーシャやマリアをチラチラと見る。

「貴族は通わんが、平民にはそういうのも必要だろう。酒と娼館を禁じたら暴動が起きる」

それに金になる。俺的にはそういう職業があってもいいと思う。

「最低ですけどね」

「いらないですよ、あんなもん」

このように貴族令嬢は娼婦《しょうふ》が大嫌い。理由は旦那《だんな》を奪われる可能性が少しでもあるから。

「まあ、既婚者が娼婦になるのは禁じられている。とはいえ、夫が戦争や事故で死んだ場合、女一人で子供を育てるには金がいるだろう？　そうなったら身体《からだ》を売るのも一つの手だ。これは否定できん」

　何らかの技術を持っていればいいが、そうでない者が多い。そうなった時に手っ取り早く金を稼ぐには身体を売るのが一番だ。領主や国がこれを禁じたら母子共々への死刑宣告に等しい。

「そ、そうなんですか……私は故郷以外の他国といえば、この国くらいしか知りませんけど、色んな国があるんですね」

「らしいぞ。この国ではお前らに人権はないが、他の国ではあるっぽいし、こんなクズ国家はともかく、色んな国を見て回るのもいいんじゃないか？」

　それこそ冒険者になるのも手だ。こいつの実力は知らないが、姉を見る限り、こいつも動けるだろうし。

「興味はありますけど、まずは国に帰りたいです」

　まあ、こんな目には遭えばなー……

「三日後までの辛抱だから少しの間は我慢しろ」

「いえ、我慢なんて……ご主人様達には良くしてもらってます」

　お茶飲んでるだけだしなー。仕事なんかないし。

「殿下ー、市場を見に行ってもいいですかー？」

　マリアがカップをテーブルに置き、聞いてくる。

「まーだ何か買うのか？」

「毎日商品が変わりますし、まだ夕方まで時間があるじゃないですか。暇なんです」

「俺、外に出たくないんだけど……」

　ララを鎖で繋いで歩いたせいで、今日はもう外に出たくない。

「マリア、私も行くわ。ロイドはララとお留守番ね」

リーシャはそう言うと、俺から離れ、ベッドを降りた。

「お前らだけで大丈夫か？」

「問題ないわよ」

不安だなー。

「マリア、リーシャが剣を抜かないようにしろよ」

「……努力します」

不安だなー。

俺は不安としか思えない好戦的なリーシャを見ていると、リーシャは外套《がいとう》を手に取り、テーブルに向かった。するとと、リーシャはテーブルに座っているララに近づき、身を屈《かが》めて顔を近づける。

そして、小声で何かを言うと、ララがこれでもかというくらいに強く首を縦に振った。

「じゃあ、ロイド、行ってくるわ」

リーシャはララから離れると、外套を羽織り、俺に手を振る。

「んー」

「……殿下、夕方までには戻りますので」

マリアは呆れきった顔でリーシャを見ていたが、すぐに視線を俺に向け、手を振ってきた。

「行ってこい」

そう言うと、二人は部屋を出ていった。

「ララ、リーシャに何を言われたんだ？」

ララと二人っきりになると、だいたいの予想はついていたが、一応、確認してみる。

「ご主人様に何かしたら殺すそうです。近づくな、触るな、私の男を取るな、だそうです」

十歳のガキにすらこの言動……

「気にするな。あいつは昔からあんなんだ」

「ハ、ハァ……？　あんなにきれいな人なのに……」

絶世の美貌《びぼう》、下水の性格さんだもん。

「放っておけ。あれでもまだ機嫌が良い方だ。本来なら絶対にこの場にお前を残さん」

「そうですか……あのー、一つ聞いてもいいですか？」

「いいぞ」

暇だし。

「ご主人様は奥様のことを愛してらっしゃいますか？」

何だ、その質問……

「そらそうだろ。なんでそんなこと聞く？」

「いえ……ご主人様はたまに奥様のことを鬱陶《うっとう》しそうにしているように見えます。でも、先ほどは随分とお怒りでしたし、どうなのかなと思いまして」

こんなガキでも女だなー……色恋ばっかり。

「子供の頃から知ってる奴《やつ》だからな。ずっとあんな感じだったら鬱陶しくもなる。とはいえ、まあ、大事な存在であることも確かだ。国に残れば悠々自適な生活が送れたのに、わざわざついてきてくれたしな」

まあ、微妙に嫌がっていたが……

「そうなんですかー……」

「お前もそのうちわかる。さっさと大人になって、結婚しろ。そして、子供でも産んで適当な人生を歩め。伝説の冒険者が言うには人生は楽しまないと損らしいぞ」

「損……ですか……」

「俺はさっさとウォルターに行きたいわ。昼まで寝て、魔法の研究だけをする生活を送りたい」

もっと良いベッドで寝たいわ。

「ご主人様は今でも楽しそうです……」

「そうかもなー」

冒険は楽しい。子供の頃に憧《あこが》れた冒険だ。だが、これ、冒険か？　逃亡する犯罪者の気分だわ。

早くテールを出よ……

ベッドの上でジャックの本を読み続けていると、夕方になり、リーシャとマリアが帰ってくると、ちょうどネルもやってきた。

「殿下、少しよろしいでしょうか？」

ネルは俺の前に来ると、神妙な面持ちで聞いてくる。

「どうした？　何かあったか？」

「はい。一昨日、ミラー商会のことを調べるように命じられ、聞き込みや調査をしておりました」

あの王都の商会か。

「それがどうした？」

「調査の結果ですが、ミラー商会はまだこの町におり、とある売買を行うことが判明しました」

「何か売るのか？」

「はい。奴隷だそうです」

うーん、まあ、そういうのもあるか。

「それが何か？　あ、いや、商売権がないとか言ってたし、違法か」

「そうなりますね」

うーん、違法は良くないことだが、俺達にはどうでもいいな。

「放っておけ。それはこの町の領主や警邏《けいら》の仕事だろう。関わりたくない」

「私もそう思います。ですが、お伝えしないといけないことがあります」

「何だ？」

「どうやらその売買はかなりブラックなようで人というよりも臓器などの売買のようです」

臓器……

「それが？」

「これはもちろん、違法なんですが、重要なのはそこではなく、臓器を売るということです。というよりも臓器を必要とする者は……」

なるほどね。

「黒魔術か？」

「はい。黒魔術では血液や心臓、脳を媒体として魔法を使うことがあります」

確かにそういうケースもある。俺の黒魔術にしても自身の血液を使用している。

「お前、詳しいな。エーデルタルトの人間はほぼ知らんぞ」

「私も一応、魔術師の端くれですし、殿下の部屋にそういう本があったじゃないですか」

確かにあるな。そういえば、こいつもリタもよく人の本を読んでたわ。

「なるほどな……」

「いかが致します？　殿下の目的はこの国から出ることですし、私もそうするべきと思います。ですが、黒魔術は全魔術師が止めるべきことでもあります」

「確かにな……黒魔術は悪そのものだ」

あれは他の人間の血液でも魔法が使用できることがネックなのだ。魔法が盛んじゃないエーデルタルトではないが、外国では貴族が黒魔術に嵌《はま》り、領民を虐殺するというケースも珍しくない。

「あ、あのー……」

マリアがおずおずと声をかけてくる。

「何だ？」

「殿下も黒魔術を使われていますよね？」

まあな。

「俺は天才だし、問題ない。あれが危険なのは無能が使ってタガが外れることだ。それに俺はあんな陰湿的な魔法は嫌いだ。手段としては持っているが、俺が好きなのは火魔法なんだよ」

「あ、そうですか……」

マリアが納得したようなしてないような微妙な表情で頷《うなず》いた。

「ネル、奴隷を黒魔術の材料目的で売ろうとしている情報をどこで掴《つか》んだ？」

「教会です」

ん？

「教会？　どういうことだ？」

「ミラー商会の商会長をつけていたら教会に行きましてね。それでこそっと覗《のぞ》いたら教会の神父とそういう話をしていたんです」

教会か……

「ルチアナはそのことを知っているのかね？」

「ルチアナ？　あのシスターですか？　ご存じなんですか？」

「教会に行った時にな」

あと、ララをペットのように鎖で繋《つな》いで歩いているところで遭遇してしまった。

「へー、殿下も教会に行くんですね……あ、いや、マリアさん関係か……」

「そうなる。お前もルチアナを知っているのか？」

「教会の前を通ったらいきなり勧誘されましたよ。しかも、全然放してくれませんでした。用事があるって言って逃げましたけど、あれは頷くまで放さないタイプですね」

ルシルが言っていた有名ってそれかよ……あいつ、そんなところを勧めるんじゃねーよ。

「なるほどなー……ちょっとルチアナを探ってみるか」

「いかがします？」

ネルが改めて聞いてくる。

「ちょっと話をしてくる。お前らは残ってろ」

「殿下お一人で？」

「ぞろぞろと行っても仕方がないだろう」

「しかし……」

うーん、まあ、こいつは反対するわな。

「殿下、私も行きましょうか？　教会なら私もお役に立てると思います」

マリアが立候補してきた。

「お前が？　大丈夫か？」

「ルチアナさんに話を聞くなら私が行った方が良いでしょう。殿下はちょっと嫌われているような気がしますし……」

気じゃなくて本気で嫌われていると思う。最初から良い印象を与えていないだろうが、ララの件が致命的だ。そういう意味では好印象であろうマリアを連れていった方が良いか……

「リーシャ、ネル。ここでララと待機してろ。マリアと行ってくるわ」

「了解。先に夕食を食べてるわ」

「……かしこまりました」

リーシャはあっさり頷き、ネルは渋々、頷く。

「じゃあ、行ってくる。マリア、行くぞ」

「はーい」

俺とマリアは部屋を出ると、ニコラに一声かけ、教会を目指す。

「ロイドさん、そんなに黒魔術ってヤバいんですか？」

「ヤバいな。お前ら学校の連中は冗談で俺のことを黒魔術師って笑ってたけど、結構な誹謗《ひぼう》中傷だぞ」

「も、申し訳……いや、事実だったたじゃないですか」

人によっては恨んで殺しに来るかもしれない。

まあね。

「少し暗い話をすると、死んだ母上が体調を崩された際に黒魔術で病気を治せるかもしれないと思ったんだ。めっちゃ怒られたけどな」

「そ、そうですか……」

マリアは気まずそうだ。母上のことは半分タブーだからな。いかんせん、現在の王妃であるイアンの母親と仲が悪かったから。

「まあ、つまらん魔法だよ。無能が使ったら百害あって一利なしだ」

「魔法のことは詳しくないですけど、ロイドさんがそうおっしゃるならそうなんでしょう」

「やけにあっさり納得するな」

「私はロイドさんを信じていますから」

そうか、そうか。可愛《かわい》い奴だ。

「ネルとはどうだ？　仲が良さそうだが……」

「同じ男爵家ですからね。下級貴族同士ですので話は合います。応援されました」

何の応援だろうね。

「あいつ、就職先でも探しているのか」

「そんな感じはします」

あいつも俺のメイドよりマリアの侍女の方が良いか。

俺達が話をしながら歩いていると、教会に到着した。

「さて、行くか」

「はい」

俺達は教会の扉を開け、中に入る。すると、奥の十字架の前で祈るルチアナの後ろ姿が見えた。

「ルチアナ」

声をかけると、ピクリと反応し、嫌そうな顔をしたルチアナがゆっくりと振り向く。

「マリア様……それにロイド様ですか」

「こんな時間に悪いな」

まだ暗くはなっていないが、すでに夕方だ。

「いえ、どうしました？」

「少し話がしたくてな」

「話？　昨日の奴隷ですか？」

あー……まあ、そう思うかもしれない。

「いや、それじゃない。ミラー商会って知ってるか？」

そう聞くと、ルチアナの顔がさらに険しくなる。

「……少し外を歩きましょうか」

ルチアナがそう言って教会を出たので俺達もあとに続く。そして、当てもなく歩いていくルチアナに並ぶ。

「なんでミラー商会のことを聞くんです？　私は教会の修道女ですよ？」

歩いていると、ルチアナが聞いてくる。

「俺は魔術師だ」

「そうですか……魔法のことは詳しくないのですが、わかる人にはわかるのかもしれませんね」

こいつは修道女らしくマリアと同じ回復魔法を使うヒーラーなんだろうな。

「すべてをわかっているわけではない。説明しろ」

「……まあ、いいでしょう。奴隷市のことは知っていますね？」

「もちろんだ。低俗なお祭りだろ？」

「どの口が……いや、なるほど。そういうことでしたか」

ん？

「どうした？」

「いえ、マリア様の従者があんな小さな子を買ったのが気になっていましたが、子供を救おうという高尚な理由があったのですね」

こいつ、すごいな……勝手に良いように解釈しやがった。

「さあな。だが、一つ言えるのはララは解放する」

嘘は言ってない。

「そうですか……何も察せずにゴミクソペド野郎と思ってしまった自分が恥ずかしいです。私もまだまだ修行が足りません」

修行が足りないのは確かだな……っていうか、ゴミクソペド野郎って……俺、そんな風に思われていたんだな。ルシルやニコラもそう思っているんだろうか？

「それで奴隷市がどうした？」

「奴隷はこの国でも認められた制度です。そこはまあ、色々と思うところはありますが、納得しましょう。ですが、こういう奴隷を扱う町には必ずと言っていいほどに闇奴隷市があります」

闇奴隷市……

「違法な取引か？」

「そうなります。国の監査から隠れて奴隷を売買するのですが、そういうところで扱われる奴隷は当然、ロクな目に遭いません」

だろうな。

「それをミラー商会がやろうとしている？」

「そのようですね。ミラー商会はこの町でそういう商売をしたがっているようです。もっとも、この町の商人に嫌われまくっているせいで上手《うま》くいっていないようですが」

ゴードン商会との取引に失敗したからだな。チェスターが情報を共有するって言ってたし。

「教会が関係していると聞いたが？」

「この町の商人相手に取引が上手くいかなかったミラー商会は教会の神父様を買収し、伝手《つて》を探したようです。主に背く愚か者め……！」

怖っ！

「お前、やけに詳しいな……自分で調べたのか？」

「ええ。調べました。私は国の監査官なんですよ」

げっ！　こいつ、テールの役人じゃん！

「あのー、ルチアナさんは監査官なのに教会で修道女を務めていらっしゃるんですか？」

マリアがルチアナに聞く。

「そうですね。お金稼ぎです。私はこの国を出たいんですよ。そのためにはお金がいります。そうやって悩んでいる時に国から探ってほしいと依頼があったんですよ」

「この町の領主様は？」

「言ったでしょう？　この町の領主は下劣です。おそらく、ミラー商会から賄賂《わいろ》ももらってますね」

まあ、もらっているでしょうね。

「では、証拠を掴んで国に報告ですか？」

「そうなりますね……さて」

俺達が話しながら歩いていたら港に出た。すると、ルチアナがとある倉庫を指差す。

「あそこに倉庫があるでしょう？　あそこが取引の場所です。神父様から盗み聞きした情報ではあそこに十人の子供がいるらしいです」

子供か……

「獣人族か？」

一応、確認しておこう。

「いえ、普通の人族ですね。多分、別の町の子でしょう」

港町だからどこかで攫《さら》って船で移送か。

「そこまでわかっているならもう国に報告したんですか？」

「しました。しかし、摘発に来るのに数日はかかるそうです。ですが、あそこの子達は今夜、売られます」

今夜……とてもではないが、間に合わんな。本来なら領主が対応するんだろうが、それも無理。

「ど、どうするんですか？」

「私は今夜、あそこに侵入し、子供達を救うつもりでした。そのための馬車も用意しています」

無理だろ。こいつはどう見ても戦士じゃないし、ヒーラーだから魔法も使えない。

「お前も捕まって売られるだけだと思うぞ」

もしくは殺される。そっちの可能性の方が高い。

「そうでしょうね」

それでもやるのか……

「あ、あの、なんでそこまで？」

マリアが困ったような顔で聞く。

「救われぬ者を救うのが主の教えです」

それは救える力がある者のセリフだ。

「お前には無理だ」

「信仰心が足りないと？」

「足りないのは頭と力だな」

「ですか……では、力がある者に頼みましょう」

俺達かな？

「なんで俺達が？」

「報酬は支払います」

「いらん」

お前、金持ってないだろ。あったらすでにこの国を出ている。

「そうですか……では、玉砕あるのみ」

こいつ、マジで頭がヤバいな……

「ロイドさん、ちょっと……」

マリアが俺を引っ張って、ルチアナから距離を取る。

「……どうした？」

「……これ、ちょっとマズくないですか？　あの人、あそこで問題を起こすんですよね？　ここ港ですよ？　私達が三日後の奴隷市でここを発つ際の障害になるような……」

ありえる……ここで問題を起こされると数日は警備を強化するだろう。非常に邪魔だ。

「……確かにな」

「……どうしましょう？　止めても聞きそうにないですけど」

あの目は覚悟が決まっている者の目だ。宗教家はこれだから嫌いだわ。

「……仕方がない。手助けしよう」

「……良いんですか？　どちらにせよ、大事になりそうな気がしますけど」

「……俺に考えがある」

「……お任せします」

俺達は相談が終わると、ルチアナのところに戻る。

「どうしましたか？」

「あ、いや、ちょっとな……それよりも馬車があると言ったな？　それは子供が十人も乗れるのか？」

「ええ、運搬用の馬車ですからね。それに乗せて、リリスに向かいます。そこまで行けば何とかなりますから」

リリスはリリスで問題事が起きているんだけどな。

「ルチアナ、マリアはこのようなことは見逃せないと言っている」

「はい、見逃せません」

マリアは俺に合わせた。

「そ、そうですか。さすがはマリア様です！」

ルチアナが笑顔で両手を合わせる。

「ルチアナ、俺達ができるのはあそこから子供達を救うまでだ。それしかできない」

「それで十分でございます」

「今夜、あそこに行き、子供達を救う。そうしたらお前は馬車でこの町を出ろ。それでリリスに向かえ。おそらく領主が軍を出すだろうが、それは朝になってしばらくしてからだ。それなら十分にリリスに間に合う」

これでこの町の兵を減らせる。俺達やティーナ達も助かって万々歳。

「わ、わかりました。そうなると、準備をしないといけませんね」

「ああ。準備が整い次第、馬車を用意して、その辺に待機してろ」

「はい」

ルチアナが素直に頷《うなず》く。

「リリスに着いてからの当てはあるのか？」

「そこは問題ありません」

断言するか……

「じゃあ、各自準備しよう」

「わかりました。よろしくお願いいたします」

ルチアナが両手をお腹《なか》の前で重ね、きれいに頭を下げた。

俺達はそれを見て、一度、宿屋に戻ることにした。

「リリスに着いたら問題ないって断言されてましたね？」

ルチアナと別れ、宿屋に向かって歩いていると、マリアが聞いてくる。

「そうだな。まあ、大丈夫だろう」

「あの人、貴族ですよね？」

マリアも気付いたか。

「だろうな。言葉遣いや立ち居振る舞いが庶民とは思えん」

領主のことをボロクソに言っているあたり、かなり上の貴族だな。それに国が監査官を頼んでいるのだから間違いないだろう。

「向こうも私達に気付いていますかね？」

「気付いているだろうよ。じゃなきゃ、同業のお前はともかく、俺にまで様付けはしないだろう」

だからこの依頼は断れない。チクられたら厄介だからだ。

「まあ、子供達を救うのは良いことですし、頑張りましょう」

「そうだな。海に出る前に徳を積んでおこう」

これで沈没はないだろう。

俺達はさっさと宿屋に戻ると、待機していたリーシャとネル、ついでにララに説明する。

「ふーん、この町ってつくづくロクなところじゃないわね」

リーシャが呆《あき》れたように言い、ワインを飲む。

「治安が悪いっていうのは本当だったな。まあ、想定の範囲内だ。さっさとガキ共を助けてルチアナに渡そう。それであいつが囮《おとり》になってくれる」

「まあ、いいんじゃない？」

リーシャも賛成のようだ。

「そういうわけで行ってくる。ネル、付き合え」

「お任せを」

ネルが恭しく頭を下げた。

「私は？」

リーシャが聞いてくる。

「お前は飲みすぎだ。寝てろ」

テーブルの上のワインの瓶が空になっている。

「まあ、つまんないし、いっか……頑張って」

「ああ……ネル、行くぞ」

「はい」

俺とネルは宿屋を出ると、港に向かう。すでに辺りは暗くなっているが、まだまだ人通りは多い。

俺達は夜になっても熱気が収まらない街中を抜け、港にやってくる。すると、近くに馬車があり、荷台に乗っているルチアナを見つけた。

「もう準備ができたのか？」

「ええ。持っていく物なんかありませんからね。贅沢《ぜいたく》は敵です」

教会が謳《うた》う赤貧こそ美か。

「準備ができているのならすぐに動こう。門が閉まったら面倒だ」

「ええ。お願いします」

ルチアナが頷いたのを見て、倉庫に向かう。

「ネル、気配を消せる魔法を使えるか？」

「密偵の必須《ひっす》魔法ですよ」

そりゃそうだ。

俺は自分に気配を消す魔法を使うと、倉庫に近づく。そして倉庫の裏に回り、そーっと角から覗《のぞ》くと、裏口があったのだが、扉の前には屈強そうな身体《からだ》をした男が見張っていた。あの男はミラー商会の護衛の一人だ。

「……殿下、いかがします？」

ネルが小声で聞いてくる。

「……面倒だ。スリープ」

杖《つえ》をこっそり男に向け、睡眠魔法をかけた。すると、男はその場でバタッと倒れる。

「お見事です。睡眠魔法は成功率が低いのに一発とは……」

「結構使っている魔法だが、レジストされたことはないな」

百発百中。

「……殿下、想像以上にとんでもない魔術師ですね。魔力の高さ、質、技量……どれも一流以上です」

だろう？

「俺に剣術なんかいらんだろ？」

「いりません。長所を伸ばすべきです」

やっぱりそう思うよな？　陛下もネルの十分の一でいいから見る目を磨いてほしいわ。

「まあいい。行くぞ」

「はい」

裏口に近づいて扉のドアノブをひねったが、鍵《かぎ》がかかっているようで開かなかった。

「面倒な……ネル、そいつを殺しとけ。俺は鍵を開ける」

そう言って、魔法で鍵を開ける。ネルの方を見ると、ネルは寝ている男をじーっと見るだけで動いていなかった。

「ネル……お前、密偵なんてやめろ」

「え？」

ネルが驚いたように顔を向ける。

「お前は人を殺せないんだろう？　そんな奴《やつ》が密偵をしてもロクなことにならないぞ」

ネルは優しいからなー……

「や、やれます」

無理だろ。こんなごろつきを殺すのに躊躇《ちゅうちょ》するのに。

「俺のメイドに戻るでもマリアの侍女でも構わんが、楽な道を選べ。魔法の才はあるのだからそっちを伸ばしてもいい。だが、密偵はやめろ。向いていない」

「で、ですが……」

「お前の主《あるじ》は誰だ？　俺はやるなと言っている」

「殿下……捨てません？　私、諸事情あって実家に戻れないんですけど……」

何したんだよ……

「誰に言っている？　偉大なるロンズデール王家だぞ」

「あ、はい……でも、死にたくないので愛人は勘弁してください」

偉大なるロンズデール王家の評判の悪さよ……あとリーシャ。

「行くぞ。そいつは当分起きないから放っておく」

「はい」

扉をそーっと開けると、話し声が聞こえてきた。ゆっくりと近づき、木箱の裏からこっそりと覗く。そこには前に見たミラー商会のおっさんと黒ずくめの背の高い男が話をしていた。さらにその奥には鉄格子の中でうずくまっているガキ共もいる。

「おい、金貨三百枚とは話が違うぞ。金貨二百枚だったはずだ」

黒ずくめの男が文句を言っている。

「状況が変わったんだ」

「ふざけるな！」

どうやら揉《も》めているっぽい。

「……ネル、ここで待機していろ。俺があいつらを始末する」

「……わ、私がやります。殿下の手を煩わせるわけにはいきません」

「……問題ない。エーデルタルトの男子は率先して戦うのだ。俺は口だけの陛下とは違う」

「……殿下、かっこいい！」

まあな！

俺はかっこつけに満足すると、立ち上がり、揉めている二人のもとに行く。

「ん？　だ、誰だ⁉」

「き、貴様はあの時の執事か⁉」

俺に気付いた二人は驚いた。

「どうも。いたいけな子供を違法に売買するのは良くないぞ」

子供は国の宝だ。まあ、テールの宝はどうでもいいが。

「くっ！　おい！　こいつを始末したら金貨二百枚にしてやるぞ！」

「ほう……」

黒ずくめの男が嬉《うれ》しそうな顔をして、俺を見る。

「黒魔術に頼る奴は大抵が魔力の低い奴だ。お前も例に漏れずにそうみたいだな」

だって、魔力がある奴はそんなものに頼らないし。

「何だと⁉」

黒ずくめの男は図星のようで顔をしかめた。

「相手の魔力を見切れん程度だろう。俺は低く見積もってもお前の十倍以上の魔力があるぞ」

「若造が！　舐《な》めるな！　炎よ！」

黒ずくめの男が下級の炎を出す。

「雑魚《ざこ》が……燃え尽きろ！」

杖を向け、同じ下級の火魔法を放つと、黒ずくめの男が出した火魔法を呑《の》み込み、男に向かっていった。そして、男に直撃すると、一気に燃え上がる。

「ぐあっ‼　バカな……！」

男は燃えながら膝《ひざ》をついて倒れると、そのまま炭になって息絶えた。

「な、何だ、お前は⁉」

「監査官に頼まれてな……違法な商売を取り締まりに来たんだ」

「ぐっ！　政府の犬だったか！　クソッ！」

商人は忌々《いまいま》しげな顔をすると、倉庫の正面の出入り口に走っていったので杖を向けた。

「そういえば、お前はリーシャに剣を向けたな……」

正確にはこいつではなく護衛だが、命じたのはこいつだ。さらには復讐《ふくしゅう》するようなこともほのめかしていた。生かす理由がない。

「え？　ぐっ！」

商人は俺の言葉に振り向いたが、すぐ俺のエアカッターで首を刎《は》ねられ、何も言えなくなった。

そこには横たわる胴体と首が転がっているだけだ。

「お見事です、殿下。エーデルタルトの戦士も形無しの魔法の腕ですね」

「まあな。ネル、ガキ共を」

「はい」

ネルは頷くと、檻《おり》に入れられた子供達のもとへ行く。

「殿下、薬で眠らされているようです」

やけに静かだと思ったが、寝ていたのか……

「ルチアナを呼んでこい。俺は檻をどうにかする」

「わかりました」

ネルは正面の出入り口に向かっていった。檻に近寄ると、確かに檻の中ではララくらいの年齢のガキ共が寝ていた。

「人族か……それに身なりも普通の庶民だな」

誘拐か親が売ったか……まあ、どうでもいいか。

俺は檻の鍵をエアカッターで切って檻を開ける。そしてガキ共を一人ずつ運び出し、床に寝かせた。すると、正面の出入り口が開き、ネルとルチアナがやってくる。

「お待たせしました。子供達を馬車に乗せてください」

ルチアナにそう指示されたので三人でガキ達を馬車に乗せていった。

そして、すべてのガキ共を乗せ終わると、ルチアナが御者台に乗る。

「門は抜けられるか？」

「問題ありません。ちゃんと準備はしています」

賄賂《わいろ》かね？

「じゃあ、気を付けてな」

「はい。ロイド様、ネルさん、本当にお世話になりました。このご恩はいつか必ずお返しします」

「いらん。俺と関わるな」

教会の人間とは関わりたくない。

「まあ、そうかもしれませんね。ご武運を……それとエーデルタルトの悪口を言って申し訳ありませんでした」

エーデルタルトの人間だということもわかっていたか……やはりこいつは相当、上の貴族だ。

「別にいい。俺達も普段、テールの悪口しか言っていない」

「でしょうね。一つ聞いてもいいですか？」

まあ、そのくらいの時間はあるか……

「何だ？」

「リーシャ様は奥様で？」

「そうだな」

実際はまだだけど、そういうことにしておこう。

「マリア様も？」

うーん……そこは違うんだが、否定をすると、巡礼の旅が嘘になってしまうからな。

「まあ、そんな感じだな……」

「傲慢《ごうまん》なエーデルタルトで唯一評価しているのは奥様を大事にするところです。マリア様の巡礼の旅は大変でしょうが、夫であるあなたが支えてください」

うん……巡礼ではなく、逃亡だが……

「他国の者に言われるまでもない。俺は約束を違《たが》えない」

「ご立派なことです。あなた方の旅に祝福がありますように……では、私はこれで……本当にありがとうございました」

ルチアナは微笑《ほほえ》むと、馬車を動かし、行ってしまった。

「殿下……やっぱりマリアさんのことを……」

ネルがわざとらしく口元を両手で押さえた。

「アホ。嘘に決まっているだろ。テールの監査官に正直に言えるか」

多分、本当のことを言ったら通報されると思う。

「まあ、そうでしょうけど……じゃあ、マリアさんは娶《めと》らないんです？」

「さあな」

「……ろっくおーん」

「いいから帰るぞ」

「はーい」

俺達は人に見られないようにコソコソしながらこの場を離れ、宿屋に戻る。

「おかえり。どうだった？」

部屋に戻ると、待っていたリーシャが聞いてきた。

「終わった。楽なもんだな。後はルチアナが兵を引きつけてくれる」

「そう……お金にはならなかったけど、良いことはするものね」

ホント、ホント。良いことをすると自分に返ってくるもんだ。

俺はその後、夕食を食べ、ゆっくりすると、この日は早めに就寝した。


翌日、この日はいつもより早く起き、布団から出ようとしないリーシャを無理やり起こすと、朝早いうちから町を出る。おかげであまり人と出会うことはなかった。そして、そのまま南の森を目指して歩いていき、森に到着すると、ティーナが森の外で待っていた。

「あれ？　随分と早いね？」

森の入り口で俺達を待っていたティーナが聞いてくる。

「あまり人と会いたくないんだ。街中ではこれだぞ」

俺はそう言って、ララの首輪に繋《つな》がれている鎖を持つ。

「……最悪」

ティーナが睨《にら》んできた。

「言っておくが、こいつを指名したのはお前らだからな。俺だってもうちょっと大人の女だったらあんな目で見られてないわ」

なんなら男の方が良かったわ。

「……ごめん」

ティーナは謝ってくるが、微妙な表情だ。自分の妹だし、複雑なんだろう。

「お姉ちゃん、私は大丈夫だから……ご主人様はよくしてくださいます」

「ほれ見ろー」

「ご主人様……」

その呼び方は俺もどうかと思っている。

「そんなことより、ベンはどうした？　魔石と金を交換したいんだが……」

落ち込んでいるティーナを無視し、本題に入った。

「あ、それね。今、皆で森の中のタイガーキャットを狩っているところ。私は見張りだね」

まだ狩ってる途中だったか……

「ふーん、じゃあ、待ってるか」

カバンからシートを出しその場に敷いて座ると、ジャックの本も取り出し、読み出す。マリアもシートに座ると、俺のカバンに手を突っ込み、本を取り出して読み始めた。

「私はタイガーキャットを狩ってくるわ。身体《からだ》を動かしたいし」

リーシャは昨日も特に動いてなかったから、動きたいのだろう。

「いってらっしゃい」

「ん」

許可を出すと、リーシャは一人で森の中に入っていた。

「勇ましいねー。あいつ、生まれてくる性別を間違えただろ」

「そんなことないですよ。あんなに美人なんですよ？　もし、男性だったらロイドさんが霞《かす》みます」

霞んじゃうかー。まあ、女の方が良いわな。美人だし。

「あなた達って好き勝手するよね……」

ティーナが俺らの行動を見て呆《あき》れているようだ。

「ちゃんと見張ってろよ。ララ、お姉ちゃんと一緒に見張ってろ」

適当に遊んでなさい。

「はい」

俺とマリアは本を読み、ティーナとララは話をしながら時間を潰《つぶ》していく。すると、森の中からキツネ耳をした女が出てきた。もちろん、ヒルダだ。

「ん？　金髪女はどうしたんじゃ？」

ヒルダが聞いてくる。

「森でお前らの仲間と一緒にタイガーキャット狩りだ。暇なんだよ」

「ふーん……貴族のくせに変わった娘じゃな」

まったくもってその通り。

「ヒルダさん、尻尾《しっぽ》を触ってもいいですか？」

マリアが立ち上がると、ヒルダの後ろに回りながら聞く。どうやら気に入ったらしい。あれは癖になるし、気持ちはすごくわかる。

「別に良いぞ……って、もう触れておる……」

ヒルダは呆れた顔をしながらマリアを見たが、すぐにこちらを向き、俺を見下ろしてきた。

「お前の尻尾は立派だからな」

「そうじゃろう、そうじゃろう！　おぬし達は見る目があるな――んっ！　こら、撫《な》でるなって言っておろうが！」

ヒルダがちょっと頬を染めながらマリアに注意する。

「すみませーん」

「ったく、テクニシャン共め……」

「それでヒルダ、何か用か？」

「そうじゃった。昨日の甘いやつをくれ」

ヒルダがそう言って手を差し出してきた。

「ドライフルーツか……あれ、安くないんだぞ」

「高いのか？　いくらじゃ？　金貨五枚くらいか？」

金貨って……さすがは王族。こんな状況になっても金銭感覚がおかしい。いつぞやの俺達を見ているかのようだ。

「お前、パンがいくらで買えるか知ってるか？」

「パン？　銀貨……三枚！」

いやー、今ならジャックが俺達に呆れ、すぐに貴族だってバレるからさっさとテールを出ろって言った理由がよくわかるな。

「ふっ、世間知らずめ。銅貨一枚で買えるんだぞ」

「安いのう……」

ヒルダが驚いたような顔になる。

「庶民の食い物だからな。しかし、このドライフルーツは高級品だ。なんと金貨十枚もする」

「ほー……」

本当は銀貨一枚もしないいんだが、ヒルダは信じたようだ。

「買うか？」

「金貨十枚……いや、よい。さすがにそんな金は払えん」

「まあ、金は取らん。やるよ」

そう言って、ドライフルーツをカバンから取り出すと、ヒルダがぱーっと明るい顔になり、尻尾を振る。そのため、尻尾に触れなくなったマリアが俺のもとに戻ってきた。

「悪いのう！」

「気にするな。こういう時はお互い様だ」

いやー、おもれ。

「おぬし、良い奴じゃったんじゃな」

ヒルダはそう言いながらドライフルーツを食べる。

「栄光のエーデルタルトは世界の味方なんだ。ついでにこの高級肉で作られた干し肉もやろう。なんと金貨二十枚はするんだぞ」

さすがに盛りすぎたかな？

「ほうほう！　確かに美味《うま》そうじゃ」

ドライフルーツを食べ終わったヒルダは干し肉を受け取ると、また食べ出す。

「どうだ？」

「うむ。さすがは高級肉じゃな。塩気が利いていて美味い。それにそこはかとなく、良い香りとジューシーさがあるな」

んなもんねーよ。ただの塩辛い安肉だ。

「そうか、そうか」

「ロイドさん、やめましょうよー……」

マリアが呆れた表情で止めてくる。

「しっ、黙ってろ……ヒルダ、知ってるか？　エーデルタルトの王都は上り坂と下り坂の数がなんと一緒なんだぞ」

「「へー」」

え？　マリア？

「そりゃそうでしょ……」

声がしたので上を見上げると、呆れた顔のティーナの顔があった。

「邪魔すんな」

俺はキツネで遊ぶのに忙しいんだ。

「するわよ。ヒルダ様、騙《だま》されないでください。ドライフルーツも干し肉も大抵は銅貨数枚で買えますし、上り坂と下り坂は同じ坂なので数が一緒で当然です」

ティーナがバラすと、ヒルダは目線を上に向け、考え込む。

「あー……なるほど……って、騙したな！　卑劣なエーデルタルトめ！」

「お前、面白いな」

「おのれー！　タダでもらったのは確かだから怒りにくいが、覚えておれ！」

顔を赤くしたヒルダはそう言って、森に駆けていった。

「ほらー、そりゃ怒りますよー」

そう言って咎《とが》めるマリアも坂のことは騙されてたよな？

「ティーナ、お前らの長《おさ》って大丈夫か？」

「……ちょっと世間知らずなところがあるだけよ」

ちょっとか？　かなりじゃない？

「暇潰し相手が逃げたからまた暇になったな……ティーナ、答えが簡単でつまらない問題だけど、朝起きたら最初に何て言う？」

「簡単でつまらない問題」

面白みのない奴《やつ》……

「お前、あっちでララと遊んでろ」

失《う》せろ。昔、『おはようございます！』って答えたネルを見習え、駄犬。

俺はつまんねーと思いながら本を読むのを再開し、時間を潰していく。そして、太陽がてっぺんに昇ったくらいでリーシャが大きな布袋を持ったベンを連れて戻ってきた。

「ん？　一緒だったのか？」

ベンに聞く。

「ああ……この女はタイガーキャットをあっという間に倒すんだが、解体したくないからと言って、その場で放置するんだ。仕方がないから俺が解体して回っていた」

「あー、そりゃすまんね。解体はいつも俺がやってたからな。まあ、魔石代はやるよ」

銀貨二枚ぐらいは払おう。こっちは討伐料の銀貨七枚だし、

「そうか……では、これだ」

ベンが大きな布袋を地面に置いたので腰を下ろすと、布袋から魔石を取り出し、数を数えながらカバンに入れていく。

「リーシャ、お前は何匹狩った？」

「数えてない」

数えとけよ……

「その女は十二匹だ」

結構倒してるな……

「えーっと、八十五個あるから……金貨十七枚だな。ほれ」

すべての魔石をカバンに入れ終えると、ベンに金貨を渡す。

「確かに」

「しかし、多いな。この森にこんな数のタイガーキャットがいるのか？」

「いや、半分以上は昨日の夜に平原に出て、狩ったものだ。我々は夜でも普通に見えるからな」

ジャックからもらったあの薬みたいな感じかな？　そういや、俺らも明後日は夜の行動になるからあれを買っておいた方が良いな。

「ふーん、当日の作戦は決まったか？」

「大まかにはな。ただ人選や細かいところがまだだ。午後からはそのあたりの会議をする」

「ふーん、まあ、頑張れ。じゃあ、俺らは帰る。明日もまた来るわ」

「頼む」

俺達はシートや本を片付けると、ティーナとベンと別れ、町に戻ることにした。

「リーシャ、どうだった？」

森からある程度離れると、リーシャに聞く。

「やはり女性が多かったわ。それに皆、森の中を巧みに動いていた。さすがは獣人族って感じ」

森では人族よりあいつらが有利か……

「他には？」

「ナイフを持っていた者が数人。あとは剣を持っていた人もいたわ」

剣？

「冒険者を襲って奪ったか？」

夜でも見えるって言ってたし、夜襲をすれば可能だろう。

「それはどうかしら？　もし、そうやって奪ったのなら被害がギルドに報告されていると思うわ。でも、そんな話は聞いてないでしょ？」

もし、盗賊の可能性があるなら森の調査はあんなに適当にはならない。つまり別の方法で剣を入手した。

「海は見たか？」

森の西は海だと言っていた。そこから漂着物を集めたらしい。

「見れなかった。海の確認をしようと森の西側に向かったんだけどね。他の獣人族の女性に巧みに邪魔された。そうしてたら後ろにはベンよ」

余計なことをさせないための見張りだな。つまり海には何かある。

「……大体、わかってきたな」

「そうね。まあ、私らには関係のない話よ。それよりもお腹《なか》が空《す》いた」

もう昼を過ぎてるだろうしなー。

「やっぱり携帯食より宿屋の飯の方がマシだろ」

「そうね。まあまあだもの」

「御二人共、そんなことを言いながらめちゃくちゃ気に入ってるじゃないですか……」

あの魚料理はワインに合うんだよなー。

町に戻った俺達は昨日と同様にそのままギルドに寄り、依頼を報告した。今日は昨日とは違い、他の冒険者もおらず、スムーズに精算をすることができた。そして、精算を終え、ギルドを出た俺達は宿屋に戻り、昼食を食べる。

「殿下、午後からどうされます？」

昼食を食べ終え、食後のワインを飲んでいると、マリアが聞いてくる。

「買い物に行く。船旅になるし、色々買っておかないといけないだろ。それに夜目が利くようになる薬を魔法屋で買ってくるわ」

「空賊狩りの時にジャックさんからもらった薬ですか？」

「それ。夜の作戦だし、あった方が良いだろ」

「確かに。私もついていっていいですか？　暇ですし」

さすがにここ数日はやることがないもんなー。

「いいぞ。リーシャ、お前はどうする？」

「私はパス。疲れたからお風呂《ふろ》に入って、寝る」

まあ、リーシャは午前中、ずっと動いてたしな。朝も早かったし、休ませとくか。こいつは昼間にどれだけ寝ても夜に眠くならないということにはならないし。

「ララ、お前も留守番な。何かあってもリーシャは起きないからニコラを頼れ。あと、喉《のど》が渇いたら適当なもんを頼んでもいいけど、ちゃんとルシルにツケとけよ」

「わ、わかりました」

俺とマリアはワインを飲み終えたら部屋を出た。

「あれ？　御二人だけですか？　逢引《あいび》き？」

ニコラがニヤニヤしながら聞いてくる。こいつはどんどん下世話になるなー。

「買い物だよ。リーシャは疲れたから寝るんだと」

「ふーん……お客さん、出かけるなら注意してね。そろそろ人が増え始める頃だから」

ニコラが忠告してきた。

「増える？　なんでだ？」

「明後日はいよいよ奴隷市が始まるからね。今日の午後から明日にかけてはよそから人がどんどん集まってくるんだよ」

「今でも十分に活気があったが、さらに増えるのか……」

「今までいたのは遠くから来た人や滞在する余裕のある人ですね。これから来るのはリリスとかの近場の人達です」

うーん、まあ、人が増えた方が目を欺くという点では良いんだが、トラブルが増えそうだな。

「わかった。じゃあ、行ってくるわ」

「いってらっしゃいませー」

俺とマリアは宿屋を出ると、市場ではなく、商店が立ち並ぶ通りを歩いていくと、奴隷商の店が見えてくる。

「あれですか？」

マリアが明らかに嫌そうな顔をしながら聞いてくる。

「そうだ。お前が見ていい店じゃない。用件はあっちの店だ」

俺達は奴隷商の店をスルーし、近くの魔法屋に入った。魔法屋に入ると、気になるものを見ていくが、明らかにマリアがつまらなそうだったのでさっさと夜目が利くようになる薬を買い、店を出る。そして、別の店に入り、旅に使えそうなものや携帯食糧なんかを補充していった。

「かなり買いましたね？」

店を出ると、マリアが聞いてくる。

「あいつらのおかげで予算に余裕があるからな。あとで足りないってなるより買っておいた方が良いだろ」

「そうですね。魔法のカバンがあって良かったです」

ホント、ホント。きったないカバンだが、ジェイミーには感謝だわ。

「これで買い物も終わったな。帰るか？」

「あ、海を見てもいいですか？」

どうせ船に乗るんだからいくらでも見ると思うが、マリアが見たいと言うなら仕方がない。

「あっちから行けるか？」

「多分、商船の港に出ると思います」

俺達は来た道を引き返さずに北に向かって歩く。すると、潮の香りが強くなり、予想通り港に出た。

「俺達が作った地図は合ってたなー」

港には数隻の商船が停泊しており、屈強そうな船乗り達が荷物の搬入をしている。

俺達は邪魔したら悪いと思い、この場を離れ、以前港の全貌《ぜんぼう》を見た灯台に向かった。

「海ですねー」

マリアは防波堤に腰を下ろし、魚を見ている。

「落ちるなよ」

「大丈夫ですよ。まさか本当に買うとは思いませんでしたけど、ロープがあるじゃないですか」

ロープは真っ先に買った。

「一応な。俺とリーシャも泳げないし、お前に限ったことではない」

「絶対に私用って思ってますね」

うん。

「そんなことはない」

嘘をつきながら魔力を目に込め、軍船の方を見る。

「どうですかー？　いけそうです？」

「多分、大丈夫だと思う。大変なのは俺らよりかあいつらだろうな」

「ですかー……」

遠見の魔法をやめると、海を見る。

「いい天気だな」

「ですねー。風が気持ちいいです」

後でベタつくんだろうが、風呂に入ればいい。風呂は良い。汚れは魔法でどうにかできるが、精神的な疲れも取れる気がする。うーん、やはり今後も風呂がある宿屋に泊まった方が良いな。

「そろそろ帰るかー」

「そうですね。デートは終わりです」

「これ、デートか？」

「男女が二人きりで海に行く……デートです」

言葉にするとデートっぽいな。

「リーシャが怒りそう」

「怒りませんよ」

「そうかー？」

少なくともお前は睨《にら》まれると思う。

「大丈夫ですよ。ちゃんとリーシャ様とは話をしていますので……」

「ふーん、お前はそういうのが上手《じょうず》だなー」

「そういうのとは？」

マリアが首を傾《かし》げた。

「取り入るの」

「処世術ってやつですかね？　まあ、敵意がないことを示せばいいだけです。田舎《いなか》の貧乏貴族を真面目に相手する貴族はいませんから」

マリアがぼーっと海を見つめる。

「お前、愛人の誘いがあったって言ってたな。誰だ？」

「相手に悪いから言えるわけないじゃないですか……」

マリアは俺を見上げ、苦笑する。

「いっぱいいただろ」

「いえいえ、そんなことないですよ」

絶対に多かったな。こいつはモテるわ。特に上流の貴族達が好きそうだ。こいつは良い意味で貴族らしさがないのだ。

「ケビン、アラン、クライヴあたりか？」

「詮索《せんさく》はやめましょうって……」

マリアが本当に困った顔をする。こりゃ、当たりだわ。

「マジか……愛人とはいえ、家柄は最高だぞ」

ケビンに至っては大領地だ。

「嫌ですよー。小領地でも正室や側室がいいです。愛人なんて歳《とし》を取って愛されなくなったら終わりですよ？　空《むな》しいだけです」

「ふーん……」

「だから全部断りました。殿下が探るから言いますけど、王家からの誘いもありましたよ」

王家……

「陛下じゃないだろうな？」

歳を考えろ、ジジイ！

「陛下じゃないです。そもそも接点がありませんしね」

じゃあ、イアンか。

「イアンがねー……よく断れたな」

「私はリーシャ様の傘下ですから。殿下に弓は引けません。イアン様もそれはよくわかっているのでそれほど強くは言われておりません」

皆、色んなところで誘ってるんだなー。

「俺、誰も誘ったことがないし、誘われたこともないなー……」

青春を間違えたか？

「そりゃ、殿下はそうでしょうよ。魔法の研究ばかりですし、他の令嬢もリーシャ様が怖くて色目を使えません。あの人、扇子を折ってましたよ？」

それは俺も見た。二、三回くらい……

「ハァ……めんどくさい奴《やつ》。まあいい。あいつが言うように俺が選んだわけだしな。帰るぞ」

「めんどくさい云々《うんぬん》は聞かなかったことにします」

マリアはそう言うと、立ち上がった。

「絶対言うなよ」

「もちろんですよ。私は口が堅いのです」

さっきイアンの誘いのことをバラしてなかったか？　絶対に言ってはいけないことだと思うぞ。

「まあいい。ララがリーシャと二人きりで気まずいだろうからさっさと帰ろう」

「ですねー」

俺達は帰ることにして、灯台をあとにした。

「愛人は嫌かー」

「側室ですよ、側室！　心が異常に狭い下水さんと上手《うま》くやれる貴重な側室です！　あと尽くすタイプです！」

アピール上手なポテトフライだなー。

俺とマリアは来た道を引き返さず、魚臭い漁港を抜けて市場の方に向かった。単純に宿屋に戻るにはこちらの方が近いと思ったのだが、市場に着いて後悔した。市場は人で溢《あふ》れていたからだ。

「すごい人ですねー……」

マリアも驚いている。昨日も人は多かったが、今はどうやって歩いているのかもわからないくらいに人がいる。

「奴隷目当てか？」

「男性が多いですから多分……」

ひどいね、これ。

「引き返すか？　この中を通りたくはないだろ」

貴族令嬢は男に触れられたくないだろうし。

「うーん……あ、こっちから宿屋に抜けられませんかね？」

マリアが建物と建物の間の路地を指差す。

「あー、行けるかもな。道は大通りだけじゃないし」

「じゃあ、こっちですね」

「そうするか……」

マリアが指差した路地に入っていく。そこは薄暗くて細い道ではあるが、人が一人通るには十分な幅はあった。

「こっちは人がいないな」

「ですねー」

俺達が路地を進んでいくと、道が左右に分かれていたので宿のある方の左に曲がる。曲がった先は明るい道が見えており、地理的に宿屋がある大通りだと予想できたのでそのまま大通りに向かって進んでいく。

「普通にこっちの方が近いなー」

人影も少ないし、船を奪う際はこの道を使った方が良いかもしれん。

「お前、宿屋に着いたら先に風呂《ふろ》に入っていいぞ」

ちょっと海を見ただけだが、微妙にベトベトする。髪が長いマリアはもっとだろう。

「……マリア？」

マリアの返事がないことを疑問に思い後ろを振り向くが、そこにはマリアどころか誰もいなかった。

「ん？」

どうしたと思いながら引き返し、さっき曲がったところまで戻る。

「あれ？」

曲がり角を曲がったのだが、そこにもマリアはいなかった。

「……チッ！」

ようやく事態に気付き、走って元の市場まで戻った。左右を見て、マリアを探すが、どこにも姿は見当たらなかった。

クソッ！　失敗した！

マリアを後ろに歩かせるんじゃなかった。貴族が王族の前を歩くなんてことはないから何とも思わなかったが、こんな治安の悪い町ではマリアに前を歩かせるべきだった。

どうする⁉　マリアが一人で何も言わずに俺から離れることはないだろうし、間違いなく攫《さら》われたのだろう。まだそんなに遠くには行ってないはずだし、探すか？　だが、どこを？

市場や漁港がある方の大通りを見るが、マリアも怪しい人もいない。

「行くなら漁港の方か？」

走って漁港までやってきたが、そこには暇そうな釣り人しかおらず声をかけてみる。

「おい、黒髪で白い服を着た女の子を見なかったか？」

暇そうに釣りをしている男に聞く。

「女？　ん？　あー、さっきの子か？　お前といただろ」

そりゃ、俺達はここを通ったからな。

「その後だ」

「いや、通ってないと思うぜ。通ったのは船乗りのおっさんくらいだ」

チッ！　こっちじゃないか！

「感謝する」

礼を言って再び市場まで戻るが、やはりそこにマリアの姿はない。

ふと、さっきの路地まで歩いていくと、道の途中に扉があり、何故《なぜ》か開きっぱなしだった。扉の中は倉庫になっており数人が入れるスペースは十分にあった。

「クソッ！」

思わず壁を叩《たた》いた。

ここに隠れてやがったのか！　ここを離れるべきではなかった！

「もう遅いか……」

扉が開きっぱなしということはそういうことだろう。

一旦宿屋に戻ることにし、路地を走っていった。そして、宿屋の階段を駆け上がる。

「お客さーん、どうしましたー？　あれ？」

声をかけるニコラを無視して階段を上がり部屋の扉を開けると、居心地が悪そうにテーブルに座るララとバスタオル一枚でベッドに腰かけ、ワインを飲むリーシャがいた。

「ノックくらいしなさいな。わたくしがこんな姿で……マリアは？」

リーシャは微笑《ほほえ》みながら文句を言っていたが、息が上がった俺を見て、察したようだ。

「いなくなった。多分、攫われた」

「状況を詳しく教えて」

リーシャは立ち上がると、ワイングラスをテーブルに置く。

「買い物帰りに海に寄って帰ったんだが、帰り道の市場が混んでいた。だから路地を通ったんだが、角を曲がったところでマリアが消えた。すぐに来た道を戻って探したが、見当たらず、元の路地に戻ったら不自然に開いた扉があり、中の倉庫は空だった」

「ハァ……確かに攫われたと見ていいわね……」

リーシャがため息をついた。

「どうする？　しらみ潰《つぶ》しに探すか？」

「難しいわね。もう外にはいないだろうし、どっかの建物の中よ。そうなったら探しようがない」

「じゃあ、どうする⁉」

つい、声を荒らげてしまった。

「落ち着きなさい。私達はこの町に詳しくないし、詳しい人に相談しましょう」

リーシャはそう言うと、ベッドまで行き、身体《からだ》に巻いているバスタオルを取った。

「詳しい人？　誰だ？」

「私達が相談できるのはルシルだけよ。ギルドに行きましょう」

素っ裸になったリーシャは服を着ながらそう言った。

「ルシルか……確かにあいつは俺達がエーデルタルトの貴族ということにも気付いていたしな。あいつしかいないか……ララ、お前はここで待機してろ。腹が減ったらニコラに言え」

「は、はい！」

ララが激しく何度も首を縦に振る。

「……マリアから目を離すべきではなかった」

「仕方がないでしょう。わたくし達は殿下から目を離さないようにはしますが、逆はないですからね」

王族だから仕方がない、か……だが、今はそんな状況ではない。身分に関係なく、男が女を見ているべきだった。ましてや、マリアは対抗手段を持っていないのだから。

「チッ！　自害ものだな……」

「まだ気が早いわよ……さて、行きましょう」

リーシャは服を着終えると髪を払い、外套《がいとう》を持った。

「ララ、留守は任せたぞ」

「は、はい。いってらっしゃいませ」

俺とリーシャは部屋を出ると、何も言わずに不安そうな顔で俺達を見るニコラを無視し、ギルドに向かう。

「人が多いわね」

リーシャが歩きながら町を見渡した。

「明後日の奴隷市の客だ。今日から明日にかけて集まってくるらしい」

「ふーん、どいつもこいつも怪しく見えてくるわね」

すれ違うのは冒険者が多い。もちろん、ほぼ男だ。

「嫌な国だな、ホント」

「本当ね」

俺達は周りを見ながら歩いていると、ギルドに到着した。中に入ると、数人の冒険者が受付にいたが、すぐに隣の酒場に行ってしまった。

俺達はまっすぐルシルのもとに行く。

「あら？　どうしたの？　報告し忘れか何か？」

ルシルが意外そうな顔で聞いてきた。

「ルシル、マリアがいなくなった」

「……こっちに来なさい」

俺の言葉を聞いたルシルは真顔になり、すぐに立ち上がると、受付の奥にある扉まで歩いていく。

俺とリーシャは受付を回り、カウンターの中に入ると、ルシルに続いて部屋に入った。部屋の中は棚が並んでおり、書類や本が大量に収納されていた。

「本当は入れちゃダメなんだけどね。緊急の用件っぽいから特別よ。絶対に誰にも言っちゃダメ」

多分、部外者がここに入るのは禁止事項なのだろう。

「言わんから安心しろ」

「それで？　マリアさんがいなくなったとは？」

ルシルが聞いてくる。

「そのまんまだ。俺とマリアが買い物に行った帰りに誘拐された」

「犯人は見たの？」

「見てない。マリアは俺の後ろにいたんだが、路地の角を曲がったら消えた」

「……マリアさんが逃げたのでないなら誘拐ね」

マリアが逃げる理由はない。

「俺達のことが領主にバレた可能性は？」

「おそらくだけど、領主様の犯行ではないわ。今さらだからあなた達エーデルタルトの貴族がなんでここにいるのかは聞かないけど、もし、領主様が犯人ならマリアさんだけを誘拐するのはおかしい。あなたやリーシャさんも襲われているはず」

それもそうだ。ましてや、リーシャは宿にいたんだ。リーシャが襲われてないのはおかしい。

「じゃあ、暴漢か？」

「その可能性はあるわ。もしくは……」

ルシルが言《い》い淀《よど》んだ。

「言え」

「この時期になると、たまにあるんだけど、地元民じゃない冒険者を攫って、奴隷商に売るっていう事件がある」

奴隷商に売る？

「この町はそれが許されるのか？」

「許されないわ。実を言うと、この場合だと被害者は奴隷商の方なの。奴隷商は高値で女性を買うんだけど、奴隷として認められてない女性は普通に解放されるわ。だから奴隷商が詐欺に遭うって感じ」

「そんなもんは売られた本人に確認すればいいだろ」

「薬とかで誤魔化すのよ。意識を朦朧《もうろう》とさせる薬を飲ませれば、はいとしか言えないからね」

そんな薬を作るな！

「それで？　マリアが売られた可能性があると？」

「暴漢の可能性もないこともないけど、白昼堂々とはしないと思うわ。しかも、男連れは狙わないでしょう」

狙うなら女一人だわな。そうしない理由はそのリスクよりも高い報酬があるから。

「訴えることはできるか？」

「できると思う。今から急いで奴隷商のところに行ってみるわ。あなた達はイルカ亭で待機してて」

「俺達も行くが？」

「来ないで。はっきり言うわ。あなた達、この町に停泊してる船を奪う気でしょ」

ルシルは感づいていたらしい。

「何故、そう思う？」

「わかるわよ。あなた達は敵国であるこの国を脱出したい。だからこの港町に来た。じゃなきゃ、こんな海しかない町に来ないわよ」

まあね。

「俺達を軍に突き出さないのか？」

「知ったことじゃないわ。ギルドと国は無関係。ただあなた達がこの国でお尋ね者になるだけ」

「犯罪行為は共有されるんだろ？」

「されるけど、エーデルタルトとテールが敵対していることは誰だって知っている。ギルドだって国同士の争いに首は突っ込まないわよ。戦争に巻き込まれちゃうじゃない」

ギルドとしてもめんどくさいわけか。

「ならいい。命が助かったな」

「やめてよ……とにかく来ないで。あなた達が来ると面倒なことになる」

ルシルに任せるか。ジャックもこいつを頼れって言ってたしな。

「わかった。すぐに行ってくれ」

「ええ」

俺達は言われた通り宿屋で待機することにした。道中、俺もリーシャも一言も発さず宿屋に入ると、ニコラが立ち上がり、

「あ、あの、夕食は？」

ニコラが言いにくそうに聞いてくる。

「三人分を用意してくれ」

「……はい」

ニコラは心配そうな顔をするが、何も聞いてこない。教育ができた店員だと思うわ。

俺達は階段を上がって部屋に入った。ララが何かを聞きたそうにしているが、何も聞いてこない。

俺達はそのまま黙って椅子に座っていると、ニコラが食事を持ってきたので三人で食べる。その間も誰も何もしゃべらず、夕食がすんだ頃にネルがやってきた。

「あ、あの、殿下……マリアさんは？」

ネルはすぐに俺のところにやってきて、聞いてくる。

「攫われた」

「え？」

「少し待ってろ。ルシルが来る」

「わ、わかりました……」

俺達は重苦しい空気の中、そのままルシルを待ち続けた。そして、しばらくすると、部屋にノックの音が響く。

『あのー、ルシルさんがいらっしゃってますけど』

ニコラが扉越しにルシルの来訪を告げてきた。

「通してくれ」

『はい……』

ニコラが返事をし、ちょっとすると、ルシルがノックをして部屋に入ってきた。暗い表情で……

「座れ」

暗い顔で扉近くに立っているルシルに座るように勧める。すると、ルシルがテーブルまでやってきて、ゆっくりと座った。

「ネルさん……そう、あなたは間者だったのね」

ルシルがネルを見て、つぶやく。

「そこはどうでもいい。それよりどうだった?」

単刀直入に聞く。

「マリアさんは奴隷商に売られてたわ」

そうか……

「ふぅ……解放は?」

「無理……」

そうだろうと思ったわ。じゃなきゃルシルの表情がおかしい。

「なんでだ？　違法だから解放だろう」

「奴隷商と話したわ。どうやら領主様がマリアさんをぜひ買いたいと言っているらしい」

そういうことか……

「エーデルタルトの貴族だということがバレたか……」

ルチアナか？　いや、あいつはないか……

「そうみたい……なんで……」

ルシルが落ち込む。

「マリアは死を選ぼうとしたんだ。貴族令嬢が奴隷に落ちるなんて屈辱以外の何ものでもない。多分、自害しようとしてバレたんだろう」

そんなことをするのはエーデルタルトの貴族だけ。

「自害って……ナイフで首を掻《か》っ切《か》るってやつでしょ。ナイフなんか取り上げられてるでしょ」

「ナイフがなくても舌を噛《か》み切《き》ればいい」

「……それでか」

ルシルもわかったらしい。

「私もそう思うわ。私だって同じことをするもの……奴隷商はそれを見たか聞いたかですぐにわかったんでしょうね。それで領主に売り込んだ。敵国の貴族なんか利用しようと思えばいくらでもできるから」

人質としても使えるしな。

「マリアは領主のところか？」

「いや、まだ奴隷商のところみたい。明後日のオークションに出すんだって」

ん？　オークション？

「領主に売るんじゃないのか？」

「領主様はケチで有名だし、買い叩《たた》かれると思ったみたい。それにマリアさんは回復魔法の使い手だし、高値がつくと判断したんでしょう」

「領主が買わなきゃ違法だろ」

「いや、買うのは絶対に領主様。いくらでも出すと思うわ。奴隷商はあくまでも値段を吊《つ》り上《あ》げるためにオークションに出すだけ」

商人が考えそうなことだな。

「つまりマリアは無事か？」

「多分……処女だと値段が上がるから、暴行は受けてないと思う」

「先に買えんか？　お前のところの冒険者だろ」

「それも聞いた。先に売ってもいいって返答が来たわ」

優しいことで。

「俺達では買えん値段だろうな。貸してくれ」

「もちろん、私も貸す気だった。普通は貸さないけど、貴族なら利子を付けて返してくれるからね。でも、無理。金貨五千枚だって」

無理だな。

「足元を見るなー……」

アホか。

「それほど敵国の貴族は高いのよ」

「あいつ、貧乏男爵の娘だぞ。国もそんな金は払わん」

「奴隷商やこんなところの貴族にそんなことはわからないわよ」

ダメだこりゃ。正攻法では無理。

「まあ、わかった。もうお前は帰っていいぞ」

「待って！　何をする気⁉」

ルシルが立ち上がる。

「お前の役目は終わった。ここから先、ギルドは関わるな」

「そういうわけにはいかないわ！」

「マリアがエーデルタルトの貴族だとバレた時点で俺達もそうだとバレるのは時間の問題だ。これ以上首を突っ込めば、お前も捕まるぞ」

目撃情報を探ればすぐにわかることだ。

「……そうね」

「ルシル、世話になった。礼に良いことを教えてやろう。今日明日は外に出るな」

「……そうするわ」

「それと一つ教えてくれ。昨日の冒険者共はどこにいる？」

「……さっき町を出たそうよ。リリスに行くんだって」

ふーん。ルシルもちゃんと調べてくれたか。

「そうか。挨拶《あいさつ》くらいしていけばいいのにな。もういいぞ。帰れ」

「……ええ」

ルシルは返事をすると、それ以上何も言わずに部屋を出ていった。ルシルを見送ると、立ち上がってベッドに腰かける。

「ハァ……」

「ルシルが裏切る可能性は？」

ため息をつくと、リーシャが聞いてくる。

「ないな。あれはジャックかブレッドに何か言われてる」

じゃなきゃ、ここまでしない。

「まあ、そうかもね……どうする？」

「決まってる。マリアを助ける」

「そう……」

リーシャはそうつぶやくと、椅子から立ち上がり、ベッドに座っている俺の前に来る。そして、その場に跪《ひざまず》いた。

「殿下、マリアを捨てることをご検討ください」

リーシャがそう言うと、ネルが目を伏せた。多分、ネルも同意見なんだろう。

「マリアを捨てる？」

「はい。マリアは貴族です。貴族は王族に仕える臣下です。貴族が王族を守ることがあってもその逆はないのです。ましてや、マリアは男爵令嬢。そこまでの価値はありません」

男爵令嬢なんかに価値はない、か。

「それで？」

「マリアもまた、助けを望んでいないでしょう。足手まといになるくらいなら死を選びます」

「このままだとあいつには死より恐ろしいことが待っているぞ。人質としての価値がないとわかれば、領主のおもちゃだ」

「そうなる前にマリアは自害します」

　まあ、そうするだろうな。奴隷の首輪をつけたところで首が締まるのなら死ぬには好都合だ。

「俺に臣下を見捨てろと？」

「はい。御身が第一です」

　正しい。俺がその当人だからではなく、王子と男爵令嬢なら考慮にも値しない。

「マリアはお前の友人だろ？」

「関係ありません。わたくしは殿下のためなら友人だろうが親だろうが兄弟姉妹だろうが捨てます」

　貴族らしい。実に貴族らしい。だがそれは、リーシャの本音ではないのはわかっている。あくまでも公爵令嬢として……俺の妻としての言葉だ。

「却下だ。マリアは助ける」

　マリアを見捨てることはできない。それをしたら俺は本当に終わる。

「……かしこまりました」

「おや？　反対はせんのか？」

「殿下が決めたことならば従います。わたくしはあの日、殿下にすべてを捧《ささ》げました。苦言は呈します。不満も言います。要求もします。そして、わたくしを裏切れば殺します。ですが、あなたの決定に従います。あなたが地獄に行くのならば共に参ります」

　だからお前の人生を寄こせ。自分を愛せ。自分を一番にしろ。リーシャはそう言っている。

「まあ、地獄なんかには行かないがな。計画にひと手間加わるだけだ」

「いかがなさいます？」

「仕方がないから獣人族の手伝いに本腰を入れるだけだ」

「かしこまりました」

リーシャの言葉を聞いてベッドから立ち上がる。

「さて、その前にやることがあるな」

「わたくしがやります。マリアはわたくしの派閥の者。わたくしの友人です」

「そうか……本来ならお前にやらせることではないし、俺が八つ裂きにしてやるところだが、俺は町を出る前に仕掛けをする必要があるからお前に任せる。絶対に逃がすな！　殺せ！　栄光と高潔のエーデルタルトに逆らった者がどうなるかを教えてやれ！」

「お任せを」

跪いているリーシャの頭を撫《な》でると、あごを持って顔を上げさせる。

「お前は本当に美人だな」

「知ってます」

「本来ならお前が剣を持つことはない」

「そうですね。殿下の子を産み、育てることがわたくしの仕事でしょう」

貴族はそうだ。貴族じゃなくても大抵はそうだ。

「後悔しているか？」

「していません。冒険の旅は楽しいです」

「確かに楽しいな。ジャックの冒険記とは随分と違うがな」

「それでも楽しいです。わたくしは剣を振ることが好きです。人……モンスターを斬ることが好きです。新しいものを見るのも好きです」

貴族令嬢っぽくないな……

「マリアは？」

「好きです。大切な友人ですから」

これが本音。リーシャだってマリアを見捨てたくはない。だが、リーシャは立場上、ああ言わなければならない。俺達は時に私情を押し殺し、非情な判断をしないといけないのだ。それが貴族であり、王族なのだ。

「というか、お前、マリア以外に友人がいないだろ」

「……殿下に言われたくないです」

俺はほら、王族だし……ね？

「うっさいわ」

「あなたが先に言ったんです……では行って参ります」

リーシャは外套《がいとう》と剣を持ち、部屋を出ていった。

「ララ、聞いていた通り、この町を出て、お前の姉のもとに行く。だが、その前に俺はやることがあるからちょっと待ってろ」

「はい……」

ん？

「どうした？」

「ご主人様達はお強いんですね……」

強い？　当たり前だろう。

「ララ、自分で自分を弱いと認めるな。本当に弱くなるぞ」

「ですが…………」

「お前は獣人族だ。その気になればその辺の奴《やつ》らなんか簡単に殺せる。卑屈になるな。心まで奴隷になるな」

「心……」

「そうだ。だから俺をご主人様と呼ぶな。俺はお前の主人じゃない」

ずっと思っていた。ご主人様呼びはない。

「ですが、失礼に当たります」

「では、命令しよう。俺をご主人様と呼ぶな」

「……では、何とお呼びすれば？」

うーん、そこまで考えていなかった。殿下はないか……

「俺の名はロイドだ。これからは敬意を込めてロイド様と呼べ」

「……えーっと、ご主人様呼びと変わらなくない？」

ララが初めて素を出した。

「お前みたいな庶民はそんなもんだ。俺はお前を奴隷とは思っていない。だが、下賤《げせん》は下賤だ」

「お姉ちゃんが言っていた意味がわかった……」

お姉ちゃんはもう少し俺に敬意を持つべきだと思う。うさぎ肉をやったのに。

「ララ、覚えておけ。あの奴隷商は弱いぞ」

「…………………」

「お前が殴ればすぐに泣いて命乞《いのちご》いをする。その程度だ」

ブルーノはただの商人だもん。俺でも勝てる。

「……そっか」

「そういうことだから気にするな。じゃあ、ちょっと出てくる。ネル、来い」

「はい」

外套を持つとララを部屋に置いてネルと共に部屋を出た。階段を降りると受付に寄る。

「あ、お客さん」

受付に座っているニコラが俺を見上げる。

「ニコラ、俺はちょっと出かけるが、戻ったらチェックアウトだ」

「やっぱり何かありました？」

「あった。ウチのマリアが攫《さら》われてな。これから復讐《ふくしゅう》をする」

「……お客さん達、只者《ただもの》じゃないっぽいですもんね」

まあ、この宿に泊まってる時点でね。

「ニコラ、これはチップだ」

カバンから金貨を五枚ほど取り出して、カウンターに置く。

「えーっと、私を買うっていう意味？　売ってないよ？」

「チップって言っただろ。お前なんかいらんわ」

「ひどい……お客さん、美人の奥さんがいるからって調子に乗ってるよ……」

乗ってない。

「ニコラ、今日明日は外に出るな。あと、兵士に何を聞かれても知らないと答えろ」

「あー……ガチの厄介さんだったかー……まあ、お客さんは守るんでご安心を」

さすがは高級宿屋の店員だ。

「それと本当にリリスに行きたいならギルドのブレッドに俺の女って言って頼れ。そうしたら至れり尽くせりだ」

「……お客さん、本当に何者？」

「エーデルタルトの王子様だ」

「あははー……私は何も知らない、何も知らない、何も知らない」

ニコラが耳を塞《ふさ》ぐ。

「じゃあな。親父《おやじ》さんに伝えろ。まあまあな料理だったとな」

「喜ぶと思います……」

耳を塞ぎながらも答えるニコラにもう一枚金貨を渡し、イルカ亭を出た。そして、町中を歩き回り、色んなところに仕掛けをする。

「ネル、お前は町に残り、潜伏して港を見張っていろ」

「わかりました」

ネルが頷《うなず》き、港の方に向かったので宿屋に戻り、ララを回収して南門に向かう。

俺達が南門に着いた頃には日が完全に落ち、辺りは暗くなっていたが、まだ門は開いていた。

「ちょっと待て」

俺とララが門を抜けようとすると、門番が止めてきた。

「何だ？　急いでいるんだが」

「こんな時間に外に出るのか？　もうすぐ門は閉じるし、帰れなくなるぞ」

当然だが、夜は門を閉じる。

「それでもいい。ちょっと前に外套を羽織った若い女が町から出なかったか？」

「女？」

門番が首を傾《かし》げる。まあ、女なんかいっぱいいるしな。

「剣を持った金髪の美人だ」

「あー、あれね。怪しいから止めたんだが、急いでリリスに行くって言ってたな」

「それは俺の嫁だ」

「は？　嫁がなんで……あー……」

門番がララを見て何かを察した。

「そういうことだ。俺もリリスに行く」

「わかった……通れ。さっさと土下座でも何でもしてこい」

「ああ」

嘘八百を通し、門を抜けた。そして、少し東に向かって歩くと、南に方向を変え、森を目指して歩いていく。

「暗いが、お前は見えているな？」

ララに確認する。夜の平原は月明かりくらいしかないため、真っ暗なのだ。

「はい。ロイド様は？」

「俺はそういう薬を飲んでいるから問題ない」

高いが、仕方がない。

「そうですか……それにしてもロイド様はスラスラと嘘をつけるんですね」

「そりゃ、上流階級の人間だからな。お前のところのキツネと一緒」

「ヒルダ様ですか？」

「ああ。まあ、森に行ったら話してみる」

そういうことになるだろう。

「はい……」

頷いたララを見つめる。

「何でしょう？」

「もういらんなと思ってな……」

「え？」

「ディスペル」

指をララの首輪に当てると、解除の魔法を使う。すると、ララの首から首輪が外れ、地面に落ちた。

「あっ……」

ララは足を止め、自分の首をさする。

「行くぞ。奴隷じゃなくなる日が数日早まっただけだ。さっさとついてこい」

足を止めずに後ろで呆然《ぼうぜん》としているララに声をかけた。

「はい……はい……ありがとうございます！」

ララは涙を浮かべながら小走りで俺を追いかけてきた。夜の平原を歩き、森が見えてくると、森の前に二人の人影が見えた。

「あ、お姉ちゃんと奥様」

ララも気付いたようで声を出した。

「リーシャは仕事が早いなー……」

もう森に着いていたリーシャに呆《あき》れながらも二人に近づく。

「ララ！」

「お姉ちゃん！」

俺達が森まで来ると、ティーナとララが数時間ぶりの感動の抱擁をした。

「クズ共は？」

姉妹の感動の抱擁を尻目《しりめ》にリーシャに聞く。

「開口一番がそれ？　私に抱擁はないの？」

感動の姉妹の再会に感化されてやがる……

俺はリーシャに近づくと、リーシャを抱きしめた。

「ケガはないか？」

そう聞くと、ドシャッという音と共にリーシャが俺の背中に両腕を回し、頭を俺の胸に置く。

「ええ。あの程度は相手にならなかったわ」

「どうした？」

「荒野に晒《さら》したわ」

まあ、あの雑魚《ざこ》共ではリーシャの相手にはならんわな。

「お前に任せて悪かったな」

「いえ、良いのよ……私が殺したかったからね」

極悪令嬢だなー……

リーシャはゆっくりと頭を上げると、俺を見上げ、目を閉じた。

俺はリーシャの要求通りに口づけをする。

「見ちゃダメ！」

俺達の横で感動の抱擁をしていたはずの姉妹の姉の方が妹の目を押さえる。

「いや、この人達、私やマリア様が寝ている横で普通に……」

うるさい犬共だなー。

「リーシャ、それでこれは何だ？」

リーシャから離れると、地面に落ちている袋を見る。これはリーシャがさっきの抱擁の際に地面に落としたものだ。

「マリア代」

ひどいことを言うなーっと思いながら袋の中身を見ると大量の金貨だった。

「多いな……」

「五百枚だって」

あいつ、そんなにするのか……いや、貴族ということを考えると安いが、ララの後だとめっちゃ高く感じる。

「これはマリアにやろう」

「いいんじゃない？　喜ぶでしょ」

絶対に喜ばない。安いって怒り出すと思う。

「それで？　今はどういう状況だ？」

「私がここに来た時はティーナとベンがいたわ。キツネ女に会わせろって言ったら確認を取りにベンが森に入っていった」

「事情は？」

「マリアが売られたことだけは言った」

最低限だな。まあ、それでいいだろう。

「わかった。あとは俺が話す」

「ん」

リーシャが頷いた。

「ねえ、マリアさんが売られたって本当なの？」

ティーナが聞いてくる。

「ああ。ギルドの人間が確認したから本当だ。だからお前らと一緒に奴隷商の店に行って助ける。喜べ、絶対に失敗するお前らの作戦が成功するぞ」

「は？」

ティーナが真顔で聞き返してきた。

「――それはどういう意味だ？」

ティーナに話していると、森からベンが出てくる。

「そのまんま。詳しくはキツネ女に話してやる。ヒルダは？」

「会うそうだ。ついてこい」

ベンがそう言って背中を見せると、森の中を進んでいき俺達もベンのあとを追う。しばらく森の中を歩くと、獣人族の基地に到着した。基地には相変わらずボロボロのテントがあるが、人の気配はない。

俺達は広場を抜けて前にも来た小屋の前までやってきた。

「ヒルダ様、例の者達を連れて参りました」

『うむ！　入れ！』

小屋の中から偉そうに返事をする女の声が聞こえてくると、ベンが小屋に入るよう促す。小屋の奥にはヒルダが一人で座っていた。しかも、昼に見たボロボロの服ではなく、きれいな民族衣装を着ていた。

俺とリーシャがヒルダの前まで来ると、ベンがヒルダの横に控え、ティーナとララが出入り口の前に立つ。

「よく来たのう。まあ、座れ」

俺とリーシャはヒルダにそう言われたので床に腰を下ろした。

「お茶くらいないのか？」

「もう茶葉がほとんどない。買ってくるよう頼めば良かったわ」

お茶があったわけね……。

「そうか……まあいい」

「悪いのう。そういうわけだから茶は我慢してくれ。それで本題に入るが、あの黒髪の娘が奴隷商に売られてたというのはまことか？」

ヒルダはニヤリと笑いながら聞いてくる。

「ああ」

「そうか……おぬしらには悪いが、妾《わらわ》は嬉《うれ》しく思うな」

「どうして？」

「決まっておろう。これでようやく対等になった」

まあ、そうだな。これまでは俺達の立場が圧倒的に上でこいつらは俺達の言うことを聞くしかな

かった。

「対等ねー……」

「ああ、対等じゃ。これでようやく腹を割って話せる。改めて自己紹介といこうか。妾はヒスイの国の第二王女のヒルダじゃ」

やはり王女様か。

「俺はエーデルタルトの第一王子であるロイド・ロンズデールだ。こっちは婚約者のリーシャ・スミュール公爵令嬢」

「やはり王子か……」

「わかるか？」

「妾も王族じゃからな。それにおぬしの女は二人共、臣下の礼をとっておった」

妻を名乗るリーシャはともかく、マリアはなー……

「まあ、そういうことだ」

「のう、何故《なぜ》、エーデルタルトの王子や貴族令嬢がこんなところにおる？ テールは敵国じゃろ」

「俺達は飛空艇でウォルターまで行くつもりだった。だが、空賊に襲われ、墜落……いや、急遽《きゅうきょ》、不時着したんだ。じゃなきゃ、こんな国には来ない」

「なるほどのー……それはツイてない」

ツイてないと言われると、マリアの顔が浮かぶな。

「お前らは誘拐か？」

今度は俺がこいつらの事情を聞く。

「そうじゃ。親善のために隣国に向かう途中で捕まった。それでこんなところまで連れてこられたわ」

「王女が簡単に捕まるなよ」

「簡単ではないわ。数百人の兵がいたんじゃが、向こうには魔術師が何人もおった。おかげで近衛《このえ》隊はこのベンとメルヴィンを残して全滅じゃ」

こいつらは魔法に対抗するすべがないからな。

「隣国とやらの裏切りか？」

「違う。あれは奴隷狩りじゃ。この国にはそういう生業《なりわい》を専門とする者がおるのじゃ。妾達の天敵じゃな」

奴隷狩りか……ホント、ロクな国じゃないな。

「それで？　お前の妹が奴隷商に売られ、お前がここにいる理由は？」

「妾と妹は別の船じゃった。ララや他に捕まった者も同じじゃな。妾達は運良く船が沈んだから助かったが、あやつらはあの町に着いて、あの様じゃ」

「別に俺達はお前らの船を奪わんぞ。俺らが欲しいのは魔導船だ。俺達は帆船を動かせない」

「そうか……ご明察の通り、船は沈んでおらん。妾達が反逆し、奪ったのじゃ」

だろうね。この広場に人の気配がないのは大半の獣人族が船にいるから。こいつらの装備やヒルダの服がきれいなままなのも泳いでこの森に来たわけではないから。

「お前達が奴隷を救出した後、どうやって国に戻るかをあえて聞かなかったんだぞ」

ララいわく、こいつらの国は別大陸にある。奴隷を救出してもこの国から逃げるすべがなければ、どうしようもない。いずれ軍に捕まるだけだ。

「妾はおぬしがそれを聞いてこないのが怖かった。何度も探ろうと、会話をしたのに一切聞いてこない。それで気付いた。こいつらは妾達を使い捨てにするつもりだとな」

「その通り。さっきベンやティーナに言ったが、お前達の作戦は必ず失敗する」

絶対に上手《うま》くいかない。断言できる。

「妾達が失敗するとはどういう意味じゃ？」

ヒルダが睨《にら》んでくる。

「お前達、奴隷の救出はいつにするつもりだ？」

「明後日じゃ」

そう、奴隷市が開かれる二日後。

「そうだな。俺がそう教えたからだ。でも、明後日に行くと失敗する」

「何故じゃ？　警備の目も市場に向いているから侵入しやすいし、民衆が集まっているから火を放てばパニックになり、奴隷救出後に逃げやすくなる……おぬしがそう言ったとベンから聞いておる」

「ああ、言った」

確かに言った。

「それが何故、失敗する？」

「売られる奴隷が奴隷商の店にはいないからだ」

「……どういうことじゃ？」

「奴隷市は町の中央の広場で開催される。昼間にセールを行い、夜に目玉のオークションだそうだ。当日の夜に潜入しても奴隷商の店には誰もいないし、お前の妹以外は売られた後だ。そして、妹も中央の広場だから助けることはほぼ無理」

そう言うと、ヒルダが身を震わせながら睨んできた。

「貴様！　何故、それを教えんかった⁉」

ヒルダは立ち上がると、怒鳴ってくる。

「理由がいるか？」

「ああ！」

「お前らは船を持っているのに船を欲していた俺達にそのことを教えなかった、別に船を譲れと言っているわけではない。俺達はこの国さえ出られればいいのだから一緒に船でこの国を脱して、途中で降ろしてくれればいい。だが、そうしなかった。それはお前達が人族である俺達を信用できないから同じ船に乗せたくなかったからだ。そんな奴《やつ》らを何故、俺達が助けないといけない？　別に責めているわけではない。だが、お前達がお前達の都合で動くなら俺達も俺達の都合で動く。俺はどんなことをしても妻を守らなければならないからな」

そう言うと、俺達を見下ろしていたヒルダが項垂《うなだ》れながらゆっくりと座った。

「そうか……そうじゃな。おぬしらは妾達に情報を提供してたし、ララを買ってきてくれた……信用しなかった妾達の自業自得か」

「間違ってはいないぞ。俺達は別に手を組んでいるわけでもない。ただ利害が一致しただけだ」

こいつらだって、俺達を利用しようとしていた。まあ、微妙にそういう風に動くように誘導はしたんだが。

「マリアには悪いが、妾達は失敗せずに済んだわけか……」

「そうだな。今は奴隷商に乗り込んで仲間を助けるという利害が一致している」

こいつらは同族を助ける。俺達はマリアを助ける。

「当日はダメ……では、明日の夜か？」

「それもダメだ。マリアがエーデルタルトの貴族だということが領主の耳に入っている。明日には俺とリーシャのこともバレ、捜索されるだろう。そうなったら夜だろうが、見回りの兵が町を巡回することになる。決行は今夜……というか、今すぐだ」

「い、今から⁉　急すぎる！」

　ヒルダがうろたえる。

「今しかない」

「じゃ、じゃが……」

「お前では話にならん。メルヴィンを呼べ」

　あいつなら冷静に話ができるだろう。

「その必要はない」

　俺達の後ろから声が聞こえた。振り向くと、この集団の代表を名乗っていたメルヴィンが小屋の外で立っていた。メルヴィンは入り口に立っているティーナをどけて、小屋に入ってくる。

「いつからいた？」

　リーシャに聞く。

「最初から」

　ふーん……まあ、近衛隊って言ってたしな。

　メルヴィンは俺達の横を通りすぎると、ヒルダの前で跪《ひざまず》いた。

「姫様、ロイド殿の言う通りです。決行は今しかありえません」

「じゃが、準備が……」

「準備はほぼ終えています。それに今やらねば、ロイド殿は自分達だけで動くでしょう。もちろん、その時に救うのはマリア殿だけ。ここは協力すべきです。ロイド殿の協力があれば、我々の弱点である魔法への対策も可能です」

俺はエーデルタルト一の魔術師だからな！

「本当に今か？」

「はい。今が好機であり、今動かなければジュリー様は救えません」

「わ、わかった。して、作戦はどうする？」

「それをこれからロイド殿と話し合います」

「……そなたに任せる」

「はっ！」

メルヴィンは頭を下げると、こちらを振り向いた。

「今からでいいな？」

話は聞いていただろうが、一応確認する。

「ああ。そうなる。だが、どうする？　私達は地図をもらったが、あの町に詳しくない。それに動ける者は二十名程度だ」

メルヴィンは地図を広げる。

「そんなにいらん。ベンとティーナだけで十分だ」

「少なくないだろうか？」

「逆に大人数だと目立つ。今やるなら門が閉まっているから完全な潜入になる。俺とリーシャの外套《がいとう》があるから二人にはそれを着てもらって移動する。フードを被《かぶ》っていれば一目では獣人族とは気づかれん」

代わりにリーシャが目立つが仕方がない。

「門が閉まっていると言ったな？　では、どうやって潜入する？」

「元からお前達に協力するなら門を通るつもりはなかった。門から奴隷商の店は遠すぎる」

地図にある門を指差し、大通りをなぞりながら奴隷商の店を差した。

「それは我々も悩んでいたところだ。行きはともかく帰りがきつい」

帰りは五十人以上の大所帯になるからな。

「奴隷商の店は町の西の端で店の裏手は町を取り囲む壁だ。ここに俺の魔法で穴を空ける」

「あ、穴!?　そんなことができるのか!?」

「できる。そこから町に潜入し、奴隷商を強襲して仲間を救おう」

「うーむ……行きも帰りも最低限か……悪くない」

本当は俺が一人で空を飛んで町に潜入し、奴隷商からマリアを救出するのが一番だが、残念ながら俺はもう空を飛べないのだ。

「お前達はそのまま穴を抜けて、ここまで戻ってこい。それで船に乗って逃げろ」

「一緒の船には乗らんか？」

「今さらだろう。俺達は港に行き、当初の作戦通りに魔導船を奪う。だから仲間を助けた時点で町に仕掛けた着火の魔法で火を放つ。多分、お前らの方に兵が行くが、問題ないか？」

そうなるように仕掛けた。

「大丈夫だ。町から脱出さえできればどうにでもなる」

「騎兵が来るぞ？」

「夜陰に紛れ込めば、見つからんし、私達は足が速い。森まで追いつかれることはないだろう」

夜目が利くからか。当然、人族にはたいまつがいる。追手はこいつらの位置がわからないが、こいつらは追手の位置がわかる。いくら五十人以上でも夜ならこいつらの方が有利なわけだ。

「そうか。では、その作戦で」

「ああ……姫様、そういうことです。ベンとティーナに任せましょう」

メルヴィンは俺に背を向けると、ヒルダに報告する。

「う、うむ。じゃが、ベンはともかく、ティーナもか？　そなたが行けばよかろう」

「捕まっている大半は女性です。女性が必要です」

「そうか……そうじゃな……ベン、ティーナ、話は聞いたな？　そなたらはロイドと共に町へ行け。妾達はいつでも出港できる準備をしておく」

「「はっ！」」

ベンとティーナが返事をした。

「さて、では、行くかね」

作戦が決まったので立ち上がる。

「そうね」

リーシャも立ち上がった。

「こんなことなら最初から自分達で動けば良かったな」

「まあね。でも、仕方がないわよ」

俺とリーシャは入り口まで歩くと、ララを見る。

「じゃあな。聞いていた通り、ここでお別れだ」

「元気でやりなさい」

俺とリーシャはララの頭を撫《な》でた。

「はい。ありがとうございました。ロイド様も奥様もご武運を。必ずやマリア様を助けてあげてください」

「そうするわ。ベン、ティーナ、行くぞ」

俺達はベン、ティーナと共に小屋を出た。

◆◇◆

エーデルタルトの第一王子はティーナとベンを連れて、小屋を出ていった。

「のう、メルヴィン。本当に大丈夫か？」

妾《わらわ》は心配になってメルヴィンに確認する。

「信じるしかありません。ですが、ティーナとベンは優秀ですし、ロイド殿もリーシャ殿も強者《つわもの》です。問題ないかと……」

ロイドが魔法の使い手でその嫁のリーシャが剣の使い手と聞いている。それもかなりの腕らしい。

「メルヴィン……すまぬ、妾が不甲斐《ふがい》ないばかりに……危うく全滅するところだった」

あのまま行っていたら救出に向かった者は全員捕まったか、殺されていただろう。

「いえ、見抜けなかった私の責任です」

「……ロイドも妾も同じ王族じゃ」

何故《なぜ》、こんなにも違う？　歳《とし》もそんなに変わらないだろうに。

「気にならないことです。あれは大陸の強国であるエーデルタルトの王子です。それに第一王子ということは次期王でしょう。学んできたことが違います」

テールと大陸の覇権を争うエーデルタルトの第一王子と平和な島国の第二王女の差か……

「狡猾《こうかつ》で傲慢《ごうまん》なエーデルタルトめ……こんな屈辱は初めてじゃ」

「これから学びましょう。我らも今回のことでいつまでも平和な気持ちでいられないことに気付きました」

ホントじゃな。テールは奴隷を狩り、エーデルタルトは人をコマとしか見ていない。

「……メルヴィン、出航の準備とは別に動ける者はおるか？」

賢いのはテールであり、エーデルタルトだろう。だが、それでも妾達にも譲れぬものがある。

「おります」

「ロイド達は港で船を奪うんだったな……多少の時間稼ぎくらいはしてやれ」

恩は返す。我らは獣人族で、獣ではないのだ。

「はっ！　夜は我らの時間です。ここにいる者と救出する者達で時間稼ぎをしても十分に逃げられるでしょう」

「頼む。そなた達と合流次第、この大陸を離れる」

「かしこまりました！　すぐにでも準備致します！」

メルヴィンはそう言うと立ち上がり、小屋を出ていった。

「ララ、苦労をかけたな。あんな奴らと一緒にさせて辛《つら》かったであろう」

すまぬ……妾が不甲斐ないばかりに……

「いえ、ロイド様は優しかったですし、とても素晴らしい御方だと思います！」

ララが目を輝かせて尻尾《しっぽ》を振っている。

「……そ、そうかのう？」

「はい。お食事も同じものをくださいましたし、いつも気にかけてもらいました。王子様って優しいうえに強くて賢くてかっこいいんですねー！　ロイド様に買われて良かったです！　奥様はめちゃくちゃ怖かったですけど……」

ララ……元気になったと思ったら、子供の頃にかかってはいけないヤバい病気にかかっておる……不治の病じゃな……これは長引くぞー……

◆◇◆

俺達は森を抜けると、一旦立ち止まった。

「ほれ、俺の外套はベンが羽織れ」

外套を脱いでベンに渡す。

「ああ」

ベンは外套を羽織り、フードを被った。

「多少怪しいが、犬耳よりはマシだな」

まあ、いつものリーシャの格好と変わらん。

「じゃあ、私の分はティーナが羽織りなさい」

「ええ」

ティーナもまたリーシャから外套を受け取ると、羽織ってフードを被る。

「まあ、こんなものね」

「あなたがいつも外套を羽織ってた理由がわかるわ。あなたは目立ちすぎる」

リーシャは外套を脱いだため、身体《からだ》のラインがよくわかる服にタイツを穿《は》いているとはいえ、短いスカート姿だ。

「女は着飾らないとダメよ？」

「……あなたはそのレベルじゃない気がする」

そりゃ絶世さんだもん。

「作戦決行は住民が寝静まった後だが、とりあえず、町の西まで行くぞ」

「気配を消す魔法は？」

リーシャが聞いてくる。

「今回はなし。捕まっている連中が俺達に気付かなくて、いきなり目の前に現れて騒がれると困る」

「叫ばれたら面倒ね」

隠密行動に適した魔法ではあるが、今回は使えない。使うのはマリアと合流し、船を奪う時だ。

「そういうこと。行こう」

俺達は町に向かって夜の平原を歩き出した。

「この前もだったし、今回も夜にコソコソかー……魔物から町を救うみたいなイベントはないのかしら？」

確かに空賊狩りの時も夜、今回も夜。コソ泥の気分だわ。

「次に行く国のエイミルに期待だな」

「そうね。あとは民度が良いことを願うわ」

ホント、ホント。人攫《ひとさら》いが普通にいる町なんか嫌だわ。

俺達はその後も歩き続け町を目指す。そして、一時間くらい歩くと町の灯《あか》りが見えてきた。

「迂回《うかい》するぞ。あっちだ」

俺達は南門を避け西に向かって歩く。しばらく歩くと、町の西側の外壁に到着した。

「ねえ、外からだとどこが奴隷商の店かわからなくない？」

確かに壁の外から町の中は見えないからここがどの辺りかわからない。

「ちゃんと町を出る前に目印を置いておいたよ」

「目印？」

「奴隷商の店の裏手に魔法の護符を置いておいた。それを感知すればいい」

俺はリーシャのような獣の勘は持ち合わせていないが、魔力感知はできる。

「ジャックがやってた感じ？」

「そんなもん……ここだな」

そう言って立ち止まると、全員が壁を見上げる。

「この向こうか……」

ベンが壁に手を置き、つぶやいた。

「さっきも言ったが、皆が寝静まってからな。それまでは待機」

カバンからシートを取り出し地面に敷いて腰を下ろす。すると、リーシャも俺の隣に座ったのだが、俺の膝《ひざ》を枕にして寝ころんだ。

「寝るな」

「疲れたのよ。本当はお風呂《ふろ》から上がった後に寝るつもりだったんだから」

そういえば、こいつ、バスタオル一枚でワインを飲んでたな。ワインを飲み終わったら寝るつもりだったのだろう。

「起こしたらちゃんと起きろよ……ってもう寝てる」

リーシャはスースーと寝息を立てていた。

「あ、外套を返すよ……」

ティーナは外套を脱ぐと、寝ているリーシャの身体にかける。

「どうも」

「これは本当に私と同じ女なのだろうか？　顔もスタイルも違う。匂いさえ良い匂いだった」

ティーナがまじまじとリーシャの寝顔を見る。

「貴族様だぞ。しかも、本来なら王妃様だ」

というか、外套を嗅《か》ぐな。

「本来ならねー……」

ティーナが思案顔をする。

「俺も返そう。お前は普通の匂いだな」

ベンも外套を脱ぐと、俺の横に置いた。

「嗅ぐな。というか、良い匂いって言われたら引くわ」

「確かにな……」

ベンが苦笑する。

「作戦の流れを詳しく説明しておくぞ」

そう言ってベンとティーナに手招きすると、二人は俺の前まで来て、腰を下ろした。ティーナが寝ているリーシャを見る。

「いいけど、王妃様は？」

王妃様じゃないっての。

「リーシャはわかっている。というか、こいつは目に入った敵を斬るだけだ」

「恐ろしい王妃様もいたもんだなー……」

それは俺も思う。

「それで流れは？」

ベンも呆《あき》れた表情でリーシャを見ていたが、何事もなかったように聞いてきた。

「まず、時間になったら俺がこの壁に穴を空ける。夜とはいえ、奴隷という高級品を扱っている店だから当然、警備の者がいるはずだ。お前達は迅速に警備を黙らせろ」

あの屈強なハゲかもしれないが、こいつらならやれるだろう。

「お前の魔法でできんのか？　ほら、俺達を痺《しび》れさせたやつ」

パライズな。

「俺は魔法の使用をなるべく控える。この壁の破壊に獣人族が捕らわれている鉄格子の切断。さらにはその後に船を奪わないといけない。そして、最後には魔導船を操縦しないといけないんだ」

魔導船を奪ったのに魔力が尽きて操縦できませんではシャレにならない。

「なるほど。確かに魔力は温存すべきだ」

「そうね。私達がやるわ」

二人は納得したようだ。

「基本的には雑魚《ざこ》はお前達やリーシャに任せる。警備を始末したら店の中だ。内部の構造はララに聞いているな？」

「ああ。通路が二つあって左側だったな。右側は店の者の控室らしい」

右側は知らんかった。

「ねえ、先に店の者をやらない？　そうしたらゆっくり救助できる」

ティーナが提案してきた。

「ダメだ。ここに穴を空けるんだが、店の裏手だからぱっと見はわからんだろうが、横から見たら丸わかりだ。巡回の兵士にでも見つかったら面倒なことになる。最低限のことだけをして、迅速に終わらせる」

「そう……じゃあ左ね」

「ああ、左に入ると、通路の両側が鉄格子になっていて、そこに男の獣人族がいる。だが、後回しで良いな？」

一応、ベンに確認する。

「そうだな。悪いが、ジュリー様が優先だ」

全員を助けるつもりだろうが、優先順位がある。

「奥に特別な奴隷の部屋があるって言ってたから、ジュリーもマリアもそこだろう。まずはそこに行き、その後に女、男の獣人族を回収する」

「それでいい」

「そうね」

ベンとティーナは頷《うなず》いた。

「全員を救助したらそこでお別れだ。俺達は港へ行き、お前達は森に帰還する。一応、もう一度言っておくが、俺の魔法が発動するからな」

「それは聞いたが、着火の魔法だったか？」

「ああ、あちこちで火がつく。ついでに言うと、南門付近の壁が爆発するからな。頑張れ」

ぼやで兵を起こし、爆発で南門に集める。

「おい！」

「爆発は聞いてない！」

ベンとティーナが怒る。

「確実にお前達に兵を向けさせるためだ。メルヴィンが問題ないって言っただろ」

「爆発のことを言わなかったところに悪意を感じるな」

「うんうん」

まあ、言わなかったのはわざとで合ってる。

「とにかく、そういうことだからさっさと船まで行って逃げろ。俺的には微妙に挑発とかしてくれると嬉《うれ》しいな」

「迅速に逃げよう」

「そうね。女性や子供を先頭にして早く離れた方がいい」

無視すんな。

俺達は町へ侵入した後の動きを確認し終えると、決行時間まで待機する。そして、俺が予定していた時間となる。

「リーシャ、起きろ」

膝で寝ているリーシャを揺する。

「んー？　もう時間？　あら？　外套をかけてくれるなんて気が利くわね」

リーシャは起きると、ティーナがかけてくれた外套に気が付いた。

「まあな。風邪を引くと良くない」

「あら、優しい」

なお、ティーナが自分の顔を指差しているが、当然のごとく無視だ。せっかく良い旦那《だんな》ポイントが上がったんだから部外者は黙ってろ。

「さて、やるか」

そう言って、立ち上がると、リーシャも立ち上がった。

「そうね。ぶどうが泣いてそうだし」

泣いてるだろうなー。

「お前らも準備はいいか？」

ベンとティーナにも確認する。

「ああ。いつでもいい」

「やろう」

二人が頷いたのを確認して、町を取り囲んでいる壁に手を置く。

「サンド！」

魔法を使うと、壁がまるで砂のように崩れ始める。

そして、人が数人は通れるほどの楕円《だえん》形の穴が空いた。

「見よ！　この素晴らしい魔法を！　こんなのができるのは俺だけだぞ！」

そう言って自慢しているのだが、魔法にこれっぽっちも興味のない三人は俺の脇をすり抜け、走って町に入っていった。俺だけぽつんと残される。

「ハァ……やっぱりマリアがいるわ」

マリアならすごいですーって言ってくれるのに……

俺はちょっと不満に思いながら町に入る。町と言っても店の裏手なので、正面は壁だ。

店の壁と外壁の間を通り抜けると、店の正面に回った。そこには剣を振って、血を払うリーシャとベンがおり、地面には倒れた二人の男がいた。

「もう始末したのか？」

「後ろから同時に奇襲をかけたからね」

早いねー。

「ベン、ティーナ、その死体を店の裏にでも隠しとけ」

「ああ」

「了解」

二人は男の死体を店の裏手まで引きずっていった。

「巡回の兵の気配は？」

「ないわ」

よし！

「中に入ろう」

ベンとティーナが戻ってきたので俺達は店の中に入る。

店の中は以前に来た時と同じだが、真っ暗だ。

もちろん、薬を飲んでいる俺とリーシャや夜目が利くベンとティーナには見えている。

「左だ」

指示を出すと、三人が頷き、左通路に入っていく。俺もそれに続くと、通路を少し行ったところでベンが屈《かが》んだ。

「……コリン、コリン」

ベンが牢屋《ろうや》の中に向かって声量を落として声をかける。

「……ん？　べ、ベンか⁉」

「しっ！　こっちに来い」

ベンが人差し指を口に当て、声量を落とすように言うと、手招きをして獣人族の男を呼ぶ。獣人族の男は中腰で音を立てないようにこちらにやってきた。

「……お前、こんなところで何をしている⁉」

「……もちろん、助けに来た」

「……マジかよ。そいつらは？　人族だろ」

コリンとかいう獣人族の男が俺とリーシャを見上げる。

「……詳しい話は後だ。まずはジュリー様と人族の女性を助ける。その間にお前は他の奴《やっ》らを起こしておけ。さっさと脱出するぞ」

「……わかった」

コリンが頷くと、ベンが立ち上がり、通路の奥の方を指差した。

俺達はその合図に頷くと走って通路の奥に向かう。そして、男女を分ける扉の前までやってきた。

「この先が女奴隷だ。獣人族は手前」

ララを買ったところだ。

「ティーナ、任せる」

ベンがティーナの肩を叩《たた》くとティーナが頷き扉を開ける。そして、ティーナが先に行くと、俺達も続いた。扉を抜けると、正面には鉄格子の部屋があり、前と同じように獣人族の女共が部屋の隅でうずくまっているのが見える。

ティーナは鉄格子の前まで行くと、ベンと同じように屈んだ。

「マーサ」

ティーナが名を呼ぶと、うずくまっている集団の中の一人が顔を上げる。

「……ティーナ？」

「ええ、そうよ。静かにこっちに来て」

ティーナがそう言うと、のそのそとこちらにやってくる。そうしていると、周りの女性も次々と起き出した。

「え？」

「ティーナ？」

「嘘！」

チッ！　騒ぎになる！

「プルーフ！」

騒ぎになる前に魔法を使った。この魔法は俺の周囲を防音にする魔法だ。

「ティーナだよね⁉」

「え？　ホント！」

「どうしてここに⁉」

女共は一切、声量を落とさずに騒ぎ始める。

「静かにして」

ティーナが指示をすると、女共が一斉に黙った。

「もう遅い。防音の魔法を使った。余計な魔力を使わせやがって」

……ったく。少し考えればわかるだろ。

「ご、ごめん。皆、助けに来たよ」

「どうやって来たの？」

マーサという女が代表して前に出てきた。

「こちらの……王子様かな？　とにかく、この人に協力してもらったの」

ティーナがそう言うと、マーサが俺を見てきたため、目が合った。

あ、こいつ、最初の列にいた女だ。

「ん？　人族……あ、ララを買った変態！」

「黙れ、金貨三十枚」

誰が変態だ！

「ごめん。あれは私達が頼んだの。この店の内部情報を知るためにララを買ってもらっただけ」

ティーナが説明してくれる。

「あー、なるほど……」

マーサは納得しているようだが、こいつも奥の女共も俺を見る目が若干、冷たい。やはり十歳が趣味っていう言葉はそれほど重かったのだろう。

「ティーナ、時間がない」

「あ、そうだね。ごめんけど、私達は先にジュリー様を助けに行く。帰りに寄るから逃げ出せる準備をしておいて」

「ジュリー様を……わかったわ」

意外にも素直に頷いたな……ごねるかと思ったんだが。

「行きましょう」

ティーナが頷きながらそう言ったため、右奥に向かって走っていく。この先は俺も知らない場所だ。

走っていると、左側にチラホラと人族の奴隷がいる。だが、皆、寝ているようで俺達に気付いて起きる様子はない。

俺達はそのまま走っていくと、突き当たりに厳重な鉄の棒の鍵《かぎ》がついた部屋が見えてきた。だが、その鍵は開いている。

「ロイド、中に数人の気配がする。捕まっている人達だろうけど……」

リーシャは開いている鍵を見る。

「わかっている。お前達は下がってろ」

そう言うと、リーシャ、ベン、ティーナの三人は俺の後ろに下がる。

俺は扉の取っ手を掴《つか》むと、ゆっくりと扉を開けた。部屋の中は明るく、中央には奴隷商のブルーノと俺が店に来た時に案内してくれた屈強なハゲがいた。そして、部屋の隅には鎖で繋《つな》がれたキツネ耳の少女とその横で手足を縛られ、口に猿轡《さるぐつわ》をされたマリアが転がっていた。

「よう、ブルーノ」

二人でテーブルの上の書類を読み込んでいたブルーノの後ろ姿に声をかける。

「え？　だ、誰だ⁉」

「客だよ」

「こんな時間に何を言ってる⁉　ん？　いや、確か獣人族の子供を買った客だったか？」

ブルーノは俺のことを思い出したらしい。

「そうだよ」

「返却か？　どちらにせよ、何故《なぜ》、ここにいる⁉　警備の者はどうした⁉」

「ウチの貴族を返してもらいに来ただけだよ」

「貴族……」

ブルーノがマリアを見る。

「それそれ」

「貴様、エーデルタルトの貴族だったか⁉」

「貴族じゃなくて王子様なんだわ」

「は？　何を言っている？」

どうでもいいな。

「まあ、そういうわけだからマリアは返してもらう」

「ふざけるな！　これはウチの商品だ！　おい！」

ブルーノが合図をすると、ハゲがブルーノの前に立った。この前見た時も思ったが、身体《からだ》も大きく強そうだ。

「下がれ。死ぬか？」

一応、警告する。

「死ぬのはお前だ」

男は腰から剣を抜く。

「待て、殺すな。エーデルタルトの貴族なら金になる」

俺はなるねー。めちゃくちゃ高いねー。

「アホが……まずはお前だ。ブラッドドレイン」

ハゲに向かって魔法を使った。

「魔術師？　ん？　グッ！　ががっ」

ハゲが苦しみだした。そして、膝《ひざ》をつくと全身から血が噴き出し、辺りを血で染める。真っ赤になった男は倒れ、ピクリとも動かなくなった。その光景を見ていたブルーノが真っ青になる。なお、キツネ耳の少女とマリアも真っ青だ。

「く、黒魔術師……バケモノ……！」

ブルーノは腰が砕け、慌てて後ずさるが、尻《しり》もちをついている状態なので上手《うま》く下がれていない。

「ただの血抜き魔法だよ。ブルーノ、お前、商人のくせに貴族に弓を引いて生きていられると思ったのか？」

「や、やめろ……」

ブルーノは涙を浮かべながら必死に逃げようとしている。

「マリアをお前に売ったクズ冒険者共はリーシャに譲ったが、お前は俺が直々に処刑してやろう。光栄に思えよ。エーデルタルト一の魔術師である第一王子に手を下してもらえるんだからな」

「わ、私は何も……！」

していない？　アホか……」

「燃え尽きろ……ブラッドヒート」

「え？　なんだ……？　あ、あ、熱いっ！　身体がー！　身体が熱いぃ‼　あ………」

ブルーノに手をかざすと苦しみだした。だが、すぐに言葉を発しなくなると、ブルーノの身体が黒くなっていった。

「うーん、うさぎを焼く時短魔法を作ったんだが、失敗だな……」

ブルーノだったものは炭となって、一つの黒い塊になっていた。

「……ごめん、吐いていい？」

「……俺も気持ちが悪い」

後ろの獣人族の二人から嫌そうな言葉が聞こえてきた。

「原形が残ってない方が良いだろ。それより、そこのキツネがお前らの目的だ」

「あ、ジュリー様！」

「不快なものを見せて申し訳ありません！」

ベンとティーナがキツネ少女のもとに走る。俺も転がっているマリアのもとに向かった。涙目で俺を見ているマリアのそばに腰を下ろし猿轡を外した。

「ハァ……ハァ……殿下ー！　やっぱり黒魔術じゃないですかー！」

しゃべれるようになったマリアは開口一番に俺を批判してくる。

「ただの生活魔法だ」

「どこに生活の要素があるんです！　おえ、気持ち悪い……」

カバンからナイフを取り出しマリアの手足を縛っている縄を切ると、マリアが上半身を起こした。

俺はそんなマリアの頭を撫《な》でる。

「遅くなって悪かったな」

「……殿下ー！」

マリアに泣きながら抱きつかれ、俺は背中を優しくさすった。

「もう大丈夫だ。こんなことになってすまない」

「殿下ー！　うえーん」

マリアには辛《つら》かっただろう。

「よしよし」

「マリア」

マリアをなだめていると、リーシャに肩を叩かれたマリアは顔を上げた。

「リーシャ様……」

「マリア、自害なさい。私は何も知らないことにするから」

リーシャはそう言って、マリアにナイフを渡す。マリアはナイフを受け取ると、呆然《ぼうぜん》とナイフを見る。

「いや！　やられてませんから！　無事ですよ！」

「そうなの？」

「そうですよ！　処女ですよ！　淫乱《いんらん》な下水さんとは違うんです！」

「そう……は？　淫乱？」

リーシャがマリアを睨《にら》む。

「殿下ー！　怖かったですぅー！」

マリアは明らかにやべって顔をすると、俺に抱きついてきた。

「おい、バカぶどう。なんつった？」

「リーシャ、後にしろ。マリア、立て。さっさと逃げるぞ」

「……はい」

「はい」

俺達は立ち上がり獣人族の方に目をやると、キツネ少女が四《よ》つん這《ば》いで苦しんでおり、ティーナがその背中をさすっていた。

「どうした？　薬でも盛られてたか？」

「おぬしの魔法のせいじゃい！　おえー……吐きそう……」

「ジュリー様！　お気を確かに！」

心の弱い奴《やつ》だ。

「ティーナ、時間がないからそいつを背負え」

「そうね。ジュリー様、私の背に！」

ティーナはジュリー様に背を向ける。

「おのれ、エーデルタルトのイカレ王子め。覚えておれよ……」

ジュリーは呪詛《じゅそ》を吐きながらティーナの背に乗った。

「よし、行くぞ！」

俺達は部屋を出て通路を走る。そして、獣人族の女共が捕まっている牢屋《ろうや》まで来ると、女共は鉄格子付近に群がっていた。

「金貨二十枚共、下がれ！」

鉄格子を切断するのに邪魔な女共を下がらせる。

「私は三十枚だよ！」

「十歳好きのくせに！」

「ロリコン野郎が……」

うーん、好感度激下がり。

俺は女共が下がったのを確認して鉄格子状の扉についている錠に向かって手をかざす。

「エアカッター！」

魔法を放つと、風の刃《やいば》が鉄製の錠を切った。

「皆、行きましょう！　ついてきて！」

ティーナがそう言って先頭を走り、全員でそのまま走っていくと、今度は男共の牢屋にやってきた。男共は俺達を見ても何もしゃべらず、鉄格子からも離れている。

俺は鉄格子状の扉の前に来ると、手をかざした。

「エアカッター！」

魔法を放つと、今度もきれいに鉄製の錠が切れる。すると、男共が牢屋から出てきた。

「もうこれでいいな？」

男共が出てくると、ベンとティーナを見る。

「ああ。感謝する」

「本当にありがとう。この恩は絶対に忘れない」

「妾《わらわ》も絶対に忘れんぞ……！」

ベンとティーナは素直に感謝してきたが、ティーナの背にいるキツネのガキンチョは俺を睨んでくる。

「金貨千枚は黙ってろ」

「は？　千枚、だと……？　妾が……？　たった？」

ジュリーはガーンという表情で落ち込む。

「じゃあ、ここでお別れだ。十分後に逃げろ。上手く逃げ切れよ」

「お前らもな」

「ああ」

俺達は獣人族達と別れると、先に店を出た。

◆◇◆

「十分後ね……ベン、どうする？」

私はロイド達がさっさと出ていったのでベンに次の行動を確認する。

「すぐに出よう。お前はジュリー様と女性陣、それとケガ人を連れて、森に行け」

「ベンは？」

「動ける者と共に南門に回る。ロイドが言うように少し敵を引きつけよう」

確かにああは言ったが、恩は返すべき、かな？　助けてもらったし、感謝はしているんだけど、何故か、素直に恩を返そうという気にならないが……多分、金貨二十枚呼びのせい。

「大丈夫？」

「問題ない。騎兵が来るとしてもすぐではないだろうし、ロイドが町を燃やし、門を爆破するって言ってたからそこまで兵は割けないだろう」

　確かに、人命救助の方を優先するとは思う。

「町を燃やすのか？　爆破って何じゃい？」

　背中にいるジュリー様が聞いてくる。

「陽動です。それで敵兵を分散させる策です」

　本当は私達のせいにして、敵を引きつける策だけど、ベンが良いように答えた。

「ほう。あの黒魔術師も良いことをするではないか。燃やせ、燃やせ。妾をたかが金貨千枚で売ろうなどと許さん」

　ジュリー様はかなり私怨《しえん》を抱いているようだ。まあ、当然だろう。

「では、そのように……コリン、いけるな？」

　ベンが頷《うなず》くと、コリンに確認する。

「ああ、恩は返そう。それに仕返しがしたいわ。夜なら魔術師が来ても問題ないだろうし」

「よし、行こう。ティーナ、ジュリー様を頼んだぞ」

「わかった」

　私達は十分どころか一分も経《た》っていないが、奴隷商を出てると、裏に回り、ロイドが崩した壁から町を出た。

「何じゃ、あれ？　壁に穴が空いておったが……」

　背中のジュリー様がロイドが空けた穴を見ながら聞いてきた。

「ロイドが魔法で空けた穴です。かなりの魔術師のようですね」

「ほーん……魔術師は嫌いじゃ。ロクな目に遭わん」

まあ、魔術師のせいで捕まったしね。

「ロイドはそういうことをしない人ですよ。獣人族に対する差別意識もないです」

「そうだろうな……ティーナ、覚えておけ。エーデルタルトの王侯貴族は本気で自分達と並び立つ者はおらんと思っている奴らじゃ。ある意味、平等じゃが、ある意味、テールよりもひどい」

そんな気はする……あの温厚そうなマリアさんですら微妙に選民思想が染みついてたし……

「もう関わることはありませんよ」

「そうじゃと良いな。とはいえ、縁というものはそうそう切れんとも言うからのう」

うん……嫌な予感がする……

私は雑念を振り払うと、走るスピードを上げ、森を目指した。

◆◇◆

「これからどうするんです？」

奴隷商の店を出ると、マリアが聞いてくる。

「当初の計画通り、魔導船を奪う。マリア、これを飲んどけ」

カバンから夜目が利くようになる薬を取り出しマリアに渡すと、一気に飲み干した。

「相変わらず、すごい効果ですね」

マリアも夜目が利くようになったのだろう。

「ここからは気配を消す魔法を使うぞ」

そう言って自分達に気配を消す魔法を使った。

「いつも思うんですけど、消えてますかね?」

「私にはバカぶどうがはっきり見えてるわね」

心が狭いことに定評のある下水さんがマリアを睨む。

「本当に小っちゃい人だなー……」

マリアが呆《あき》れたように言う。

「気配はちゃんと消えてるし、そういうのは後にしろ。急いで港に行くぞ。こっちだ」

二人を急《せ》かし、港の方に向かった。そして、昼にマリアと来た商船が停泊する港に出た。

「魔導船はある?」

リーシャが停泊している商船を眺めながら聞いてくる。

「ない。やはり軍だな」

昼に来た時より、船は多いが、全部、普通の帆船だ。

「じゃあ、あっちですね」

俺達は漁港の方に向かって走っていく。

「……殿下、殿下!」

漁港に着き、声がしたと思ったらネルが手招きをしていた。

「ネル、どうだ?」

「見張っていましたが、軍港の方の兵の数が減っています。やはりルチアナさんの方に兵力を割いているのかと思われます」

ルチアナは上手《うま》くやったか……

「灯台の方に行こう」

俺達は防波堤を歩き、灯台の下に向かった。

「どう？　見張りの兵はいる？」

リーシャにそう聞かれ遠見の魔法で基地の方を見る。

「いるな……確かに数は減っているようだが、それでも多い」

俺達の戦力では無理だな。

「あのー、これからどうするんですか？」

今回の作戦を知らないマリアが聞いてくる。

「今から俺とネルが仕掛けた着火の護符を発動させる。そして、数分後に爆発が起きるからそれで兵が南門に向かったところで船を奪う」

「な、なるほどー。過激ですね」

「獣人族が上手く囮《おとり》になってくれるはずだ」

そのくらいはやってくれるだろう。

「じゃあ、少しの間、ここで待機ですね」

「ああ……やるぞ」

そう言うと、着火の魔法を発動させた。俺とリーシャがエーデルタルトの王宮に仕掛けた時限式ではなく、遠隔式の魔法なのでかなりの魔力を消費するが、なんとか発動させる。すると、うっすらとだが町の方が明るくなった。

「あれですか？」

「ああ……数分後に爆破だ」

しかし、思ったより魔力の消費が激しい。これは船を奪って陸から少し離れたところでしばらく休まないといけないな。魔力の計算をしながら基地の方を見ていると、兵士達の動きが慌ただしくなってきた。

「いい感じだな……お次は爆破だ」

今度は爆破の魔法を発動させる。すると、遠くからドーンという爆発音が聞こえてきた。

「よし、成功！」

「大きくない？」

「大きいですよね？」

リーシャとマリアが顔を見合わせる。

「ちょっと威力が強かったな。まあ、これくらいやった方が良い……おっ！　兵士達が走っていったぞ」

俺の目には港を警備していた兵士達が町の方に走っていく姿が見えている。

「行く？」

「ああ。行くぞ」

俺達は今が好機だと思い、防波堤を走り、漁港の方に向かった。そして、漁港を抜けると、コソコソと基地に近づいていく。

「誰もいなくない？」

リーシャがそう言うように基地には誰もいない気がする。

「獣人族が上手くやってくれたのかもしれん。チャンスだ。行くぞ！」

俺達はコソコソするのをやめ、基地に侵入すると、まっすぐ魔導船へ向かう。

「あの小型船でいい」

走りながら小型の魔導船を指差す。

「了解」

「やっとですー」

俺達はそのまま走っていくと、無事、お目当ての小型の魔導船のもとに来た。

「リーシャとマリアは先に乗れ。あ、マリア、落ちるなよ」

「落ちませんよ！」

マリアは反論しながらもリーシャと共に慎重に船に乗り込む。二人が乗り終え、船と港を繋《つな》いでいるロープを外していった。

「ネル、お前はどうする？」

「殿下のことは言いませんが、今回の事件を伝えるために一度、エーデルタルトに戻ります」

まあ、そうなるか。

「ネル、無理はするな」

「わかっています。リタと接触します」

リタか……あいつ、どうなったんだろう？

「そうしろ。適当に探ったらウォルターに行け。俺達もエイミル経由でウォルターに向かう」

「かしこまりました。お気を付けて」

「ああ」

頷くと、ネルは走り去った。

俺はネルを見送り、すべてのロープを外し終えると、船に乗り込んだ。

「追手を防ぐために他の船を燃やす？」

船に乗り込むと、先に乗っていたリーシャが聞いてくる。

「もう魔力がないし、目立つことは避けよう……と言いたいが、マリアを買おうとした領主がムカつくな……」

正直、殺したい。

「領主？　殺すの？　さすがにそんな時間はないわよ？」

領主の屋敷はここから遠い。

「わかっている。だが、この軍港を燃やしてやろうではないか」

軍港が燃え、軍船をすべて失えば責任問題だ。港町ならなおさらだろう。

「よしなさいよ。魔力を温存させるって言ってたじゃないの」

確かに言ったたな。

「ふん。その程度で尽きるほど俺の魔力は少なくないわ。見てろ」

そう言って、魔法のカバンから杖《つえ》を取り出し、真っ暗な天に掲げた。

「エクスプロード！」

魔法を放つと、直径数メートルの火球が現れ、ゆっくりと上昇していく。すると、急激に魔力が減ったため、少し眩暈《めまい》がした。

「何あれ？」

「明るいですねー」

リーシャとマリアがのんきに火球を見上げている。

「時限式の魔法だ。さっさとここから離れるぞ。出航だ」

「了解」

「あいあいさー」

俺は急いで操舵室《そうだ》に向かい舵《かじ》を握った。魔導船の操縦方法は飛空艇と一緒なのだ。

「出航！」

「イエス、キャプテン！」

ノリの良いマリアが笑顔で手を上げたので魔力を流し、魔導船を操縦し、港から徐々に離れていった。

「よっしゃ！　上手くいったぜ！」

「さすがです、殿下！」

いやー、マリアがいるといいなー。

「このまま一度、陸地が見えなくなるまで移動して、そこで一休みだ。休憩しないと魔力が持たん」

「はーい」

そのまま船は、どんどんと陸地から離れ、ほっとしていると、後ろから爆発音が聞こえていた。

「え⁉」

「な、何ですか……って、え？」

俺も後ろを振り返ると、遥《はる》か先に見える軍港が激しく燃え上がっていた。

「ふん。マリアに手を出そうとするゴミは焼却処分だ」

ざまあみろ。

「ロイドが放火したエリンの離宮を思い出すわねー。炎というか爆発の規模は全然違うけど……」

放火したのはお前な。というか、王宮にあんな魔法を使わんわ。エクスプロードは攻城魔法だぞ。

「本当はあそこに竜巻の魔法を使って町を壊滅するまでがセットだ。さすがにそこまではせんが……」

ルシルやニコラまで焼けてしまう。

「……ロイド、クーデターに興味ない？」

「ない。なんで自国の町と民を焼かにゃならんのだ」

そんな奴《やつ》は王どころか為政者失格だ。

「クーデターはともかく、すごいですねー……」

マリアが遠くの炎を見ながらつぶやく。

「俺はエーデルタルト一の魔術師だからな」

もっとも、さっきからふらふらしているけども……どっちみち、もう竜巻の魔法は使えない。さすがに今日は魔法を使いすぎた。

「さすがです、殿下！」

いやー、マリアは可愛《かわい》いわ。さすがは庶民の聖女様。癒やしで疲れが消える。

「もう少し離れたら休もう」

「了解です」

「眠いわー」

リーシャは町に入る前にも寝てただろ。

「あとちょっと我慢しろ」

俺はその後も舵に魔力を流し続け、アムールの町からどんどんと離れていく。

俺達はようやく問題だらけのテールから脱出できたのだった。

◆◇◆

私は灯台がある防波堤にやってくると、遠目に見える軍船を見送っていた。

「殿下……」

大丈夫かな？　そもそもあの人達、船を操縦できるんだろうか？

「殿下は行きましたか？」

ふと声がしたので振り向くと、黒髪の女性が立っていた。

「シルヴィ様……はい。殿下は予定通り、エイミルに向かわれました」

「そうですか。殿下はどうでしたか？」

「やはり優秀な御方です。洞察力に優れていますし、判断力も決断力もあります。そして何より、魔法の腕が恐ろしいレベルですね」

上級魔法をいとも簡単に使っていた。優秀を通り越している。

「でしょうね……」

シルヴィ様が右の軍港の方を呆《あき》れた表情で見る。軍港は完全に火の海となっており、ちょっとやそっとでは火は収まりそうにない。

「私も魔法のことは多少、勉強していますが、あんな魔法は見たことがないです」

何あれ？　あんなものを戦場で使えば、大隊でも壊滅だろう。

「私もですね……やはり殿下が王位に就くべきです。イアン殿下も決して悪くはないですが、器が違います」

シルヴィ様がうんうんと頷《うなず》く。

「私もそう思います。私はロイド殿下派閥で贔屓目《ひいきめ》に見ておりますし、良くしてもらいましたが、それを差し置いても良き王になられると思います」

短所も多い方だが、長所がそれを大きく上回っている。

「そうでしょうね。それにしてもあなたは殿下についていかなかったんですか？　殿下は何と？」

「エーデルタルトに戻り、探った後にウォルターに行けと……」

「なるほど……では、あなたはそのようにしなさい」

シルヴィ様がうっすらと微笑《ほほえ》む。

「シルヴィ様は？」

「私はエイミルに向かいます。あそこはあそこで少し問題が起きているようです。殿下の行くところは問題だらけですね」

マリアさんのせい、かな……？

「あの、ルチアナさんや獣人族の方々は？」

「そちらも問題ありません。ルチアナさんは親交のあるリリスの領主と合流しましたし、獣人族も森に逃げ込みました。この町の領主も始末しましたし、後は各自が勝手にやるでしょう」

なら大丈夫か……え？

「りょ、領主を殺したんですか？」

「殿下に弓を引く者は問答無用で死刑です。首を刎《は》ねました」

あの警備が厳重な屋敷に侵入できたのか……さすがはシルヴィ様……

「そ、そうですか……」

「何故《なぜ》引いているんです？　あなたは貴族らしくないですねー」

そうかもしれない。でも、マリアさんもだが、田舎《いなか》の下級貴族は領民に近いからそんなものだ。

「殿下にも言われましたね。密偵をやめろと言われました」

そう言うと、シルヴィ様が笑みを浮かべた。

「ふーん……」

シルヴィ様が私の顔を覗《のぞ》き込んでくる。正直、怖い。だって、目がまったく笑ってないし。

「あ、あの、そういうんじゃないですよ」

「フランドルの娘といい、殿下はこういうのが良いんですかねー？　いや、あのあたおか女がいるか？　チッ！　あいつが攫《さら》われて傷モノになって自害すれば良かったのに！」

本当にスミュール家と仲が悪いなー。

「シルヴィ様、落ち着いて」

「ふん……まあ、いいでしょう。殿下がやめろと言ったのならやめなさい。殿下の慧眼《けいがん》の通り、あなたはそっちの方が良いでしょう」

まあ、アホな魔法を思いついて、その実験台にされるくらいで後は楽な仕事だしね。同じ男爵家で優しいマリアさんについていてもいい。

「わかりました。では、すぐにエーデルタルトに戻ります。あ、あの、ジャックさんは？」

殿下がアムールにいると教えてくれたのはジャックさんだ。

「知りません。我が家に軟禁していたのですが、いつの間にか消えていました。さすがは伝説の冒険者ですね」

殿下の恩人に何してんだ、この人……これが親戚《しんせき》だと思いたくない。

「そ、そうですか……」

「さて、私も飛空艇でエイミルに向かいます。空港の町に行きますすよ」

えー……一緒に行くのー？

「ハァ……やっぱり私も殿下についていけば良かった」

「何か言いました？」

「いえいえ！　さあ、行きましょう。私達もいつまでもこんな国にいるべきではありません」

私達も貴族だから捕まったらヤバい。

「確かにそうですね。では、さっさと出ましょう……そうか、ネルを殿下につけ、あたおか女の暗殺を命じれば良かったのか。そうすれば私が……」

シルヴィ様がぶつぶつと物騒なことをつぶやきながら歩いていく。

空港まではいえ、この人と一緒は嫌だなー……というか、リーシャ様を暗殺なんて無理に決まってんじゃん。逆にこっちの首が飛んじゃうよ……

エピローグ

魔導船を操縦し、どんどんと陸地から離れていくと、次第に陸というか炎が見えなくなってきた。

すると、背中に誰かが抱きついてきた。視線の先のリーシャは甲板の先で仁王立ちしているし、後ろにいるのはマリアだけだ。

「どうしたー？」

「殿下、ありがとうございます」

「気にするなっての。助けるに決まってんじゃん」

「私ごときは見捨てるべきです」

まあ、貧乏男爵の娘だしなー。

「関係ないって」

「感謝しています……この恩は忠義をもってお返し致します」

マリアはそう言うが、抱きつくのは忠義ではない。

「どうしたー？　本当はヤられたりしてたかー？」

「そうだったら海に身を投げます……でも、触られちゃいました。担がれちゃいました……」

いや、別によくね？　いくらなんでも異性に触るぐらいはするだろ。

「気にするなって。あんな奴ら、野良犬と変わらん」

「怖かったですー……」

それはそうだろうな。

「悪かったなー……」

「私はもうお嫁には行けません」

「いや、行けるだろ」

「殿下……愛人でもいいです。それ以下のメイドでもいいです。何でもしますからそばに置いてください」

マリアがガタガタと震えながら涙声で懇願する。

「お前……トラウマが増えてんじゃん」

マリアは男性恐怖症になってしまったようだ……

「怖いんです……」

「時間の経過で治ると思うけどなー……」

「治らなかったらどうするんですか⁉」

一生独り身。

「うーん、側室に迎えてもいいんだけどなー……下水がなー」

マリアは可愛いし、良い子だ。それにこうやって苦労を共にした仲間でもある。だからたとえ、男爵の娘だろうが、周りの重臣や派閥の連中が反対しようが、気にせずに側室に迎えたいとも思う。

でも、肝心の正室である嫉妬《しっと》の塊がうるさい。

「リーシャ様は良いとおっしゃってくれました」

「いつ？」

「リリスの町で大事な話をした時です」

あー、最初に宿屋に泊まった時かー。俺が風呂《ふろ》に入っている時に大事な話をするって言ってたなー。

「そんな話をしたのか？」

「リーシャ様は嫉妬の塊ですが、公爵令嬢です。そういうこともあると理解されております。殿下が王位に就けば、必ず側室を持たれるでしょうしね」

まあ、俺の父である陛下だって側室はいる。イアンとだって母親が違うしな。これぱっかりは政治が絡むからどうしようもない。

「お前だから許したのかね？」

唯一の友人だし。

「私は逆らいませんから。それでも舌打ちをしながら条件をめちゃくちゃ出されました」

あいつ、本当に性格が悪いな。おしとやかさの欠片《かけら》もない。

「例えば？」

「自分より先に子供を産むなとかです」

まあ、それは跡取りのことがあるからわからんでもない。

「ふーん……」

「後は聞かない方が良いです。あの淫乱《いんらん》は恥を知りません」

そっちの方の条件も出したのね……回数制限とかだろうか？

「まあいい。リーシャに話してみるわ」

「お願いします。私は何も望みません。たかが男爵令嬢ですから」

「はいはい。よし、この辺だな。後は明日だ。さすがに魔力が尽きそうだわ」

陸地が見えなくなったところで舵《かじ》から手を離す。すると、マリアも俺の背中から離れた。

「今日はもう休みましょう。私も疲れました」

マリアは緊張とストレスで疲れが溜《た》まっているのだろう。

「軍船なら休憩室がある。そこに行こう」

俺も限界だわ。

「はい。しかし、リーシャ様は何が楽しいんでしょうかね？」

マリアが甲板の先で仁王立ちしているリーシャを見る。

「わからん。飛空艇でもやっていたし、趣味なんじゃないか？」

「あの人、王妃じゃなくて女王になるべきな気がします」

その場合、俺も陛下もイアンもクーデターされてんじゃん。

「まあいい。リーシャに声をかけて休憩室に行こう。今日はもう寝る。テール脱出記念パーティーはまた今度だ」

「そうしましょう」

俺とマリアは甲板の先にいるリーシャに声をかけ、休憩室に向かった。そしてテール脱出を祝い、次のエイミルの話で盛り上がり就寝した。

俺達はようやく敵国であるテールを脱出したのだ。事件があったり大変だったが、終わってみると楽しかったと思う。俺達は緊張の糸が切れたことと疲れにより、すぐにぐっすりと眠り、次の日に備えることにしたのだ。

休む時は錨《いかり》を下ろさないといけない、という大事なことを忘れて…………

あとがき

皆様、お久しぶりです。出雲大吉《いずもだいきち》です。

この度は『廃嫡王子の華麗なる逃亡劇～手段を選ばない最強クズ魔術師は自堕落に生きたい～』の第二巻を手に取って頂き、誠にありがとうございます。

第一巻が今年の三月に出て、三ヶ月ぶりとなりますが、皆様の応援のおかげで二巻を出すことができました。非常に嬉《うれ》しく思いますし、ありがたいことだと思います。引き続き、三巻も出せるように頑張りますのでこれからもよろしくお願い致します。

さて、一巻で祖国を出て、色々と問題が起きたロイド達ですが、二巻でも色々と問題が起き、それを解決していきました。まだ読んでない方もいると思いますので内容に触れるのは避けますが、どんな時でもどんな人に会おうとも変わらないのがロイド達の良いところであり、優れているところでもあります。皆様にもそれを楽しんで頂ければと思います。

また、二巻を出版するうえで、ｗｅｂ版から改稿し、ｗｅｂ版では登場しないキャラクターを追加しました。既存のキャラクターも含め、一巻に引き続き、ゆのひとさんがイラストレーターを担当してくださり、ロイド、リーシャ、マリアはもちろんのこと、二巻で新登場したキャラクター達も可愛《かわい》らしくかつ、それぞれの個性が出た素晴らしいイラストを描いてくださいました。ぜひとも、二巻でもイラストの方にも注目して頂けると幸いです。

そんなイラストレーターのゆのひとさんを始め、本書の刊行に携わってくれた方達に感謝致します。

また、一巻、二巻と購入頂いてくださった皆様に御礼を申し上げます。ひとえに皆様方のおかげでございます。これからもよろしくお願い申し上げます。

それではまたどこかでお会いしましょう。

お便りはこちらまで

〒102－8177
カドカワBOOKS編集部　気付
出雲大吉（様）宛
ゆのひと（様）宛

カドカワBOOKS

廃嫡《はいちやく》王子《おうじ》の華麗《かれい》なる逃亡劇《とうぼうげき》 2
～手段《しゆだん》を選《えら》ばない最強《さいきよう》クズ魔術師《まじゆつし》は自堕落《じだらく》に生《い》きたい～

2024年6月10日　初版発行

著者／出雲《いずも》大吉《だいきち》

発行者／山下直久

発行／株式会社KADOKAWA

〒102-8177
東京都千代田区富士見2-13-3
電話／0570-002-301（ナビダイヤル）

編集／カドカワBOOKS編集部

印刷所／大日本印刷

製本所／大日本印刷

Printed in Japan
ISBN 978-4-04-075458-1 C0093

新文芸宣言

かつて「知」と「美」は特権階級の所有物でした。

15世紀、グーテンベルクが発明した活版印刷技術は、特権階級から「知」と「美」を解放し、ルネサンスや宗教改革を導きました。市民革命や産業革命も、大衆に「知」と「美」が広まらなければ起こりえませんでした。人間は、本を読むことにより、自由と平等を獲得していったのです。

21世紀、インターネット技術により、第二の「知」と「美」の解放が起こりました。一部の選ばれた才能を持つ者だけが文章や絵、映像を発表できる時代は終わり、誰もがネット上で自己表現を出来る時代がやってきました。

UGC（ユーザージェネレイテッドコンテンツ）の波は、今世界を席巻しています。UGCから生まれた小説は、一般大衆からの批評を取り込みながら内容を充実させて行きます。受け手と送り手の情報の交換によって、UGCは量的な評価を獲得し、爆発的にその数を増やしているのです。

こうしたUGCから生まれた小説群を、私たちは「新文芸」と名付けました。

新文芸は、インターネットによる新しい「知」と「美」の形です。

2015年10月10日
井上伸一郎

最強の眷属たち――
その経験値を一人に集めたら、
史上最速で魔王が爆誕!?
第7回カクヨム
Web小説コンテスト
キャラクター文芸部門
特別賞

歩くたび増えていく
新しい出会い、新しいスキル
この世界で、
のんびり旅はじめます。
異世界ウォーキング
コミックス好評発売中！&
講談社
「マガジンポケット」にて
コミカライズ
好評連載中!!
漫画：小川慧